1982 年作者携儿子郑水园参访著名数学家苏步青教授故居

2001 年作者携夫人游浙江竹乡安吉

2013 年作者游革命延安

鄭立于文集

谢雲题

散文、小说

第三卷

郑立于 著

浙江工商大学出版社
ZHEJIANG GONGSHANG UNIVERSITY PRESS

图书在版编目(CIP)数据

郑立于文集. 第三卷，散文、小说 / 郑立于著. —
杭州：浙江工商大学出版社，2016.9
ISBN 978-7-5178-1696-6

Ⅰ. ①郑… Ⅱ. ①郑… Ⅲ. ①郑立于—文集②散文集
—中国—当代③小小说—小说集—中国—当代 Ⅳ. ①I217.2

中国版本图书馆 CIP 数据核字(2016)第 148984 号

郑立于文集

——第三卷　散文、小说

郑立于　著

责任编辑　黄静芬
封面设计　叶　斌　林朦朦
责任印制　包建辉
出版发行　浙江工商大学出版社
（杭州市教工路 198 号　邮政编码 310012）
（E-mail:zjgsupress@163.com）
（网址:http://www.zjgsupress.com）
电话:0571-88904980,88831806(传真)
排　　版　杭州朝曦图文设计有限公司
印　　刷　虎彩印艺股份有限公司
开　　本　710mm×1000mm　1/16
印　　张　153.25
字　　数　2725.2 千
版 印 次　2016 年 9 月第 1 版　2016 年 9 月第 1 次印刷
书　　号　ISBN 978-7-5178-1696-6
总 定 价　350.00 元(共 8 册)

浙江工商大学出版社营销部邮购电话　0571-88904970

目 录

CONTENTS

第一部分 散 文

第三卷 散文、小说

第二部分　小说集

第三部分　寻真西湖

第四部分　南雁荡南麂岛揽胜

第一部分

散　文

壮丽名山埋忠骨

——瞻仰刘英烈士陵墓

永康方岩，多么令人魂牵梦萦，刘英同志为共产主义事业捐躯就在那里，也是他的陵墓所在地。少年时读过现代著名文学家郁达夫的游记《方岩纪静》也给我留下了难忘印象。不知多少次，从浙南到金华，中途想停下来瞻仰这个壮丽名山埋忠骨的地方，但都是来匆匆，去匆匆，没有去成。每次只在车近方岩时，凭窗遥望，托一朵白云捎去崇高的敬意和深长的怀念。这次中国作家协会浙江分会给我一个深入生活进行创作的假期。我得以专程前往，偿了夙愿。

在永康到方岩的汽车上，大半是去游览那个名山的。有几个老大娘携着盛有香烛的篮子，去朝拜"胡公大帝"。还有的是从外地回家的本地人。我坐在窗边，一直注视着窗外的一切，"同志，你是从哪里来的？去看风景吧？"坐在我身旁的一位老伯伯朝着我问，看来他已上六十了。

"从平阳来的。"我点头微笑，没有否定他的猜测。

"平阳离这里很远，归温州管吧？你这次到这里来，可别忘了看看刘英同志的陵墓。刘英同志曾在你们那边领导打游击……真了不起。"

"抗日战争时期，刘英同志为了隐蔽身份，从事革命，还在丽水开过兴华百货商店呢。"老伯伯刚说完，又从后排传来丽水的口音。

车子进入方岩境内，幽静极了。尽管汽车前进时发出的噪音相当大，在车里却清晰地听出大家共同叙谈刘英同志战斗历程的声音。从江西组成红军到被捕，从温州又转到方岩国民党省政府临时省会的监狱，受尽酷刑，英勇不屈，最后光荣牺牲……说到这里，老伯伯满脸皱纹紧锁。感叹一声："唉！太可惜了。刘英同志真是文武全才。听说刘英同志能用左手打枪、写字。他带领的红军战士个个会飞，你说有没有这个事？"

我回答："听说他的右手是在潭家桥战斗中打坏了的，所以用左手打枪、写字。在我们那边也普遍传说红军会飞。大概是民国二十五年吧，红军攻打国民党兵驻扎的矾山工会所时，红军不用梯子，攀上了很高的二楼窗口。这是一位亲眼看到的人对我说的，我想，这就是飞吧！"

“对，对，这就是飞。如果不是飞，怎能推倒三座大山？党领导我们搞四化也就是飞！”老伯伯讲得很自信，大家都听得入神。

来自天南海北的一车子人，邂逅相逢，一谈起刘英同志，竟谈得那么热烈，那么真挚，那么深情。这时，我仿佛有一股激流在心头冲击。车到站，住进一家旅馆，一刻也没停留，就顺原公路倒走约一华里，到了刘英同志的陵墓。

陵墓就在公路旁的小山坡上。我怀着虔诚的心情缓步走上去。路旁有浙江省人民政府 1981 年 4 月 13 日，把它列为省重点文物保护单位的石碑。登上宽阔而整齐的石级，有几个石工正在凿磨、衔接石栏杆。铁锤、铁钻叩击岩石的叮当声，在深幽的山谷中格外悦耳动听。陵墓正在重新修建，比原来的规模大得多了。原来的陵墓就在左下方很近的山坡上，右边有与刘英同志同时牺牲的特委书记张贵卿同志的陵墓。现在也移在重建陵墓的右边。

刘英烈士墓的样式跟岳坟差不多。均匀的方块石砌成大圆形，绕一圈要几十步，顶上盖着细软的土壤。这宛如祖国母亲的胸怀，烈士正在怀中安息。在温煦的阳光照耀下，热气腾腾，待来春必定是芳草如茵。墓前是庄严高大的长方形石碑，碑文按我国传统习惯，从右到左竖写：

中国共产党浙江省委员会书记
刘英烈士之墓
1982 年 5 月重立

我脱下帽，恭恭敬敬地鞠了一躬。苍茫的暮色，缥渺的云烟，把我引进沉思的深渊里——

远处，有一位革命者，带着沉重的脚镣手铐从五峰书院那边走过来了，步履十分艰难，像一座山峰在移动。铮铮的镣铐声在山谷中回荡。他，面容消瘦，颧骨稍稍突出，两道眼光如利剑，似在劈开路上丛生的荆棘，我认真地思索，思索，终于认出来了，他就是一九七七年我在南昌革命历史纪念馆里见到的刘英同志。他怎么会在这里受折磨？这座宋代建筑的书院，在平地突起的桃花、瀑布、覆釜、鸡鸣等五峰环抱之中。原是历代名人学者讲学之处，怎么会干出那么野蛮的勾当？历史老人告诉我们，那是抗战时期，国民党省政府从杭州迁到这里，从此一切受到污染。山不绿了，水不清了，空气也浊了。此刻，刘英同志正饱受那些野蛮人的“优厚特遇”，从黑夜走向黎明，从昨天走向明天！

朔风从高达万丈的悬崖上刮下来，所有的树木都弯了腰肢，发出雷霆般的呼啸声。我问陵墓旁的松柏、杂树：“你们是向烈士的碑石敬礼，还是对强大的风暴表示畏缩?”古松摇摇手,红枫默不作声。只有墓后那株壮年的大柏树对我说:“我们是代表人民的意愿,在这里护卫陵墓,护卫两颗永远殷红的心。四十年前的一个黎明前的黑暗,两位革命者为革命流尽了最后一点血。宅六村农民程兆修等人悄悄地将烈士的遗体埋在这里,将我移栽在这里,当时我还年幼,叫我永远站立在这里,作为历史的见证人。我要嘱咐后代:先烈的血是怎么流的,革命的道路是怎么走过来的。”

柏树这席话,使我肃然起敬。我在心里说:“柏树同志,你太辛苦了。风风雨雨几十年,你显得苍老了。愿你万古长青!”1969 年党的生日。有一对服饰朴素的青年男女从杭州来到这里。在烈士碑前默哀。一分钟,两分钟,三分钟……远远地超过了往常的默哀时间;接着这对青年紧紧地握着手绕墓一圈,深情地凝望着墓碑,久久地在墓地上留连。他俩倾心畅谈了婚姻,家庭、社会、理想、前途……然后每人各摘了一朵粉红色的山花,男的把它插在女的鬓发上,女的把它插在男的胸袋上。这对青年男女是在烈士墓前举行了最严肃、最隆重、最有意义的婚礼。这位男青年身材长长,额角宽宽,两颧高高,嘴唇厚厚,真像刘英同志。对,他就是刘英同志光荣牺牲后的第三天,即 1942 年 5 月 20 日出生的遗腹子刘锡荣。锡荣一坠下地,就再也见不到父亲了。母亲丁魁梅同志既要从事地下革命斗争,又要抚养小孩,但得到了人民的关心与爱护,这颗幼苗终于成长起来了。这一天正是他与爱人詹黛薇同志结婚的大喜日子。而母亲正受到林彪和江青的迫害,关进铁窗,无法分享他们的幸福。于是,锡荣与黛薇在默默祝愿自己的母亲健康长寿以后,就选择了这个地点,而且悄悄地来了。

壮丽的名山把所有的自然美都作为礼品,为婚礼增添光彩。陵墓后面环拱的峻峭山峰挂下了翠绿的长帘,缀上了五彩缤纷的山花。瀑布峰的飞瀑和所有山间流泉发出了响亮的鼓乐声。松柏竹排了绿色行列迎风鼓掌。蜂蝶在陵墓周围飞翔舞蹈。无名的野花散发着淡淡的清香。那山腰崖洞里不知名的鸟儿展翅飞向陵墓,发出“爱——爱——”圆润的鸣叫声……墓碑就是主婚人。锡荣与黛薇在心头记住:生命诚可贵,爱情价更高,若为革命故,两者皆可抛。刘英同志生前经常用这首诗自勉,作为座右铭,也用来鼓励自己的战友。主婚人无声地嘱咐给后辈以深刻的教育,永恒的纪念。

刘锡荣同志毕业于浙江农业大学。在我国大学生不是很多的情况下,应该施展才华,干一番事业。可是在乱云飞渡的日子里,道路并不是那么平坦。小刘每遭到挫折,遇到困难,他经常是不动声色地去翻翻先烈传记,或来到父亲的墓前,作深深的思考。

1981年深秋，浙闽边界柳家山老区当年刘英同志授意镌刻着“打破旧世界”“建设苏维埃”两行大字的那两株合抱枫红透的时候，温州地、市合并。小刘被任命为市委常委、秘书长。在这以前没多久，小刘刚从省农委调到省人民政府调研室任职。这工作岗位的突然更动，不可能不会使人的思绪里出现波纹。老母亲常年卧病在床，孩子还年幼，在省里工作并不是不繁重，经常要下基层……但小刘跟过去几次变动工作岗位一样，没有过多地考虑自己。一想到这是父亲长期战斗过的、流过血汗的地方，就毅然来了。他在浙南边境的云雾间登过山；在深不可测的雁荡山石门潭潜过水；他到平阳凤卧，省第一次党代会会场聆听过老党员的回忆，到父亲住过的古老的平屋送去了党的温暖。他同老游击队员的儿子，也就是那里的生产队长讨论，这片肥沃的土地上为什么还有不少清瘦的脸孔；他同曾被错贴过“右”字标记的人，也就是如今有名的农技师商议，南来的珍贵果树既来这里安家，能否迅速地繁衍后代，创造财富。路过当年新四军驻温办事处的九柏圆头。他思考了晴朗的碧空是否会有一丝乌云飘过；他从红军曾激战过的飞云江畔归来，跟同志们共同研究了党的政策的春风是否吹遍浙南大地。父亲走过住过打过仗的地方，他都去了；父亲未曾到过的地方，他也去了。他的足迹印遍温州各地，山山水水跟他挺熟悉。他认真督促或亲自处理了雪片般的群众来信；他热情地接待了难以计数的不同职业、不同性格、不同语调的来访者。新华社发新闻，表扬了他的工作成绩，他感到自己很不够，学习更积极，工作更踏实了。有些人对市委的工作提出批评或建议，他虚心听取，挺身负责。认识刘英同志的人说：“这个刘锡荣，模样、态度、才干，真像刘英同志。”不认识小刘的人说：“市委那个秘书长，办事认真，讲话和气，没有一点官架子，听说就是刘英同志的儿子！”

我是无神论者，不相信有灵魂。但此刻我殷切希望刘英烈士的英灵有知：您的儿女，以及千百万的中华儿女，在党的阳光雨露培育下，成长起来了，成为国家的栋梁材。我们一砖一瓦、一栋一梁架起的中华人民共和国的大厦将高入云霄。烈士当含笑九泉！

但是也不能忘记，我们共和国的大厦是以千百万先烈洒热血的地方为基地建造起来的。先烈就是奠基人，这墓碑就是共和国的基石！

夜色逐渐朦胧，我抚摸着墓碑，感慨万千，心潮澎湃，热泪盈眶，眼前一片模糊。依稀中，我看得很清楚，墓碑正在壮大，正在升高，一下子我就被眼前这巨大的山峰投下的青紫色的阴影所笼罩。抬头仰望，如处井底。这方圆数里的大山峰，全部是赭灰色的方块石构成，没有泥土，纯净得很。真雄伟啊！她绝壁千丈，上突下缩，飞鸟不渡，没法望见峰顶，要登上峰顶，得绕过山凹，攀上步云亭、飞桥、天门，公路旁的路灯亮了，我猛然大悟：这屹立眼前的擎天大柱就是方岩主峰，刘英烈士的墓碑化进去了。

肃穆峻峭的方岩主峰就是刘英烈士的墓碑，她永远立在浙江大地上，她永远立在闽浙赣人民的心中！

（此文曾刊《浙南火炬》及地方报纸，其中刘锡荣与詹黛薇在文乐陵墓举行结婚仪式那一大为文字曾由《共产党员》杂志录志刊行。）

马头岗散记

初夏，我怀着崇敬的心情，去访问中国共产党浙江省第一届代表大会会址之一——平阳县水头公社凤卧大队马头岗村。

我走在革命前辈们走过的小径上，一颗心早已飞到山顶。

雨后的山峦显得格外清秀。竹林东一片、西一片，山岗上有杉、还有那威武、挺拔的棕榈，有如马头岗人民坚强不屈的性格。

作为省首届党代会会址之一的那幢平屋，共有九间。沿阶是小石块砌成的，前面有矮小的围墙，围墙外是树林子，茂盛的树叶把平屋掩没在绿荫中。平屋的后边有高约三丈的土壁，左右两旁各有两株大松树。党代会的会场之一就设在平屋右边尽头的两间房子里。

我们轻轻地跨过门槛，去瞻仰会场。这虽然是两间普通平房，我们坐在里面，好像身临一个大会堂。陪我去参观的一位老同志说，当时会场布置得很庄严朴素：屋子正中挂着党旗，两旁挂着番薯丝竹廉，上面贴着彩色的标语。前面屋下挂着一条红色的长布，下面悬着几盏纱灯。在会场里，我倾听着老同志谈这里革命斗争的历史，当时的中共浙江省委书记刘英同志领导群众英勇斗争的故事，以及当前生产大跃进的成就，人们对未来的理想。我仿佛听到刘英同志在作报告，听到会场里响起阵阵热烈的掌声，如风暴卷过山岗。

刘英同志经常住的地方是平屋左首第三间的后半间，那里布置得简洁，阳光从一个小的有着木栅的窗子照射下来。

靠窗摆着一张桌子，当年刘英同志就在这里阅读文件，写报告、指示，指导革命斗争，接待来自全省各地的革命同志。刘英同志睡过的一张大木床，油漆虽然剥落了，却仿佛发着红光。住在这里的一位鬓发雪白的老大娘说："那时候，刘英同志整天忙着干革命，不是在山上跑就是坐在桌前办公事，一夜到天亮不知道睡了两更天没有。有时他和几个陌生人，就团团坐在这睡床上，挂下布帐门，开起会来。"

我小心地掀开布帐，一个胖孩子正睡得香甜。正是刘英同志和无数的革命同志度过了多少个不眠之夜，今天，我们的共产主义接班人才能睡得这样安稳，看现在，展望将来，我们这一代和下一代，以及千万代的人，该是多么幸福啊！

马头岗山背后的悬崖间，有好几个石洞。人们叫它“虎洞”，但是却没有人知道它有没有藏过老虎。洞很深，洞口长满荆棘，绿油油的。这是天然的，里面藏过枪支、子弹、文件、书报等军用品和宣传品。有时也隐藏过革命同志。据说，有一次，龙跃等六个同志正在村中工作，国民党反动派部队突然包围了村子，龙跃等六个同志便藏在石洞里。敌人搜查不到，只得夹着尾巴走了。

新中国成立后，这里的人民掘进“虎洞”、发现了一些腐烂了的书报和生了锈的武器，还找到了一个望远镜。有位老大爷拿起望远镜一窥，意味深长地说：“这个‘宝物’看得真远。正因为过去那些老革命同志戴着望远镜看得远，所以天大的困难也不怕！……”

附：此稿是“文革”前寄给《浙江日报》副刊的。当时已发排，拿出校对稿。适我到浙江日报社，在排字房里碰到刘耀林同志，他胖大的身躯消瘦了许多，拉着我的手，走到排字房的一角，悄悄地对我说：这几年我吃尽苦头，你那篇关于马头岗的散文发不出去了。他愁容的眼眶里涌出泪水。这是五十年前的回忆，如今校对稿上看到刘耀林先生改动的笔迹，似乎再现了他形象。刘先生作古已有十多年，在文选集里刊发这篇散文，也算是一种纪念。

温州先贤刘公堂

抗日战争胜利后，万众欢腾，平中师生做了一头大狮子参加庆祝大旅行，意味着睡狮醒了。泮池里放着一只从日军手中夺来的小汽艇，任同学们泼水嬉戏。在经济极其困难的状况下，修理了被日军洗劫过的校舍，重整了操场、校门，还盖了一座横直颇长的“7”字形平屋作教室与教师宿舍。教师宿舍的方格窗糊着白纸挡风。这些都是在校长沈乃昌与姜存松交替前后进行的，乡贤们酝酿已久拟建刘公祠也同时提上了议事日程。

刘公绍宽（1867—1942），字次饶，晚号厚庄，出生于白沙刘店里第，少年住张家堡（今属苍南县）后移居平阳县城西门。刘公系一代著名的经学家、理学家、考据学家，又是卓有贡献的教育家、方志学家，著有《厚庄诗文集与续集》《东瀛观学记》，编纂《民国·平阳县志》等，更可贵的是刘公的日记跨度长达半个多世纪，搁笔距公逝世仅一月零三日，此珍贵的文史资料与精神财富，用十行载缮写，计 4086 页，装订为 40 册。一直致力研究刘公之平阳县志常务副主编、学者陈镇波等选编了《厚庄日记选编》计十册刊行，选编其重要日记、论文并撰了刘公年谱，由苍南县政协文史委以《刘绍宽专辑》付梓，还写了一些论文在海内外报刊发表。省、市不少专家与学者以及民众盼望刘公日记能全部校注出版。这是后话。

1946 年开春，王理孚、杨悌、陈国聪、朱君爽等人发起新建刘公祠，选址就在平中（原孔庙）中轴线最后面的圜丘上。此祠背依凤山，面对龙山，有龙飞凤舞之势，凤山上有许多古老松树，有的达千年以上，松鼠经常在树间跳跃飞窜，碧空不时可见鹭序雁行，有时成群的白鹭、苍鹭或灰鹭在高高的松树上栖息，树林间还有苍鹰、鹞鹰、山雀等许多鸟类。一到深夜，可闻夜鹰、蛙鼓、淙淙流泉伴奏的乐曲。凤山之麓有七弦溪，昔日皆有石碑标明，就在刘公祠址正后方墙外有一泓清冽的泉水，时任县长徐用镌石为“圣泉”。

登上凤山，左望东海，右接南雁，气象万千。正前方，“文笔题诗天作纸”的文明塔就在眼下，超越一线之隔的鳌江，可望刘公的故里、故居，那是刘公之诞生地。龙山之东，阳奥山麓是刘公的陵墓，刘公之归葬地。建祠前四年，刘公的葬礼颇为隆重哀荣。直至二十多年前，刘公之后人修缮了墓地，还举行祭奠仪式，张鹏翼、王建之、张和光诸长辈皆去瞻拜。

在这么一个优美环境中建造刘公祠是十分恰当的。为了建祠，不少人慷慨解囊。王理孚资助七百多万国币，还让其子王小同帮助施工。整个建祠工程由时任平中校长的姜存松负责。

姜存松毕业于上海大厦大学，曾在《东南日报》当过编辑、省教育厅任过职。为人忠厚，有点口吃，不善于演讲。但在他挽黄群联“亲言论风采，转瞬十年，追思黄浦从游，犹记春风频沐我；有经济文章，自足千古，报道四川迎榇，好分明月送归魂”中，可看他交游较广，有一定才气。姜存松系刘公女婿(原配夫人刘蕙，有《刘蕙遗墨晚晴集》行世)，因而格外尽心尽力。常见他从朱熹题匾之明伦堂边西侧室即当时的校长室走出来到刘公祠工地，跟施工的工人谈些什么，有时也跟课余的教师在议论什么。有一个星期日，笔者坐在刘公祠前面的原学宫祭磉盘迭为底座上架一方大石碑上看课外书，看见他悄悄地将零散在地的青砖一块块拾起来，拿到刘公祠工地脚手架下的砖堆里。他穿着灰白色笔挺的西装，随即到明伦堂西边墙外的厨房洗了手，乃回校长室。当时平中师生对建设刘公祠都十分高兴。刘公的门生时任教师的张鹏翼更是呵呵大笑，还与同学讲刘公的生平事迹和著述情况。他说，刘公修县志时，我只二十几岁，我站在桌旁看。道德文章做到刘先生那样确实不容易！

初建成的刘公祠，三楹，中堂很宽，很高敞深邃，实际是个大厅两边是二层有小梯通上去，皆木构。祠顶盖灰瓦，四角稍翘两个长方形的窗棂。其余都放单窗。此祠形制正合刘公高尚风骨、爱国忧民、勤奋治学、敬业乐教之矜式。

1947年，青砖结构的刘公祠粉刷一新，筹建过程中一直称“刘公祠”，此时改为“刘公堂”。据余益龙、方作民、吴家枫等同学的共同回忆，当时中堂悬挂刘公遗像，前有供祭祀的长桌，桌上有牌位、烛台、香炉，侧室还藏有刘公的著作、其他地方文献及许可赠送的“万有文库”等图书。落成典礼那天，仪式颇庄严肃穆，到会数百人，人群一直排到祭坛那两株开淡黄色花、结荚果的皂荚树。刘公门生马星野、金嵘轩等人也来了。会后留影纪念。随后每逢清明，都有不少人前来瞻仰祭祀，有的在像前行三鞠躬礼，有的在神位前三拜九叩，有的长辈或学子还撰写追思刘公的诗文联语。梅冷生追思悼念的对联，较具代表性。录如下：

> 蕺山讲学，原父传经，记从慎社抠衣，茅塞独渐津逮者；
> 七略区书，三长综擅，私幸籀园掌录，芸编犹见典型存。

刘公堂建成后，西边二楼作为平中校长室。1947 年，全国发生反内战、反饥饿、反内战的爱国学潮，浙江大学发生“于子三事件”，北京大学发生“沈崇事件”，温中、瑞中、温师相继响应，平中也奋起直追，闹了波澜壮阔的学潮。校当局要开除二个带头传播学运信息的学生，更使学潮推向高峰。开头，校当局与学运带头代表在刘公堂二楼谈判，未成；后经县当局出面商谈表示不许以任何借口开除学生，同意清理有关账目，改善学生膳食。这时姜存松感到左右为难，自感无力支持校务。县当局拟免去他的职务，以平息学潮；而省教育厅却让他到瑞安教育科去了。

1949 年以后，刘公堂二楼仍为校长室，时任校长的黄蕻民出入于此，刘公的遗像不见了，有些老师也搬进去住了。刘公堂改为实践楼。

重建后的刘公堂于 1998 年呈现在人们面前。那大约是原“圣泉”那个位置，七楹，四周环以廊道。当中凹进的三楹，前有两根圆柱，仿佛还留着昔日一点影子。中间大门上“刘公堂”三字由原平中学子、当代著名书法家谢云题写。堂内有著名数学家、全国政协副主席苏步青的题字：“尊师重道，敬业乐群。”堂内还陈列了一些刘公遗著、地方文献以及校友著作。

如今刘公堂右侧岩台上，安奠着著名教育家、英国语言文学大家吴景荣教授的半身塑像，塑像乃汉白玉由当代名家雕刻而成，掩映着苍松翠竹。吴公于清华大学外国语言文学系毕业后，又考入清华研究院，后赴英国利物浦大学留学获文学硕士学位。主编了新中国成立后第一部《汉英词典》、《当代英文散文选读》，与人合编《精选英语汉英词》，译著有《英诗金库》、编著《英国文学发展》等等。其英名与业绩列入《世界名人录》(1979 年剑桥版)。

一边是文贯古今的文学大师刘公，另一边是语通中外的英语大家吴公，两位公公之道行与遗著将对后人产生深远的影响，永垂千秋！

2007 年夏月于苍南县城言志楼

(此文曾刊《温州日报》文艺副刊)

合抱枫(散文)

在浙闽边界柳家山的熊岭头，挺立着两株合抱枫。她高大苍劲，枝叶茂盛，耸入云天，显得十分庄严威武。

深秋，正是“霜叶红于二月花”的时候，蔚蓝的天边抹上几行波浪式的白色云丝，把天穹拱托得更蓝，更高，更明亮。我随原党的地下老交通员阿海伯，访问了浙闽边界革命老根据地。

我们翻了几座山峦，顺着山势朝大岭望去，老远老远就看到了这两株大枫树。她像江西三湾的红枫树，金灿灿，红艳艳，雄伟壮观。她像两把熊熊燃烧着的巨大火炬，在群山的主峰上举起，映红了群山，映红了天际。

阿海伯看到我对这两株大枫树饶有兴趣，便严肃地指着大枫树说：“这两株合抱枫，有一段很不平常的革命故事……”

我放慢脚步，正要听他继续往下讲。这时，对面山上传来了“彻底砸烂‘四人帮”’等口号声。声音如狮吼虎啸，在群山间回响。阿海伯说，这是当地群众在合抱枫下召开声讨“四人帮”罪行大会。要听合抱枫的故事，最好去参加那个会议。我便欣然前往。

我们来到合抱枫下，在新搭的台上一位中年干部正在发言。他愤怒地指出：“四人帮”为了篡党、夺权、复辟，要把从中央到地方的一批干部打倒。把我们浙闽边界老革命根据地打成“叛徒网”。这是绝对不能容忍的！我们老革命根据地人民在党的领导下，为革命出过力，流过汗，洒过血。合抱枫这两个历史的见证人，她很清楚地记得，山凹里那个石洞，当年曾隐蔽过我们的地下革命同志，有位女同志在洞里还生下革命的后代；路旁那块巨石上，曾插过一束“满山红”，迎接从毛主席身边来的“贵客”；在那悬崖深渊边，曾惩办过罪大恶极的阶级敌人，而古庙前那株榕树上，我们的阶级兄弟曾被国民党顽固派“清乡”、“围剿”的武装所吊打、残害……这是“叛徒网”吗？我们革命老区这个革命熔炉，还培养、锻炼了许许多多的革命干部，他们在长期的革命斗争中，置个人安危于度外，跟随毛主席南征北战，出生入死，为革命作出了积极贡献。这是“叛徒网”吗？要说叛徒，“四人帮”自己是道道地地的叛徒……

不等这位中年干部说完，台下群情激愤，高呼“打倒王洪文！”“打倒张春桥！”“打倒江青！”“打倒姚文元！”口号震天，铁拳林立，合抱枫下成了沸腾的海洋。

随着这激动人心的场面，阿海伯陷入了深沉的回忆。之后，他向我讲述了合抱枫那可歌可泣可敬可颂的斗争历史。

一九三六年春天，这是个多么使人难以忘怀的不平凡的春天啊！就在一个山区所特有的春光明媚的日子里，毛主席缔造和领导的中国工农红军某部在刘英、粟裕的带领下来到了浙闽边界，他们在合抱枫下宣传革命道理，在合抱枫下教唱红军歌，在合抱枫下发动群众组织了赤卫队，……三月春光艳阳天，红军来到浙闽边。土豪劣绅吓破胆，穷苦山民乐开颜。参天的合抱枫啊！你度过了风风雨雨几百年，从来还没有见过这样的世面。如今，合抱枫与革命斗争结合在一起了。

国民党反动派的“平阳民团”恨透了工农红军，也恨透了这两株合抱枫，妄图把红军连同这两株合抱枫一起吞下去。工农红军在人民群众中安下千千万万个“千里眼”、“顺风耳”，早就知道了敌人的这一着。赤卫队配合红军，准备了土枪、土炮、土地雷，还有长矛短刀，埋伏在以合抱枫为中心的四周群山丛林间。在参天的合抱枫上，红军利用它那粗大的树干和茂密的枫叶作为掩体，设立了瞭望哨，红军战士和赤卫队员轮流放哨，时刻准备歼灭敢于来犯之敌。

一天，敌人果然来了。红军在熊岭周围，摆了个假的“空城计”，以少量兵力同他们接触，诱敌深入。敌人以为红军主力撤退了，便大模大样地窜进了红军设下的包围圈。当他们刚气喘吁吁地爬到熊岭的半岭上，合抱枫上的瞭望哨发出了信号。于是，枪炮齐鸣，杀声震天，群山中似有千军万马。这一仗，歼灭敌人“平阳民团”的一个连。

熊岭大捷，使浙闽边界革命声势大振。党在这里建立了苏维埃政权，打土豪，分青苗。革命标语和传单，如红色枫叶，漫天飞舞，也飞进了国民党统治着的平阳城。就在合抱枫的躯干上刻下了“打破旧世界”“建设苏维埃”两行闪闪发光的大字。

后来，红军北上抗日，主力部队离开了浙闽边界，敌人便以千百倍的疯狂，向革命根据地扑来。合抱枫下腥风血雨，愁云迷漫。驻过红军的民房，被成排成排地烧了，一个个山村，火焰冲天，无数群众无家可归，流离失所。为了保卫苏维埃政权，保卫革命胜利果实，保卫合抱枫上两行闪光的大字，赤卫队员和革命群众在地下党的领导下，勇敢地、一次次地跟敌人浴血奋战，鲜血洒在大地上，溅在合抱枫上，鲜血与殷红的枫叶混在一起，分不清哪是血块，哪是枫叶……

“看万山红遍，层林尽染”，全国革命胜利了！土地改革，合作化高潮，一个个建设热潮，在合抱枫下开不完的庆祝会、誓师会，这里成了山村政治活动的中心阵地。不知有多少工人、农民、革命知识分子以及青年学生来到这里瞻仰这两株合抱枫和枫树上两行闪光的大字。多少战士和民兵在合抱枫前举起枪杆宣誓：踏着革命先烈的血迹，誓死捍卫这片红色土地，誓死保卫无产阶级红色江山……

可是，祸国殃民的“四人帮”及其在浙江和福建的代理人和亲信为了篡党夺权，复辟资本主义，把革命老区视为眼中钉，把革命老干部视为肉中刺，用种种借口，不让人们访问革命老区，不让老同志写革命回忆录和革命斗争故事，谁要是不听，他就给你扣个大帽子：“你们怀古。”然而螳臂岂能挡车，革命人民还是怀着崇敬的心情，翻山越岭，一批批前来瞻仰这闻名的合抱枫。

“四人帮”在上面刮黑风，他们的社会基础就在下面掀恶浪。为了破坏工人农民前来瞻仰合抱枫，他们在鼓吹分田单干的同时，故意制造山界纠纷，扬言要把这两株合抱枫砍掉。这一下可激怒了老区革命群众，大家来到合抱枫下，像当年迎战“平阳民团”一样警告那些坏蛋：“谁敢动合抱枫一根树枝，一片红叶，当心你的脑袋跟身体分家！”

可是，树欲静而风不止。一天深夜，天黑得像锅底，又下着毛毛雨，坏人下毒手了！他们带锯举刀，妄图砍掉合抱枫，并把木材弄去卖个高价。正当他们要动手时，被管山员发现了。一呼百应，革命群众听到管山员的呼喊声，纷纷涌到合抱枫下，当场抓住了两个坏蛋。这是一场多么惊心动魄的阶级斗争啊！如果让“四人帮”的阴谋得逞，我们的国家就要改变颜色，我们革命老区人民就要二遍苦，这两株合抱枫也保不住了。

阿海伯还要讲下去，但我的注意力被一个小伙子的发言吸引过去了，阿海伯对我说，这个青年是赤卫队员的后代，现在是生产队长、共产党员。小伙子的喉咙很粗，讲起话来似乎满山的树叶都抖起来。

合抱枫上，当年刻下的“打破旧世界”“建设苏维埃”两行大字，字迹还隐约可见。我抚摸着它，仿佛看到这两行大字还在闪光，永远在闪光。她的光源来自韶山，来自井冈山，来自延安，来自北京！

这时，只见那个赤卫队员的后代，怀着崇敬的心情，在合抱枫躯干的另一方向。恭恭敬敬刻上“继承毛主席遗志”“听从党中央指挥”，两行大字。我凝视着这两行大字，心里想着：“我们的祖国高举毛主席的伟大旗帜，一定能够从胜利走向更大胜利，很快实现四个现代化……”人群站在合抱枫周围久久不肯离去。这两行字似乎刻在每个人的心上，是永不干涸的力量源泉！

每当我看到血红的枫叶，就联想到烈火烧九天的三湾红枫，联想到浙闽边界这两株合抱枫，使我万分怀念伟大领袖和导师毛主席，我想到了无产阶级革命事业创业的艰难，看到了祖国实现四个现代化的宏伟图景，望见了亚非拉人民战斗烽火，望见了未来的整个美好世界！

合抱枫呀合抱枫，您是血的象征，火的象征，革命的象征，胜利的象征！

我爱枫树，我更爱浙闽边界昂然挺立的两株合抱枫！

（此散文原于“文革”前寄给《浙江日报》副刊，负责副刊的刘耀林先生来信说要用，随后又寄来了清样，说有人认为此文有碍“文革”，被压下来了，清样可留作纪念。“四人帮”打倒以后，此文略作修改即刊于《浙江日报》副刊。）

擒 龙

乘着万里无垠的浩荡东风，平阳县百万军民自力更生，艰苦奋斗，建成了规模巨大的桥墩水库。人们自豪而新奇地说："咱们把龙擒住了！"

根据传统习惯，人们提到龙会想到水，提到水会想到龙。水跟龙一样，令人既可爱又可怕。是呀，绿油油的水多么可爱，它跟空气和粮食一样，没有它，就无法生活；可是它的脾气又十分暴躁，一涨红了脸，洪水滔滔而来，会把人们拖到苦难的深渊。多少年来，人们把治水与擒龙紧紧地连在一起，在想象，在期望。

一百多年前的清朝咸丰三年(1853)连续暴雨十三天，山洪暴发，冲走了桥梁碇步，冲走了房屋人畜，下游几十万亩耕地成为泽国，灾后尸体堆积如山。1922年一年之间，先后遭受十次洪灾，当时淹死、饿死的就有三万余人。小洪水更是年年不断，当时人们抗洪，可是那一家一户的个体经济根本没有能力，不可能抗洪。人们认为这是"蛟龙"过境，只得求神拜佛，在桥梁的腹部安置了"宝剑"，祈保"平安"，结果"蛟龙"无法拦住，山洪一来，桥梁、碇步连同"宝剑"一起冲走，同时淹没了不知多少无辜的生命！

洪涝与干旱，像贫困与疾病一样，往往连接在一起，有时先涝后旱，有时先旱后涝。咸丰三年那次涝后好几个月不下雨，形成严重干旱，土地龟裂，禾苗枯萎，沙石冒出了火烟，不知有多少人家被迫去逃荒，人们一遇到干旱，就成群结队到龙潭、龙井"求雨"，祈望龙潭或龙井里的"蛟龙"，从水底跃起，横空而过，洒一场喜雨。结果，天空仍然没有半点云丝，人们的心被烤焦了："这是命里注定，天不赐人，好苦啊！"

"唯心论""天命观"，重重的精神枷锁把苦难的人们束缚在水深火热之中。

新中国成立后，人们不会忘记过去遭受旱涝的苦难，更不会忘记旧社会的剥削制度，国民党反动派、地主恶霸带来的比旱涝更深重的灾难！

是毛主席、共产党指明了平阳人民前进的道路。经过较长时间的准备阶段，排除了林彪反革命修正主义路线的破坏和干扰，就在70年代第一个春天，一个开天辟地、气势磅礴的擒龙战斗展开了。

多么豪迈的气派啊！英雄的水库建设者在混浊而辽阔的地球上活动着，永不疲倦地活动着。

以大坝为中心，有数十条宽窄不一的道路伸到四方。有的一头挂在大坝上，一头直延到远方赭黄色的宽道上，建设者的革命歌声，组成了向大自然宣战的乐章，表达了水库建设者“愚公移山，改造中国”的英雄气概！

看啊，炮手们在几十米高的悬崖峭壁上操作，身系保险带，头顶蓝天，多么像一群展翅欲飞的雄鹰。发炮了，炮声是那么清脆、沉重，一声接一声，有时数声连发——“轰隆隆”、“轰隆隆”，震得地动山摇。碎石与惊鸟一齐高飞，在空中撒开无数黑点，烟雾与过岫的白云融合，给山峦挂上了一层淡兰色的帷幕。烟散了，在炮手们爽朗的笑声中，高山矮了半截。

看啊，开挖浇捣泄洪洞的战斗在山的肚子里进行，工人们日日夜夜站在水中操作，泥浆溅了满身满脸，在辉煌的灯光闪耀下，多么像一朵朵红的、白的、黄的牡丹花！

看啊，修配厂里的工人，都是来自各地的能工巧匠。他们把炉火烧得通红，锻呀，锻呀，锻好修好一个个车轮。愿时代的车轮更快地向前，让一切困难险阻在时代的车轮下碾得粉碎！

看啊，测量队同志扛着红旗、三脚架，整天在工地上巡回测量。尽管他们水平多高，技术多好，只能测出工程的进度和质量，却测量不出水库建设者无穷无尽的革命热情和科学精神！

水库建设者来自全县各地，他们中，有的是解放战争中的立功者，有的是朝鲜战场上的爆破手，有的曾饮过长江三峡的泉水，有的曾遇过玉门关外的风沙，有的曾在南京长江大桥建过桥墩，有的曾造过新安江水电站的大坝，……啊，星际虽远，我们可以用器械估计它的距离。地球虽大，我们可以用仪表测量它的厚度。而水库建设者昔日深受苦难迸发出来的力量是无法测量的，无数实践的经验凝结起来的智慧是无法估计的。

工程的进展毕竟有个过程。大坝是一车泥、一车泥，一车沙石、一车沙石填起来的。溢洪道、泄洪洞、发电洞是一块石头、一块石头，一担泥、一担泥开挖出来的，要填起一座像山一般的大坝，要开挖、浇捣几百厘米长的整个泄洪系统，该付出多少汗血和毅力！开头，有些人存在着这样或那样的思想情绪，也曾出现过“智叟”那样的人。在建库过程中，是自力更生还是依赖国家，是多快好省还是少慢差费，搞洋的还是土洋结合，始终存在着矛盾与斗争。水库建设者像炸碎巨岩顽石一样，踢开前进道路上一个个的困难；像开挖清理泄洪洞、发电洞里的乱石淤泥一样，不断清除人们思想上的障碍物，直至把它打通。工程在进展，思想在提高。大坝在一米一米地增高。建设者的视野也在一步步地扩大。站在大坝上，仿佛看到了金黄稻浪在翻滚的丰收景象，看到了由水库电站供电的钢铁厂的灿烂钢花，望见了北京天安门前节日的焰火，望见了亚非拉人民战斗的滚滚硝烟。水库建设者把自己的平凡劳动同中国革命与世界革命紧紧地联结在一起了。

我们的党和国家关心人民的生活，素来是不提倡带病劳动的。可是在工地上却经常出现带病出勤的情况，而且都是在事后才知道的。领导上作了多次批评也不见效。有一次，有一个同志感冒发高烧，医生发现了给他开了药方并写好“病假证明书”。可是一眨眼，这个“病号”不见了。医生急得只是皱眉头，这么大的工地往哪儿找！后来才知道这位“病号”是去拉车，“病号”幽默地说：“感冒不是病，拉几趟车，出一身汗，热就退了，这比服 A、P、C 和注射霉素还灵验！”

在我们社会主义国度里，劳动纪律是要严格遵守的。可是在工地上早上班、迟下班、主动加班却成为老习惯，破也破不了。有一次，工地早班下班，有一个连一部分同志背着另一部分同志自动留下来，加班到午夜零点。第二天，不能参与加班的另一部分同志，吵吵闹闹地向连长提意见：“同是毛主席领导，同是学习毛主席著作，同在一起建设社会主义，你们加班，为什么不让我们加班？”连长弄得说不出理，只好在大会上作了深刻的“检讨”。

类似这样的事例，在工地上真是说不完，道不尽。如遇台风，洪水袭击工地、工程进展到关键时刻，那抢险、救人，技术革新的动人事迹更加如雁荡山麓的山泉，源源不断。

从县委领导到大队干部，从工程总指挥站的总指挥到各个连排的连排长，以及所有的工程师和技术员，在工地上既是指挥员又是战斗员。工程设计蓝图上那粗粗细细的线条，是他们和群众的心血凝成。大坝上每一层泥土里那斑斑驳驳的影子，是他们的脚印。泄洪洞里奔泻出来的清流，渗着他们的汗水。她们身上散发着泥土的芬芳，手上的厚茧剥了一层又一层。啊，毛主席的光辉著作《五・九批示》在他们心中点燃起一盏盏红灯！

如何变水害为利，擒住蛟龙叫它乖乖地为人民服务，为人类造福，对于经过数年奋战的英雄的水库建设者来说，不再是奇幻的神话，而在他们手中成为现实了。

看，又高又长的大坝横卧铺满鹅卵石的溪滩上，黄灿灿的，多么像一条巨大的黄龙！大坝两旁用大块大块青石头砌成的外墙，石块的斜角接着斜角，在阳光照射下闪闪发亮，多像黄龙的鳞甲！那大坝腰间一级一级直铺下去的石板岭，多象黄龙的爪，深深地扎在溪滩里。大坝西头一个泄洪洞，一个发电洞，仿佛是黄龙的两个鼻孔，那钢筋水泥造成的导水墙该是它的口舌吧！如今，从千里群山汇集来的溪流已按人的意志从泄洪洞、发电洞里通过，下游几十万亩地得到滋润，庄稼茁壮成长；千家万户点上电灯，宛如满天星星；水库里欢乐的鱼群在游动，满山的茶叶、果树散发着清香。小游艇上人们正在畅谈国内外大好形势，笑声在水面上飘荡……何等壮丽的美景啊！

黄龙呀黄龙，英雄的水库建设者，不靠神仙上帝，只靠一个个建设者的智慧和千百万双勤劳的双手，把你擒住了，把你驯服了。

南国踪迹

去年秋季，中国作家协会浙江分会组织我们几个写诗的成员（莫洛、洛雨、唐湜、岑琦、闻欣和我），到南国参观访问。在途中，写了一些文字，这里是其中的几章。

夜过上饶

夜深深，列车如龙游向上饶境，记忆的车轮推不动昔日的深情。

啊，黎明前，黑暗如墨水淹住这座小小的古城。古城内外，设置多少集中营。丹心在燃烧，热血在沸腾，多少人在铁窗里召唤光明。

宁静的夜，激动的心，四十年前的往事就在眼前。清晰地望见父辈走向刑场的伟大形象，耳畔犹闻铮铮的镣铐撞击声。多少先烈永别前的国际歌和口号声，给亲人们留下的绝笔书和诗行，更是无声胜有声，把亿万不愿做奴隶的人们唤醒。

多好啊，党的三中全会扭转了祖国的乾坤，解放了重重高墙的思想集中营；多少无辜受害者得到拯救，连同九泉之下未曾入册的英灵。

如今啊，机声隆隆滚雷霆，灯海灯山亮晶晶。这些机器的配件，或许有昔日脚镣手铐的成分；这盏盏明灯啊，是先烈的眼睛还是跳动的心？这心，为共产主义壮丽事业而跳动；这眼睛，望着咱们这一代和下一代的子孙。

想到此，泪水在我心头凝固，双眼湿润了。全国还是多少地方点着昏暗的煤油灯、菜油灯，还是横倒着的柴火灯。在灯下，还有多少不是盲目人认不出方块的字形，不是哑巴者喊不出方块字音……作为革命后来人，肩上的担子重沉沉！

列车的前进，满载着先烈的遗愿和人民的心声。振兴中华，又一次中国式的新长征。

记忆的车轮推不动昔日的深情，迎朝霞，列车已过上饶境。

南岳望日出

烛融峰上。

心里架起钓竿，甩出漫漫长线的钓钩于空虚的遥远。是捕捉空中的飞鸟，是垂钓海里的游鱼，还是探索宇宙的精灵？

千万枝钓竿向着一个方向，宁静吞没了心跳，明明灭灭的星星就是垂钓者急促的呼吸。终于，钓出了第一缕金丝般的晨曦，钓出了千万缕金丝，钓出了一大片火光。

天风命令乱云飞渡，火光处黑烟滚滚。恐怖奇袭着垂钓者，地球将在火光中毁灭，连同一颗颗紧绷着的心！

俄倾，整个世界又坠入冥冥的虚幻中。垂钓者的心结冰了，往下沉、沉、沉……

俄倾，天边出现一个红点，红艳艳的，是火炬。千万支心的箭头射向火炬，抓住力的焦点，拼命地拉、拉、拉，为伟大的生命催生。

啊，是金冶的鸡，是铜炼的马，是银铸的鲤鱼，是玉雕的兔子，是火缀的鲜花……

东方地平线上出现了希望，希望在舞蹈，在跳跃，在欢呼，在歌唱。

遥望南昌城头

南昌城头第一响枪声，婴儿坠地的第一声啼鸣。她，打破了千年古城的肃穆沉寂，舒展了慈祥母亲的愁苦皱纹，划开了墨黑天宇的一线裂痕，给东方大地投下了一束锐利又和煦的光明。

在三百六十五页日历上铸造了“八一”这一天，这是血与火孕育的生命。她顽强地生长，繁衍无穷。于是，有了八一广场、八一公园、八一学校、八一工厂、八一商店、八一大桥，有的孩子出生在这一天就名叫八一……中华人民共和国就这样形成。

跟“八一”同龄的树木已有五十多个年轮了，关于“八一”的故事就刻在年轮上，也刻在人们的心里，一代一代往下传。

洪都舞会

洪都新府，名流云集。八一前夕，一位中国共产党的领导人以警察局长的身份组织了一次盛大舞会。

会内会外，轻盈的舞步与粗野的足履交织，温柔的歌声与紧迫的呼唤伴唱，嘹亮的洋乐与无声的枪弹合奏。以柔情克制激愤，用香水中和硝烟，以拥抱代替肉搏，举酒盅就是举刀枪。

“名流”们陶醉了，打起烟枪，对准各自的喉咙、心脏、猛烈射击，几多梦幻，都随烟枪的云雾飘得很远很远……

枪声响了，晨曦冒出眉尖，《八一风暴》一剧才宣布开场。

这是发生在一九二七年的真实故事，将近六十年了。如今，当青年的男女伴侣漫步跨入舞厅的时候，还能想起什么？

平阳城赋

两浙咽喉，八闽唇齿，平阳形胜，一方独秀。置县肇始西晋太康四年（公元283），城址相传名士郭璞遴选。仙坛昆山似斗牛，对峙于前；石塘鸣山如伏虎，拥障于后。纵连沃壤百里，雁山重重；横接碧波万顷，鹿岛点点。美哉，气象万千得天独厚之平阳城！

历千载涌现各类俊彦，近百年更是群星灿烂。谢侠逊巧构棋局天下谁敌?！苏步青数学泰斗全球钦誉；马星野报界巨人海外获奖；吴景荣英汉巨著，国际扬名。喜哉，古今文武精英荟萃之平阳城！

天沉沉兮风悲，夜漫漫兮雨苦。平阳人民自强不息，坚持抗争金钱会起义，震雄风于浙南；神拳会运动，竖旌旗于仙坛；红十三军攻城，夺印盖临于县堂密室；抗日英豪奋起，卫尊严在中华国土。短刃与长枪相博，热血与头颅齐飞。昔日悲惨场景，如今遗踪尚在！壮哉，富有英勇革命传统之平阳城！

古时县城周一里余，呈椭圆形，南北斜长，东西差缩。至元代至正年间，城郭重筑，周三里八十步（合六五三丈），原城有敌台八座，窝铺二十八座，谯楼一座，四城门各有吊桥一座：东曰挹仙门，长青桥；西曰登瀛门，白石桥；南曰通济门，普济桥；北曰迎恩门，永安桥。抗战时期，日机轰炸，弹痕重叠，雉堞圮尽，至民国三十三年全部拆毁。嗣后数十春秋略有整修，但不敢跨越城池。山高城小，人多地少，房舍参差，相互枕藉。行人匆遽，啄冠帽于低檐；道路坎坷，湿履屣于深洼。厉风更兼急雨，令人心惊胆寒。巨树伴危房倾倒，人畜随洪水漂流。强者远走高飞，弱在困守家门，自足于清茶淡饭，未敢于革故取新。惜哉，自我封闭自我保护之平城阳城！

历史潮流汹涌澎湃，改革开放天风浩荡。高瞻远瞩，拓宽思想境界，政通人和，描绘建设蓝图。始于一九九一年冬月，历经五个春秋，高楼栉比，大厦林立，轮奂翚飞，街巷井然，扩大数倍之城市，终于在人民手中托起；其时也，登极顶以啸傲，环幽径以吟咏，观园林之花鸟，闻古寺之钟声，综览种种建筑，传统文化与现代新潮携手，愚公精神与科学态度结合。伟哉！宏构雅观超群之平阳城！

平阳物华天宝，四季如春，人口众多，元代曾一度作为州治，近年更以擒龙伏虎之势，将九凰隧道、昆鳌大道贯通斗牛之鼻，直达鳌江港，形成昆鳌组合城市，其西以南雁荡山为背景，江河似彩练入东海，集镇如珍珠缀其间，此乃山岳型国家重点风景名胜区也。其东南则以南麂列岛为屏障，天生资源得护养，蓝色土地任耕耘，此乃国家级海洋类型自然保护区也。屹立铁岭之通福门，阅尽沧桑，三易其名，由城郭唯一遗留之建筑，由其作了历史见证：不设城墙之平阳城，扩展至为此格局，前人难可逆料。如今通福门，真正成为通向幸福之门！平阳不独是座城市，抑又为大洋之门户矣！高据中轴线上之文明塔，将召唤物质文明和精神文明取得巨大成就，趋向光辉灿烂之未来！

（此文系与王擎峰君闲聊后逐步形成的曾于上世纪刊于《平阳报》）

“金钱会”领导人赵起的家乡钱仓

乘汽车从平阳往桥墩门行驶，约二十分钟光景，便可看到一个山上巨石黝黑、山麓矗立两座古塔的地方。告诉你，这就是“金钱会”起义领导人赵起的家乡——钱仓。相传在很早以前，山上重叠的巨石缝里有“铜钱”流出，人们就给它起了个“钱仓”的名字。

钱仓，是一个多古迹的地方。

山麓上本来有四座石塔，因为年岁久了，塌了两座，现在只剩两座残塔。一八九〇年（光绪十六年）刮大风，打坏了塔尖，掉下一口铁镬，上面铸有北宋末年的“靖康年号”。

石塔后面，有宝胜东西两寺，原来是唐咸通年间（860—874）建的。寺内有钱王楼，五代时候吴越国国王钱镠，曾在这里睡了一个晚上，所以这座楼的名字也就叫“钱王楼”。现有的宝胜寺是清同治（1862 年至 1874 年）年间重建的，寺的规模比过去较小。

西寺的后峰巅有古人的题记，也有人说，那里有魏晋人的八分画。东寺的东面有黄石公洞，洞内很幽静，有迂回的石级，石级之间有小桥，流水止处，可观东海，这就是所谓“山海奇观”，宋元间有个名叫黄本英的，曾栖隐此处。

山的东南麓有个小湖，湖旁石壁上刻有“仿佛西湖”四字，是清知县何子祥写的。

爬到山顶，在乱石间有一块方平的巨石，这就是挟仙台，有的人叫望海坛，在这里可以俯窥一五七一年（明朝隆庆年间）建筑的钱仓古城全景。

来到钱仓，面对着这么许多古迹，自然的，会使人怀念起古代的英雄和文人。

（此文原刊《浙南大众报》文艺副刊）

绿的梦

——沿着朱自清的足迹游仙岩

不知是什么时候，我突然独自进入绿色的境界，在绿色的云雾中飘荡。飘呀飘，飘过杂乱的树梢，飘上峻峭的山峰，飘入缥缈的月宫……感到十分舒坦。渐渐地，我又飘飘然往下沉，沉呀沉，一直沉到一个深潭的边上。那深潭绿得可爱，晶莹、鲜润，像是"蔚蓝的天融了一块在里面似的。"我一点也不感到冷清、寂寞，反而感到温暖、和煦。这哪里是一潭清水，原来是一缸不知陈了多少年的佳酿，还散发着醇厚的香味。我用双手掬起它，大口大口地喝，痛痛快快地喝个醉，还在酝酿最美的诗句来赞颂它。当我一纵身跳进这神秘的绿色怀抱时，心头一乐，猛醒过来了。原来是个梦，是个古今中外多少骚人墨客追求的绿色的梦！

一看手表，是凌晨四点整。该动身了，我要沿着朱自清的足迹去游仙岩！

当时我住在温州柴桥巷地委招待所，按原定计划，到温州的小南门乘第一班四点三十分的河轮到河口塘，上了岸，穿过一条长长的笔直的板车路，就到了仙岩。这时太阳还未上山呢。

清晨的仙岩富有仙气，我开始追索现实的绿色的境界。在远处大罗山轮廓的衬托下，在白云的映照下，初冬的仙岩，群山还显出较深的绿意。颇具规模的仙岩寺正在修整。寺前有放生池，水清见底。大殿右旁有四个方形的水池，水不深，可是池里长满青苔、水藻和不知名的小草，绿嫩嫩的，一层深似一层。小鱼悠闲地在游玩，偶尔向水面一跃，使这块绿色的水晶顿时溅起绿珠。这该是这绿色矿藏的露头矿石吧。

从仙岩寺后边右首上岭，真的"听见花花花花的声音"，仿佛朱自清先生正在前面走，我在后面跟，一下子就到了六角飞檐的梅雨亭。亭边石壁上有"飞白"两字。面对瀑布的飞花碎玉，说像梅花也好，说像杨花也好，说像李花也好，再没有什么语句比朱先生写得更细致生动了。

为了跟随朱先生追捉那迷离的绿色神光，我站在亭前危崖上俯瞰。亭下有几排乱石围成的小石城。踩着小路下去，小石城里有"溪山第一"、"四时梅雨"、"漱流忘味"等摩崖石刻。"溪山第一"四字，署名看不清了，但字写得十分苍劲、凝练，看来仿佛是朱熹的手迹。小石城东边，临梅雨潭有个石天窗，面对天窗看梅雨潭，上看不到瀑布的来源，下看不到潭布的去处，白花花的，像银河悬挂，如白绸滚动，别有一番风味，这个天窗，就是朱先生说的“石穹门”，出石穹门，就到潭边了。

坐在潭边的岩石上，借着晨曦，我一遍又一遍地读着《现代游记选》中朱先生所写的《绿》，一遍又一遍地观察梅雨潭的景色，我想得很多很多：这《绿》中描画的绿呀，这醉人的绿呀，既可信又不可信；说不可信又真可爱。朱先生写这篇散文到现在快六十年了。六十年前，虽然没有像现在建了水电站，梅雨潭上游的水没有改道；那时山上还没有开采矾石和瓷土，水流没有受到任何污染。但不管怎么样，也未必绿得像朱先生描画的那个样子，绿得那么有风格吧？况且如今山上除了松柏以外，还长满桉树、剑麻等常绿植物。这些近十年来所栽种的植物，这是朱先生浏览时不可能见到的。关于潭，不论是庐山的乌龙潭，还是莫干山的剑池；不论是台湾的日月潭，还是雁荡山的石门潭，比起梅雨潭，比她大，有之；比她深，有之；比她绿，也有之。但反映到散文作品上来，绿得这么绝，绿得这么活，绿得这么可爱，恐怕是从来没有过的。我从中悟出了生活真实与艺术真实的关系，自然美与艺术美的关系，艺术美与心灵美的关系。朱先生，现代的散文大师，正因为是您写活了绿，才给原来不知名的梅雨潭招来了名气。才给仙岩增添了仙气。《绿》，这仅仅是一千来字的散文，多少后来人拜倒在您的神化了的笔下！

朱先生在《绿》中，提到仙岩有三个瀑布，而他曾两次漫游仙岩，那另两个瀑布定然是看过的。只是为了艺术的剪裁，没有写上文字罢了。据说，那两个瀑布也很不错，我也就乘兴去看个究竟。

从梅雨潭左边的石板岭上去，只十来分钟，就能听见隆隆隆隆的声音，时断时续，就如从远处传来的闷雷。这气氛使人仿佛感到是个大热天，汗流浃背，驱散了初冬的寒意。沿山坡下去，有条小沟，沟上铺着一块刻有“雷亭”两字的青石板，当作小桥。小桥的一边就是雷亭的遗址，只剩下孤零零的四根石柱。石柱上有“欲踏春雷来绝顶，不同凡响激清音”的楹联。我细心地体味这对楹联的意思；原来雷响潭就在亭前不远处的悬崖下，观看雷响潭要跨上悬崖，响雷就在脚下。可见这个“踏”字，用得贴切。

壮了壮胆，我站在悬崖边上俯视潭底。啊！这里跟普陀山的潮音洞何等相似！都是在夹峙的成瓮形的巨岩中，大洞套小洞，洞洞相通。潮音洞在东海岸边，由潮水灌迸发出音响。这里却是梅雨潭的上游，瀑布从这里挂下，瀑流在夹谷中奔腾冲击，发出了音响。在悬崖边的大石板上，或站着，或坐着，或倚着，反复辗转，细细琢磨，能听见各种各样不同音色的声响，大自然赋予人们的享受太丰富了，最后我干脆高卧在石板上，或仰，或俯，或侧身躺着将耳朵贴在石板上，听呀听，其声响真是妙极了——我听见深夜琵琶的弹奏声，听见雨过竹林的沙沙声，听见风过古老松林的咆哮声，听见西洋乐队的伴奏声。不，还不止这一些，我还听见号角声、击鼓声、脚步声、呐喊声，还有移山填海的爆破声……你想象什么，就能听见什么音响。多么美妙的音乐！

雷响潭四周，有松树，有竹林，还有许多绿色灌木，好像整个世界笼罩在绿色中。据说，过去曾在两崖之间架上石板桥，旁边竖着铁栏杆，站在小桥上，听音响，看绿色，该多好啊！我还设想，如果从半山腰辟条小径下去，绕进潭中，那里不是一潭都是水，而像金华冰壶洞那样，还有许多周旋的余地；里面绿茵碧波，幽静异常；坐在里面透过"一线天"看周围的绿色境界，那不是另有一种味道吗！

从雷响潭顶越过小溪，再走十来分钟，就到了龙须瀑。我站在龙须亭前面观望，瀑布像是从蔚蓝的天上直冲下来，在绝顶分为两半，似乎是从龙的两个鼻孔里流出。下面有个突出的大岩壁。仿佛是龙的下巴；那条分支的瀑布，在这里作激急的撞击，溅起了漫天大雪，又挂下了万条银练，这就像龙须了。此刻正是涸水季节，龙蜇睡了，挂下的龙须已成涓涓细流，铮铮作响；如遇山洪暴发，巨龙狂舞，那无数条急流互相穿插，那定然是龙须直竖，色鳞散甲，数十里外也能听到它的吟啸声。

龙须瀑啊龙须瀑，我看你一定不是一条黄色的龙，不是青色的龙，也不是紫色的龙，而是一条绿色的龙。你是绿色的源头。如果没有你，哪有梅雨潭的绿；如果没有你，也不会产生散文名篇《绿》！

沿着朱自清先生的足迹作仙岩一日游，宛如做了一个神妙的绿色的梦！

（此文原刊温州文联创办的杂志）

南麂美龄居

宋美龄是一位在中国政坛上出过风头而今已超百龄还能作画的老人。她住过的别墅、寓所以“美龄宫”、“美龄居”命名的不知有多少，莫干山、庐山、武夷山、南京等地的美龄宫都处于自然景观荟萃之所在，建筑风格独特，室内摆设古朴。而且各有逸兴雅趣启人思绪的传闻，因而吸引了众多的来访者、旅游者。

南麂岛的美龄居同样是在风景秀丽的大沙澳东北面山坳里，背青山面碧海，当时树木葱茏，十分隐蔽，站在门口远眺前方，小岛横列，渔帆点点，此处离台湾基隆港只有140海里。这座美龄居全部采用大石块、钢筋、水泥结构。四周的窗户安上铁丝网。当时屋顶还堆上泥土，种上多叶的小树，青翠的杂草。在外面窥望，根本看不出有什么建筑物，宛若是个掩蔽而坚固的碉堡。据在岛上工作多年的叶德喜说，几十年了，这座美龄居还十分坚实，而且窗上钢铁一点也不生锈呢。这个寓所只有三间平房，中堂是会客室兼活动室，两边是卧室，屋后两厢，一边为卫生间，一边为厨房间。

这座寓所据说是1954年宋氏率歌舞团到南麂岛慰问值防部队特地建造的。自从南麂岛列为国家级海洋自然保护区以来，尤其是1996年中秋节南麂召开海峡两岸笔会以后，不少知名作者、名学者将美龄居写在他们的文章中，连台北温州同乡会会刊里也提及南麂美龄居。

恰巧笔者曾与在蒋介石官邸电台做过事的萧志杰学兄相遇。他是一位热爱乡土的在台人员，笔者曾去信委托他在台湾搜集有关平阳旧志，他花了不少功夫，复印了一部《隆庆·平阳县志》赠送给平阳县志办公室。近年经常回来，我俩谈了不少往事，也谈到南麂美龄居一事。萧志杰学兄下面这段话，是我在会晤后记在记录本中，抄出来供读者参阅：

前年，我到过南麂，也到美龄居，不知怎的，总有一番感慨。因为人们知道我是蒋先生身边的人员，就问我宋氏有否到过南麂。我一时还回答不出来。时间的车轮倒退到1949年4月，蒋先生引退时，我也在奉化溪口，我当时是蒋先生官邸随从电台，驻在溪口武岭公园，有二十多人。同时还有个国防部的电台。当时处于风雨飘摇的气氛中，有人对我说，八年抗战算长，这次共产党渡江可能比抗战时间还长。我细细体味了他的这句话，随即告假回到老家，看看父老兄弟，然后再去台湾。我的好友陈金元随“太康”号兵舰在象山港口出发，到黄浦江中的复兴岛，5月7日换乘“江静”轮作东海之行……

陈金元是东北人，他家住在鸭绿江之滨，他是负责发电机机务等维修工作，他到台湾后与我交往较密。去年我回台湾将南麂美龄居有关情形告知他。问他蒋氏有否到过南麂。他说老先生与夫人于1949年春夏之交曾到南麂岛，在南麂住过一夜，是否住在这个地方（指美龄居）还不清楚。因为当时我是在兵舰上，没有上岸去。

这样看来，宋氏到过南麂是确信无疑了。后来，我查了一下资料，感到又不对头。美龄居是在1954年才建造的，宋美龄是否在1954年以后又到过南麂，住过美龄居，一时无资料可以佐证。

（此文刊于1998年8月3日《温州日报》）

党的光辉照亮了他的心

——记浙江平阳鼓词盲艺人章锦永

浙江省平阳县的盲艺人章锦永，几年来一直坚持演唱现代鼓词，博得了听众普遍的赞扬。

旧社会夺去了他的双眼

章锦永出生在钱库章均垟(现属苍南县)一个贫农的家里，六岁死了母亲，七岁被送到姑母家寄养。后来，因生活还是过不下去，十五岁时，他父亲东求情西送礼。凑了百斤谷子送去当学徒，干的是最累的话，经常开夜工，干到天亮。由于过分疲劳，眼睛熬红了，很久，很久，双眼失明了，不会干活了。老板又一脚把他踢出来。他只得含泪拿起小鼓到处唱“街头词”，不知挨了多少侮辱，受了多少欺凌，才熬到解放。

第一次懂得了工作的意义

一九五一年，章锦永进了曲艺协会，领导上组织大家学习毛主席的《在延安文艺座谈会上的讲话》，使他第一次懂得了自己工作的意义。他心中久久不能平静，想起毛主席的教导，觉得心里亮了。他说：“我是干革命的，老是给帝王将相、小姐公子捧场，对革命有好处吗?”从此他立志编唱现代题材的鼓词，从一九五一年宣传婚姻法唱《小二黑结婚》起，到现在一共演唱了大大小小一百多个现代鼓词节目，其中有《三世仇》《李双双》《大渔湾歼敌》《节约办婚礼》《李大娘捉匪》等，都很受听众欢迎，有时即使唱传统鼓词，章锦永也要选古为今用的好词。他一直坚持在词头加唱现代小节目，还经常到街头、田头义务配合宣传。有些节目是根据当地真人真事自编的。

为革命，更要高声演唱

现代鼓词是个新东西，有人说它“不成体统”，有人说“没味”，有时听众少了，经济收入也受了些影响。章锦永的情绪有时不免起些波动：“现代词要不要唱下去?”

现代鼓词谁欢迎、谁不欢迎？章锦永反复地思索着。有一次，他在城南社唱《三世仇》，台下有的听众哭了。第二天，一个七十多岁的老大娘来找他，说怎么唱词唱起她的身世来了：她为了还债曾把九岁的女儿卖给地主，女儿死也不去，狗腿子把她抢走，以后就不知死活了……章锦永想，哪一本老词有这么强的感染力？有这么大的教育效果？一九六二年蒋介石妄想窜扰大陆时，章锦永在湖前公社宣传，有个家伙跑来吓唬他："你还敢唱共产党的江山牢，蒋介石打来你要跑也找不到路！"他回答："我不怕，人民力量大，蒋介石休想打进来！就是为这牺牲了，也是光荣的！"后来听说那家伙是个反革命分子。这件事使他深深地体会到，新词句句都像刀子扎在敌人心窝上。他们越怕，咱越要高声演唱！

刻苦钻研唱好现代词

对一个盲艺人说来，唱现代词有很多困难。第一要懂政策，不能把政策唱偏了；其次要熟悉生活，要把现代人唱真、唱活。章锦永就努力学习，他用耳朵替代眼睛学，每到一个地方总是请人家读报，而且听得很认真。他说："我不听报就跟不吃饭一样，肚里空空的。"为了唱好现代词，他每到一个地方就问生产，问生活，问农村中的好人好事，了解农民过去受的各种苦难。他还经常去听现代戏，体会不同角色的语言、声调、性格，把它运用到新词中去。他认为，干革命就不能抄近路，别人用十分功夫，他就用二十分功夫，唱不好现代词就是对革命不负责！

由于章锦永注意提高思想，接触生活，提高演唱技巧，所以他唱的现代词很受听众欢迎，成为平阳县唱现代词的积极分子。今年春天获得县先进工作者的光荣称号。

（此文与高义龙合作，1964 年 6 月 16 日刊于上海《文汇报》。高义龙时任上海京剧院李玉如的编剧。曾与彭兰天一起到城西体验生活。高氏现为上海戏曲研究院资深研究员，有戏曲研究专著多种。）

人杰地灵

——访著名数学家苏步青故里

发源于南雁荡山的鳌江，蜿蜒流淌，注入浩淼的东海。南雁山麓，鳌江两岸，历代出了不少人才。著名的数学家姜立夫、苏步青、李锐夫、杨宗道、白正国等都出生在这里。人杰地灵，这里有什么特殊的条件才能造就这么多人才？笔者带着这个问题，叩问沿途一草一木，去拜访著名数学家苏步青老教授的故里——平阳县带溪乡大溪边地方。

从温州市或平阳县城驱车可直达腾蛟，往东步行几分钟，便看见一条横跨辽阔溪流的长桥。陪同前往的区乡领导同志说：这是从腾蛟到苏步青同志老家的必经之道，苏老儿童时代经常在这里玩耍，泼水嬉戏，钓虾捉鱼。原先，这里只有耙齿般而且掉了牙的碇步，过溪极不方便，如遇山洪暴发，往往冲走人畜，造成祸害。五十多年前，苏老的哥哥苏步皋出面劝募，有钱出钱，有力出力，造了五十九孔的石板桥，每孔桥面有五块长石板。近年随着经济的发展，车来人往，显得拥挤，群众又集资在桥板两边用钢筋、水泥把它拓宽。群众说，我们的道路越走越宽了。

苏老已有三十多年未回到家，但对这座桥是念念不忘的，寄予深厚的爱恋。如有乡亲到他那里，他总是要问：桥下泥沙涨得多高？水还有多深？

漫步在石板桥上，心胸豁然开朗。是不是永远不知疲倦的溪流给了苏老勇往直前的毅力？是不是这一长排中流砥柱的石桥脚，给了苏老顽强的意志？是不是这些无法数清的色彩斑斓的鹅卵石，引起苏老少年时代的沉思、遐想，插上金色的理想翅膀，飞向数学奥妙的天府？我边走边想，来不及跟路旁众多的棕榈、桉树、杂木、剑麻打招呼，一下子就到了苏老的故居。

这是一幢古老的乡村平屋，一共七间，坐北朝南，稍偏西。中堂有四米多宽，正中设有供桌。壁上写有唐诗绝句，纸张虽陈旧剥落，但“朝辞白帝彩云间”、“霜叶红于二月花”等字迹依稀可辨，看来是出于行家手笔，颇清秀、潇洒。

中堂不是处于这幢房屋的中央，而是夹在从左到右的第三间。这里原来是五间平屋，后来又在右边加了两间，一间是曾留学日本的哥哥苏步皋的住房，尽右头的一间是凉轩，凉轩没有围墙，边沿是石栏杆，栏杆外有鱼池，假山石，还种有各种花卉。凉轩里当年还挂着画有山水花鸟的竹帘条幅，宾主可绕栏杆观赏庭园景色。苏老的父辈虽历代务农，生活过得很俭朴，但对美化环境还是热烈追求的。现在凉轩虽改为住房，但整个房屋的结构没有变动，旧貌依然。

这幢低矮的房屋，身材高大的人伸手可以摸到檐口。前前后后的窗户都是木构的，没有一块玻璃，冬天只好糊纸御寒。除中堂边两间是用"卍"字形的窗花外，其余窗户都是用很简单的竖直木条，一数都是十一条。我站在苏老当年常住的左边第二间平屋的半启的窗户外，透过窗花，看到屋里摆着一张老式的木床，是苏老当年用的，已经六十年了，紫檀红的色彩还不显得十分陈旧。床前左侧柜台上，还放着一个高脚蜡烛台、一只煤油灯，房中还挂着一只雪白灯罩的电灯。这蜡烛台与煤油灯料想是为偶然停电时备用的。面对这些灯具，顿时有一股激流从心中流过，我差点狂呼起来：我已经找到了苏老成才之路，只是还差一盏菜油灯！是啊，苏老用灯光战胜了漫漫长夜。在暗淡的菜油灯下，他在学读《幼学琼林》，做普通的加减乘除；在跳动的蜡烛光下，他在读《资治通鉴》，攻几何、代数；在微弱的煤油灯下，他在念外文名著，撰写论文；在明亮的电灯下，他已登上数学峻岭的一个个山峰，让每一丝思维，为祖国人民和世界人民的幸福而发出光芒！

利用时间，是门科学。苏老在青少年时代就很善于运用这门科学，敢于驾驭这门科学。夜晚，他在灯下苦读。白天，房间里光线不足，他就在屋后竹林边摆张桌子做功课，依在树旁看书。就连车水灌溉时，也是一边双脚踩着水车，一边靠在水车架上看书。时间伴着白花花的溪水流进农田，也伴着无穷的知识流进他的脑海。日本留学回来时他仍然是孜孜不倦地学习。苏老所以成大家，除了天赋资质以外，就是勤学苦练，持之以恒。正如他屋前屋后通道上的三合土，因基础打得实，功夫下得深，已经上百年了，至今未见裂痕。人的成才，三分靠天赋，七分靠勤奋，道理就在这里。

爬满藤蔓的古围墙告诉人们，屋前屋后的庭园昔日很宽敞。这里当时种着各种各样的奇花异木，茂林修竹。虽经砍伐，但仍留有农家庭院的丰姿。合抱的苦楝的树椿头像圆圆的石鼓长出了挺拔的新干，展出了新枝。几株桉树高高地挺立着，头顶蓝天，成片的竹林把空气也染绿了，新笋正破土而出，一切都显得生机勃勃。庭院中较大的树都用红漆标上号码，是苏老的亲属做的，为的是便于管理。

屋左边檐口外的一株枇杷树，据说是苏老的父亲种的。老父亲曾对人说，前人种树后人乘凉，种水果也一样，是让给后人吃的。苏老少年时，曾在这株枇杷树下精心地做过功课，吃过甜美的枇杷。苏老后来在数学科学和教育方面的成就，同样也是为后人造福！不知何时，有一株小榕树寄生在离地面约一厘米的这株枇杷树的洞凹里，树根已沿着树干钻到地下，吸取大地的养分，榕树干抱着枇杷树往上爬，如今已枝叶茂盛了。这“榕抱枇杷”也称得上苏老故居庭院的一景！

离枇杷树后十余步，在翠绿竹林的掩映中有个高高的亭子模样的所在，外墙壁与瓦背都爬满厚厚的野藤和青苔，长年常青。有一株苍老的长藤，攀着杂树，蜿蜒曲折，环抱在这绿色的亭子上。这长藤足有碗口粗，真像蛟龙，身上长满着刺，有指甲那么大，是龙的鳞；伸出的枝刚硬有力，像龙的爪。嫩绿的叶，七张互生，人们称它是“七姐妹”。

屋后扶疏的树林下有个古井，三尺见方，清幽幽的。苏老就是饮这口井的水长大的，井水映过苏老年轻时英俊的身影。苏老就是用这口井的水磨墨写字，如今苏老的书法特别是楷书有相当的功力，这口井水是作过贡献的。井边有个青石大盆，是苏老长辈遗物，苏老少年时曾在这里洗番薯、青菜、衣服，抛过晶莹的汗珠。

梦里家山几十春，
寄将瘦影问乡亲，
何时共赏卧牛月，
袖拂东西南北尘。

这是苏老写的怀念故乡的七绝（此诗曾用玉版宣写成书法作品赠送作者）。出故居后门不到一百步就是苏老青少年时代常去赏月的卧牛山了。这山不高，是个起起伏伏的丘陵，真像一头大水牛横卧在溪边饮水，苏老故居就处在牛的胸脯，那弯弯曲曲的溪堤是条牛绳子。笔者沿着牛腿向牛背走去，在羊肠小道一旁发现一座荒墓，墓碑上写着“南宋忠义林霁山先生之墓”，这墓碑是乾隆已卯年立的，由县令徐恕题字。字虽平常，但这个七品芝麻官却为保护古迹做了好事，使后人知道南宋爱国诗人林景熙的墓就在这里。我于是肃然起敬，向这位在此飘荡一千多年的爱国诗魂献上一束山野春花。是啊，这里正是苏老“闻鸡起舞记当年”的处所。当年，他在这里牧过牛，念过诗，唱过山歌，赏过秋月，林霁山的爱国思想和诗词艺术才能给他很大的影响，加上他自己长期的磨砺，所以苏老在古诗词研究和创作方面也取得重大成就。他是西泠诗社的社长，不仅用古诗词抒写情怀，赞颂祖国；而且把它用于外事活动。1979 年苏老等一行科学家访问西德札塞尔多夫城，一家饭店主人请他题诗，他就即席写了一首七绝给他留念，店主非常高兴。一位自然科学家，在数学的研究和教学上取得那么高的成就，成为国际上有重大影响的数学家；而且在社会科学方面又是那么渊博，成为一位诗人，是多么不容易！

登上卧牛山的山巅，也就是卧牛的牛角尖，不知名的鸟儿在枝头欢跃吟唱，碧绿的氤氲从四周向我袭来，空气清新而且带有淡淡的芬芳。此刻我正置身于群山环抱之中，苏老的故居就在前面，一弯溪流似一道电光在屋前闪亮，远处遥遥相对有三个并列的山峰贴在蓝天上。有位白发老人说：前面就是笔架山，好风水呀，所以这里会出名人。此时此地，确实容易使人产生人杰地灵的感受。当然，阴阳先生讲的关于风水那套骗人鬼话不可信，但是这里山川之秀丽、风景之明媚，确是人们生息、读书的好地方，环境对人的道德、品性、体格有一定影响，但单凭秀丽的山川，也就是风水并不会出人才。出人才的因素是多方面的，但最主要的是靠人的主观努力，靠培养。由于得到热心教育的学者的资助，苏老才能于1919年出国留学。他在日本东京帝大当研究生时，厦门大学、北京大学、清华大学、燕京大学几乎同时发去电报，聘请他当教授。当时苏老感到诧异，为什么一下子会得到这么多名牌大学的重视？后来才知道，他自己用洋文写了几篇数学研究方面的论文，给当时在南开大学当数学教授的姜佑佐（即姜立夫）先生看中了。当时姜先生也不知道苏老是谁，只看出有才华，就给他推荐了。姜先生是伯乐。由于姜立夫先生的提携，年轻的苏步青成才了，成为数学家了。新中国成立后，更由于党的重视，所以苏老才有那么大的成就。以上所说，大概就是人杰与地灵的辩证关系吧。

离别时，灿烂而温煦的阳光正照耀在大溪边，照耀在苏老的故居，整个村子红艳艳的。啊，八十多年前，苏老就诞生在这村里，五岁时住进如今这幢平屋。这里正是数学家兼诗人的摇篮。在回归的路上，我们一行又屡屡回首，向这个“摇篮”致以崇高的敬意！

（此文原刊《南雁杂志》与其他文学月刊）

遁劫·自经·永生

——林声松兄印象

一个甲子前就结交了林声松兄。在笔者的脑海里留下真实深刻印象，还是在1957年以后。

那时林君还在平阳万全湖岭劳动，瘦弱的身躯满是泥巴，那不是镀金，而是改造思想。听人说，原先要给他戴上“右”派帽子，幸好县委有位领导发了慈悲心，牵他一手，不让他戴帽而作为“右倾分子”下放到农村劳动改造。不久，大跃进开始，因为宣传鼓动工作的需要，又暂时抽上来参与编写文艺演唱资料，也打打杂工，他默默无闻地低着头苦干、夜以继日地苦干。碰到熟人想打招呼又不敢打招呼；想说什么又不敢说。尤其是碰到《布谷》文艺小刊物的编者与撰稿者，远远地都相互避开。他不会忘记，曾因看重或亲近有才能的知识分子也列为一条“罪行”。若干时日后，林君才恢复在文教局内分管文化工作。此事直到二十多年前与当时任县委宣传部长孙洁先生一次深淡，才得到证实。她说：“反右运动”，平阳县第一个定为“右”派的是黄菽民，那是地委定的。当县委内部讨论王惠川、项川是否定为“右”派时，意见不大统一。她发表了自己的看法：“这两个都是资深的名医生，那就算了。大家都同意我的意见，没有定上。后来各系统、各单位都铺开了，我就搞不清楚了。至于林声松，将要定案时，他找到我，他说得很多很多，最后讲到自己家里大的大，小的小，一家十来口，自己身无缚鸡之力，……他流了泪，……那你就到下面劳动去吧！”林君遁逃这场劫难。直到最近，林君的挚友查到林君的档案，确实只是改定了个“右倾分子”。

回到县机关后，林君住在文教局（昔日是天主堂）前面大门边的小平屋里，没有方丈那么大，一桌一椅一床（单人床），实际上是当时没设传达室的传达室，经常有人到这里敲门，问这问那，林君不时在熟睡的深夜惊醒。

读书对林君来说是一种嗜好。他看了《三国演义》《三国志》《水浒》《红楼梦》《儒林外史》、古诗词等许多古曲文学，也看了《包公案》《彭公案》等等一些小说、野史、甚至连不让出借禁止阅读的《金瓶梅》也偷偷地看了。现代的一些文艺作品，他也喜欢看。有时他也写一点短诗、演唱一类的作品，但不愿发表，在众人催迫下偶尔也在文艺宣传资料或小报上刊登了他的作品，刊发前总是一再征询文友的意见，最后让不懂文艺的领导定夺。讨论现代京剧《浩气长存》、现代越剧《城西之花》等等剧目时，他也常在座，但不大发表意见。讨论剧情发展转折走不出路大家默坐时，他竟拿出好“点子”，却露出心惊胆战的脸容，恳切地说：“我讲的不一定对，不当数，你们再讨论吧，最终还是请领导定夺。”

在他的单人床头，堆满书籍报刊，当时只限中层干部看的《参考消息》，他是每期必看，时与好友谈论天下大事，谈得较开怀，有欣喜，也有愤怒，不时用指头在小桌子上敲敲。但末尾又是说“这只是个人交谈，不要让别人知道”。按理说，他是会做好当时国内外形势报告的，但他没有做，不敢做，说到底是轮不到他去做。

下乡配合中心工作，几天也好，数月也好，到外地参加社会主义教育运动也好，当时各系统、各科局领导与一般干部都是轮流去的，但在文教局，每一次都是定林君去，他几乎包揽下乡任务的一切。每次他都埋头苦干，干出成绩或可嘉的成绩，但没有人给他一点一滴的肯定，更不要说表扬。不少与他一起下乡的干部也感到兴味索然，林君也忐忑不安。

一天夜里，林君突然来到笔者住处，开门见山地说：“我那里又不让干了，你看怎么办?”“叫你到哪里去?”“平阳纸伞厂。”这个厂有好几百工人，是集体的企业。这对林君说来，是个完全陌生的地方。不去吗，组织上已经定了，怎么办？……笔者也想不出办法：“既然组织上决定了，不去也得去，还是去试试看。”他光喝茶，还要香烟抽，两人香烟一根接一根，烟雾腾腾，快十二点了，才冒着小雨丧气地离去。

平阳纸伞是传统的有名产品，但组织原料与销售产品却困难重重，“文革”中期宗派斗争还在延续。林君去后经过一年多的拼命工作，总算做出成绩，扭亏为盈，工人们反映良好。毕竟这个厂原先是个烂摊子，车间里或职工之间有什么问题，一发生就闹到办公室，就闹到林君住宿的寝室（就在办公室隔壁），有人拍桌子，捶门窗，甚至在办公室哭哭啼啼，难熬的岁月让林君产生回老家的思念，并向笔者透露自己的心迹。笔者率真地对他说：“凭你的阅历与性格，既然机关回不去，绝对不能下基层，况且你有午睡片刻的老习惯，在基层那里有午睡的时间。你要再三思而后行。”

几个月后，林君说区里有领导要他回去协助工作，很快地办厂组织转移手续，打起轻便的行李，回老家山门区去了。

人生的道路多么艰难曲折。大约二三年后，听说林君进了学习班，禁闭在区卫生所楼上的一间小房里。没有多长时间，原与林君邻居也干文化工作林瑞选君悄悄地来到我家，讲了林声松进学习班的状况，该怎么办？我听了都是些鸡毛蒜皮的事，上不了网，就讲了该如何正确对待群众运动的大道理。最后说声松同志又不是区里主要领导，肚皮要放大一点，好听的不好听的都要听，没有事。

月朔又圆，瑞选君又急匆匆地来到我的办公室，掩上门，就直截了当地说，这几天学习班对他批判更严肃，轮番批判，要他交代问题，简直是……我问有关友人了解一下情况，根本没有上报林声松什么材料。我就对瑞选说，你回去要想办法转告他，不要想不通，反“右”大劫难已经遁逃过关了，别怕：要正确对待，要忍耐、忍耐、再忍耐，船到桥下总会直。

月圆又缺，不幸的消息终于在机关中传开：林君在山门区卫生所楼上的小房里自经身亡……

这怎么可能呢？林君平时闲聊，说历史残存的帝王将相为了江山社稷，有的平民为了衣食住行，而走绝路，这是多么无知的作为。讲到底，就是笨。林君聪明多智，为什么要选择这条愚策、走上万般痛苦的自经之路呢？太令人费解！

事后，林君的家属受到牵累。大儿子林瑞耕又从农械厂走进他生父进过的学习班，名叫叶解芳的媳妇，亦不让当民办教师。几经张罗，一位姓胡的文教部门领导才让她继续当民办老师，后来转正、退休。大儿子迟迟才回农械厂，后来当上副厂长，最后在信用联社主任任内退下来。还有他家中大大小小，在祖国振兴飞腾的日子里都有了美好的前程。

林君殁后两三年，在新昌玉佛寺巧遇林君的老同学周笃先生，谈起上述旧事，不禁唏嘘，周先生竟顿足捶胸，太令人痛惜也。事后三十年，周先生为了编辑《林声松先生纪念文集》或称《林声松先生哀思录》，竟前后来电十多次，还亲自到了苍南县城，敦请旧时文友萧耘春兄和我为这一集子题签或撰写悼念文章。牵涉这么多人与事的文章实在不好做。但盛情难却，只得遵命。因草拟一联，作为这篇笨拙短文的结束语。联曰：

俱往矣，世间滋味：酸香苦辣咸甜，任先生尝品；

未来也，网上影形：得失是非功过，由后辈评论。

近年，先后得便到了林君老家看望大小两次，均未到过林君的墓地。如有机会，约三五旧友，在林君的墓门焚烧上述一副联语，愿世间所有烦恼事，皆不了了之，顿时消失，和谐相处，皆大欢喜，或供上三炷香，愿林君的英灵跟随飘渺的香烟直上天国，悠闲欢乐，永远生存！

郑立于2007年清明前一日于苍南县城志楼

（此文载《林声松先生纪念文集》）

深切怀念杨奔

平生以沉默出众的杨奔先生沉沉默默地离开尘寰，已经三年了。可是他的音容身影还不时在我的梦境中出现：他端正地坐在书斋的古旧书桌后，眉毛舒垂，双目微闭，只露一线光辉。是在阅读古籍后的疲惫神态，还是参禅入静，达到超脱境界；我差一点喊出：这真是一尊自塑的菩萨！再详细一窥，头上戴着长白山，白雪皑皑，该是一位博学的老居士。在沉沉默默的气氛中，杨老微笑着跟我频频点头示意，唤出我的姓名，我惊醒了。

这是幻觉吗？杨老病重时在苍南龙港家中治疗、调养，一家四代人看护着，小女京婵更是尽心尽力。大半辈子走着坎坷道路的老人终于在晚年获得幸福。一天，他在接近休克、昏迷状态中醒来。为了试试他的识别能力和记忆能力，当朝夕伺候在旁的大儿子邦泉躬身面向老人时，家人问："这是谁？"他回答："是老郑！……是郑……立于。"这足见1979年作为中宣部试点复刊的《平阳报》全体同事间情谊之深，亦应验了杨老平常闲谈中提到的佛教所谓"回光返照"之光景。此时，我正在杭州，是老同事萧耘春兄在电话中告诉我的。多少年了，一想及此，许多萦怀之往事便涌现眼前。

报社同事间相互尊重，亲密和谐，杨老年纪稍高，同事们对他格外崇敬。各个版面的编辑编好稿，或已出小样，在送审前一般都请杨老过目、修改，杨老看得很认真，也很尊重别人的意见，发现什么问题都共同商讨解决，哪怕有一个错别字也不轻易放过。他看清样，很讲究标题的制作，也十分关注社会动态。

1980年，鳌江下埠建在塘堤上的两排二层房屋。发现壁上挂着的衣服杂物突然着火冒烟，扑灭了又在另一处发现，这一家扑灭了又在另一家出现，间断延续好几天。弄得人心惶惶，县里公安科技部门去人了，地委公安处来人了，县领导也专门为此开会研究，探索原因。报社更是时刻注意动态发展，并在其他方面寻找原因。杨老和其他同志在古籍中发现，古代皇宫曾发现类似情况。汉口、汉阳、武昌地曾在一个晚上发现五处同时起火，据传是天上掉下火球所致。游寿澄发现在湖北省一份小报中，曾刊载一位老大娘回娘家时，发现包袱里的衣服着火冒烟、灭了又生的新闻，鳌江生事现场人山人海，谁也说不出此事的根由。公安部却认为这不是敌人破坏，但须加强消防工作，走了。有位科技干部却在会上说堤，塘在海边，过去有很多海鲜脚货堆积在那里，况且生事这二三户地上只是铺垫泥土，没有浇上水泥，海鲜中的磷质发散出来，碰到传热的东西就着火冒烟了。会上有位领导干部为了急于平息事态，认为这种说法也有几分道理，要报社大力予以报道。报社编委与杨老认真研讨了这一现象，在藐视中国传统文化的岁月里，当然就不能拿古籍证明这一奇异的自然现象的存在，但这位科技干部自圆其说之谬论，亦不予理睬。看来，坚持实事求是，这遵循科学规律亦是办报一大准则。近年，横阳各地陆续发现天然气，平阳老糖厂附近的原三中院外曾多次发现稻草堆于雨后非人为的着火燃烧现象。杨老在天有灵，该如何向世人阐述科学原委，解开千古疑团?!

一个星期六的早上，我们集体登荆溪山采访调研林业生产及其他情况。到了半山亭坐下来休息，看到亭柱镌有张鹏翼、苏渊雷二先生书写之的楹联。座中有两位书法高手。于是就从这两副楹联为话题，谈论横阳已故几位书法家的书法风格与技法，谈得较多的是杨悌的书法成就与遗存作品。杨悌是杨奔的祖叔，平时在众人面前一直沉默不爱讲话的杨老打开了话匣子。从杨悌的身世，谈到治学与书法的关系，使年轻编辑与记者理解书法“功夫在书外”的理念。

中午在青山寺用餐，在寺侧巨岩板上吃荤菜喝酒。岩旁有高大的松树、柏树和其他杂木，松树的枝叶败残，系松毛虫（即松虎）侵害所致，如不及时抢救危害无穷。记者随后及时撰写了新闻。

这座山上有好几个寺院、道观，山麓又有耶稣鲜堂。归途，大家谈的都是有关宗教的话题，杨老向大家介绍青山寺住持西震出家、求戒、募化建寺的历程。还约略谈了较为熟悉的僧人、羽士的逸事遗闻。杨老生活涉及面较广，博览群书，因而他的散文作品题材十分广泛，读来津津有味。晚上由美术编辑曾成金在鳌江家中请客，酒后乘小船赏月色回到县城，已经快午夜了。杨老说，这种神仙般的日子真是不易多得！此后，当时还不是休息日的星期六，一般都集体到农村采访调研，游山玩水，几乎成为惯例。

传闻墨城乡有幢古屋楼上有“鬼”。那里是海滨山村，大家都感到奇怪，杨老更兴致勃勃，欲探其奥秘。刚好有位姓黄的年轻记者大学毕业后曾在这个乡当过干部。于是就由他带路到这个乡报道海涂围垦与海涂养殖，同时也去探索“鬼”的秘密。

这个有“鬼”之所在，就是乡政府的后楼，据云此古屋乃庙宇演变过来的。据说，夜里所听见鬼的脚步声，悲惨的哭泣声，如遇阴雨绵绵的黄昏，还能看到鬼的身影在楼梯上飘荡。我们在乡干部陪同下上楼看个究竟，看见楼上廊道很深很深，旁边的房间极其简陋，地上桌上堆积厚厚的灰尘，窗棂上还长着青苔、小草。房间里还有木棍、草笠等杂物。说是曾作为民兵活动室用的。晚上没人到这里，根本没人敢在楼上睡觉。整个氛围是阴森可怕的，但见不到“鬼”的踪影。在关于“鬼”的自由谈中，大家从《聊斋志异》谈到现实生活，举出许多例子说明鬼的存在和不存在，较能得到赞同的说法是：凡是“十伤”（指非正常死亡）而死亡尤其是含冤而死的恐怕有鬼，其余统统不会成鬼，否则世界上充满“鬼”，人就无处容身了。在鬼的自由谈中，一贯沉默的杨老发言最多，他还讲了某地有两妯娌吵架，强者把弱者活活掐死，最后终有因果报应的实例。他从“鬼”谈到天（自然）的关系，说得头头是道。杨老在他的诗文作品中富有哲理，源出于此。下午，大家攀登了五六百米高的墨城山，游了人们求雨、风景秀丽的龙潭。然后又走了弯弯曲曲的窄隘山岭小路回到县城住处，又度过了一个不是休息天的星期六！

苏步青先生题匾的“言志楼”面对九凰山、锦屏山、背依东门山，左右各有。一条溪涧，山泉终年不涸。周围苍松翠竹，花花草草，杨老当时就寓居东南的那一长间。每逢朝夕，他往往沏一壶茶坐在庭院里，边品茗，边看书，偶尔有一二小鸟飞到庭内觅食，或是一只松鼠在树上跳跃，他都会放下手中的读物，细致入微地观察。有一次我在楼后山高险峻的岩石上攀登，发现了岩下有多丛野百合花。我挖了一丛带回来，让杨老看看。杨老笑呵呵地说：“这野生百合，既可观赏，又能清肺治咳，大酒家还作为佳肴上桌。一个月前我在山上已经看到。”后来我俩曾带着小锄头上山挖两丛回来，清炖、加冰糖让大家一起吃。杨老在作品中对事物的描写那么深刻、精细、生动，跟他坚持深入体验生活、洞察自然社会现状是密不可分的。寓居言志楼将近两年，杨老心情较为舒畅，写了不少古诗词和散文作品。

杨老一生极其勤奋节俭，在清淡的生活中只嗜一杯酒。在遭遇苦难的岁月中，往往以酒解愁，这是他自己所说的吃苦酒，吃闷酒。时移运转后，有时与一二知己对饮，痛快时也会打破沉默，激昂陈词，大有“对酒当歌，人生几何”的感叹。但他喝酒很节制，从未喝醉。掌握的分寸是，最高是趋向“飘飘然”的境界，不应进入“茫茫然”，假如陷入“不知其所以然”那就越轨了。杨老不大喜欢喝啤酒，爱喝白酒，爱喝浓度稍高的白酒，宁可少喝些。他常说，读文学作品，假如水分过多，味道就淡了。因此，他的作品，在文学上都是经过一再推敲，以短小精悍见长。杨老在治学各个方面的成就与经验都是值得我们学习的。

一个晴朗的早晨，几位老友约我一起去看望患病的杨老。共同商议有关《苍南文献丛书》一些问题后，请杨老一起到龙港一座新修的大寺院里用餐。他婉言谢绝了，我在他耳畔道：素斋加“三点”是你最喜欢的，反正小车一直可以到达寺内，去吧。杨老回答，我还能走动，但对“三点”，却一点兴趣也没有了。杨老常对老友说，老年人最怕“变相”（指一反常态），一“变相”就……大家都为杨老的健康而担忧。

告辞了，老友间平时都不拘礼节，不握手。这一次杨老却主动与大家一一握手。在楼梯口，深情地拉着我的手久久不放，似有很多话要说。不料这一次握别竟成永别。

杨奔先生走了，永远沉默了。不，他用心血凝成的一切著述尤其是散文集《深红的野莓》和《霜红居夜话》将永远留在人间，让世人传诵！

2006年12月15日于杭州西子湖畔言志楼三舍

（此文载《杨奔先生纪念文集》）

附：吊唁电

杨奔先生治丧委员会：

惊悉杨老先生病故，万分痛惜。杨先生在坎坷人生道路上刻苦自学成才，育人著书编修县志皆卓有成效，有散文作品行世，令人敬仰。一贯沉默的杨先生，如今永远沉默了，其英灵将随飘渺云烟飞向西方极乐世界。望其子女节哀，继承遗志，发扬光大。

郑立于 于杭州

春天的早晨(外一章)

东方破晓,万物苏醒。

在晨曦中,远山现出来了,近树现出来了,无数农舍像没有张帆的船现出来了。

电线杆是没有尽头的五线谱,小鸟们不规则地栖息在铁线上这就是音符。人民公社社员在歌唱,歌唱春天里的好早晨。

看吧,撒满朝霞的河面一只只河坭船,有力的竹篙在打漩涡,掏出河底的乌金。

看吧,翠绿色的地毯上,金黄色的地毯上,人们正在用双手精心刺绣,绣一幅春花丰收图。

看吧,竹鞭挥乱彩霞,牛蹄踏碎青天。辽阔的土地解开了黑色的胸膛,为金山、银山填基。

看吧,妇女送肥队来了。那么矫健、那么轻盈,宛如一群展翅飞翔的燕子。

看吧,再看吧,这看不厌的春天,这看不完的春晨美景!

深 夜

夜深了!一幢幢农舍传出的鼾声打破夜的宁静。社员们把一天的疲劳消失在甜蜜的梦乡,又在那里积蓄干劲,准备迎接第二天的黎明!

听,还有谁没有睡呢?东屋传来深沉的吸旱烟声。育秧老人还没有睡,他在测温度,用心血灌进每一颗种子。他要亲眼看到每一颗种子萌芽、生长。

听,那稳健的脚步声由远而近。这是队长在巡逻牛栏、秧田……欣赏这迷人的夜景。

听吧,会计室还有嘀嘀嗒嗒的算盘声。细心的人正在计算“一年早知道”;计算全队社员的干劲。

这一切,美妙的轻微的声响汇成了宏亮的号声:奋勇地投入春耕战斗!争取今年农业生产好收成!

山行随感

路

大路、小路、直路、弯路、交叉路……条条路上云雾铺。走到尽头，又一条伸出，真是“山上无门都是路”！

路，是人走出来的。可是，哪条路通向光辉的未来，较近、较平坦，还得有人引导，自己探索。

在生疏的三叉路口，又无处询问，只有方向明确的人，才不会走错路。

登　高

头顶蓝天，脚踏山巅，望无边海水托出一轮红日，胸怀顿时开阔。而知难而退、不愿流汗的人，永远达不到这样境地，欣赏不到这样奇观，得不到这样感受。

登高，要出力、要流汗。而到达顶点时的愉快，将会数倍超出你原先付出的劳动代价。这在望山兴叹的人却无法领受。

苍　松

你站立在悬崖顶上，那么威武、挺拔。一片白云飞来给你当围巾，雄鹰在你的腋下掠过。

你不怕严寒、酷热，春夏秋冬，年年如此！

我在遐想：是哪块悬崖赋予你强大的生命力吗？不是，哪块悬崖杂草不生，只有向阴潮湿处长着青苔，怎能孕育得出你那高大的身躯？

这到底什么原因呢？

山风用粗犷的话语对我说，它每天早晨承受第一缕曙光，根系穿过崖隙，深深地扎在泥土中。请你问太阳和土壤寻找答案吧！

（此文作于1962年秋在省第一次党代会召开的地方——平阳凤卧乡，刊于文艺刊物。）

岁寒三友

大年初二清早，太阳未上山，起伏的山峰还沉浸在茫茫的晓雾里，迎着远处几声爆竹，我开了房门。城东公社城北大队第三生产队老社员吴老伯挑着粪桶倒粪来了。

“同志，你早！”吴老伯笑吟吟地向我打招呼。

“吴老伯，常言讲‘初一解规，初六挑肥’，初二就挑肥，你不怕触犯旧规吗？”我跟他开起玩笑。

“同志，你怎么也老封建，现今用新历书，晴天就是好日子嘛。”

吴老伯笑了。因为没有门牙，笑声不很响，却极清脆。倒了粪，他又踏着矫健的步伐走了。我仿佛看着他挑的是新的一年的希望，是满田地的好庄稼。

我走出大门。又一位须发斑斑的老人，推着垃圾车走过来，车子停到了小山般的垃圾堆旁。这堆垃圾就是这位老人平时堆积起来。往日，我进进出出，都没有注意，今年却引起我极大的兴趣，我说：

“老伯，你真勤力，初二就干啦！”

他回答道：“这几天大街小巷什么甘蔗渣呀，柑橘皮呀，多得不得了。新年里，街道也要打扮打扮，春耕也需要肥料，所以我就动手了。”

在攀谈中，我才知道这位老人姓杨，是城北大队第四生产队的。队里专门做了一只垃圾车给他积肥，已经好几个月了。

“杨老伯，这一堆垃圾有多少担？”

“至少也有三百担。”

我看看这位老伯挺有风趣，就跟他说起笑话：“这堆垃圾能换多少谷子？”

“多少？夏收时来瞧吧！”说完，便又推着车子走了。

事情真巧，当我正要跨过屋东边的石桥到田野去时，城西公社九街大队第一生产队六十一岁老社员黄老伯扛着猪粪筐来了。他说为了今年农业增产，也要出一份力量。

在一个钟头内，我碰见三位老人。虽然天气严寒，我却感到在他们身上，有一股腾腾的热气，这热气来自农业生产高潮到来的时候。

松、竹、梅是岁寒三友，这三位老人的气质正是这“三友”的气质，这种可贵的气质，是争取今年农业生产丰收的重要保证。

（此文癸卯年正月初十刊于《浙南大众》文艺副刊）

三更暴雨

这是一个真实的故事。说的是红星队一对热爱集体的夫妻。

生产队长张明勇，是个刚直的人，全心全意为集体，对大家有利的事情，就是上刀山过火海也要干。明勇的妻子李菊花也是个勤劳的妇女，她有三个孩子，还养着两头肥猪，外加一群鸡鸭一窝兔，每天家务事真是够她忙的。平素两个人也很恩爱，只因为明勇整日为队里忙碌，对家里的事情少管一些，菊花不时会皱起眉头，半夸奖半埋怨地说："这个人啊，工作入了迷，真的连老婆儿子都不要啦！"

前天，跟往常一样，天刚朦胧亮，张明勇吃过早饭，坐在门口竹椅上穿草鞋，看他的样子似乎是准备爬山岭。菊花问：

"今早全副武装要到哪里去？"菊花当过女民兵，所以会讲几句军队用语。

"到南雁山去买'战马'。"明勇习惯地耸一耸肩，犹如一位将军。

"刘老伯为什么不去，这是他分内的事，又顶内行。"

"队委会讨论，决定由我和刘老伯一起去。"

菊花心中有些不高兴，皱着眉头说：

"人家自留园里建起什么三层楼、四层楼，一季接一季；我们种南瓜的那两畦，南瓜早已吃到肚里去了，而园畦还没有平整好，菜种也该撒了。"

菊花话虽这样讲，其实她的自留园里真可称为百花齐放呢。什么豆，什么瓜都有；只因为她争胜好强，想走到别人前头，所以才急于整园播种。

"今天傍晚我就赶回来，你不要急！"明勇说着就跨着大步走了。

因为菊花这两天要上山打猪草，所以掘园要靠明勇帮一手，现在明勇既然走了，她便找把锄头悄悄地到自留园去。掘呀掘呀，由于她双手灵巧，只两根香烟的工夫就把那园畦整好了。傍晚，她又抽空把菜种撒下，由于忙着给小孩们洗身体，烧晚饭，看看天色并不错，没有拿稻草盖畦就回来了。

将近三更天的时候，菊花被急促的敲门声叫醒，她以为是明勇回来了，可是开门一看，原来是保管员杨老伯。杨老伯说：

"菊花，刚才我从前村回来，路上碰到公社党委书记，他说半夜过后可能有暴雨，叫我们赶快准备。我看你刚播下的菜种，如不盖一盖，恐怕会被水冲去。稻秆放在哪里呢？”

“稻秆就放在田头。杨老伯你就别去我去。”菊花回答。

不等杨老伯再说话李菊花已赶到播菜种的田边，并且将稻秆盖上去。

果然，三更天来暴雨，菜种安然过了这一劫。

（此文刊于《浙南大众》文艺副刊）

特色薯刨

平阳番薯丝刨是浙江省手工业名产之一，它是加工番薯必不可缺少的工具，产地集中在平阳秀溪地方，素以锋利、轻快、美观耐用、落丝均匀等优点著名。品种规格粗细具备，以大小和用途分为二十四斤、二十斤、十八斤、十六斤、十四斤、十三斤（注：是按总重量计算的，一百张刨片为二十四斤者，品种定名为二十四斤，其余相同）以及大茶刨、淀粉刨、机刨等九种。产品除畅销本省和福建、江苏、安徽、广东等地外，还外销越南、捷克斯洛伐克等国家。

二百多年以前，在平阳秀溪地方有个叫邓武聊的铜匠，平时经常挑着担子翻山越岭为当地农民修补铜器。他看到农民在加工干番薯时用刀切，粗细不匀，效率不高，于是便试制起番薯刨来，经过数十次试验，终于制出了第一把番薯丝刨来。这把番薯刨结构简单，虽然比较粗糙，但和当时用刀切比较，已经是一种先进工具了，后来经过不断改进，质量不断提高。

新中国成立后，特别是三年大跃进以来，党领导制刨工人组织了生产合作社，生产设备不断增加，技术队伍也有了扩大，盖起了新的厂房，番薯刨生产发展很快。今年职工们根据国家需要，千方百计克服铜、锌、薄铁皮及其他辅助材料不足的困难，年产量可比一九五七年增产两倍多。

（此文刊《浙江日报》）

翻耕的启示

从前，有一个种田老汉，有三个儿子，家里很穷，只有几亩瘦瘠的田。老汉病重临死前，叫三个儿子到床前吩咐道："我这回的病很沉重，没有办法医好了。我没有什么东西遗留给你们，只有一大瓶白银埋在我们自己的田底下，你们去找吧！"说完后，来不及儿子问他埋在哪丘田底下就合上眼睛死了。

三个儿子又悲伤又欢喜，安葬了父亲后，便拿起锄头和铁锹到田里去挖，挖了一丘又一丘，挖了一层又一层，都没有找到。只得种上稻苗。

因为田地经过深翻，这一年稻苗长得很好，收成来的谷子足足可以吃一年，三个儿子高兴极了，这才体会到父亲所说的话的原意。

这个故事，很多的人知道，不少的人会讲，我愿做留声机，把它重复地讲一遍。或许对有些对深耕翻耕田地的意义认识不足、认为夏收夏种期间没法安排劳力来翻耕的人有所启发。

（此文刊《浙南大众》）

传统纸伞

到过平阳的人，大都要买几把平阳纸伞。因为平阳纸伞具有配料精细、伞骨粗壮坚固、伞纸坚韧、厚薄适宜、上油均匀、伞面光亮、轻巧美观、结实耐用等独到之处。

平阳纸伞有百余年的历史。最早在平阳城关开设的纸伞店，只有李春和、张春盛两家。起初，只经营修补业务，后来才设店制伞。近年来又增加了王永顺、王万盛两家纸伞店，慢慢地形成为名伞产地。可是，在新中国成立前，平阳纸伞近于半工半停的状态，工人们把自己的处境比喻作“挈篮子”，随时都有失业的危险。

新中国成立后，平阳纸伞在党和人民政府的领导下，生产走上了集体化的道路，盖起了崭新的平阳纸伞厂。纸伞质量和产量显著提高，特别是连续三年的大跃进，生产由手工操作改为部分半机械操作，产量从1949年的二万六千多把，增加到去年的二十六万九千多把。工人的劳动条件和生活条件都有较大改善。

平阳纸伞整个生产过程分成九十六道工序，每道工序都有严格的操作规程和质量要求：如配骨，要配得均匀，相差不能分厘，这样纸伞合起来才能正圆、匀称；糊伞纸要松紧合适，使伞纸不易破裂，上伞的桐油以煎到“百条丝”为标准，“百条丝”，就是桐油要煎得老嫩适宜，测量的办法可用指头蘸桐油一捏后扒开，桐油会拉到寸把长，形成千丝万缕时才算合乎要求；上油要上得匀，伞面才能经久不裂，不怕日晒雨打。……由于道道工序重视质量，所以，平阳纸伞在市场上有一定的信誉。

（此文刊《浙南大众》）

榆垟晋代古墓发掘始末

距平阳县城10里的榆蝉乡茶亭村。1963年4月的一天，传出了一个喜讯，说有位农民捡到白银好几罐。乡里也向县里报告，时任平阳县副县长的徐新对，一面向专署有关部门作了汇报，请他们派员前来考察，很希望方介堪先生能下来看看，一面邀笔者一起赶到现场了解情况。

我们步行到茶亭村，找到那位捡到“白银”的农民，他说我在龙头颈山坡上薯田里掘地，一掘两掘，田地上挖出一个洞洞，用锄头柄伸下去探一下，空洞洞的。随即把洞口挖大，看看洞里有瓶瓶罐罐的东西，有的像水壶，洞边是砌得很整齐的砖头。于是我用小木梯放下去，把几个罐子拿上来，带到家里去，邻居一知道，就传出了捡到“白银”的传闻。洞较深，里面有什么东西不知道，怕碰到毒蛇，就上来了。

温州文物部门干部也赶到了榆垟现场，方介堪先生因有要事，没有及时来。他们带着手电筒和一些轻便的工具，向附近农民借来竹梯就下洞了。洞在墓顶，下去了发现一条小甬道，沿甬道进入墓室，见地上整齐地摆着一圈圈古铜币，一摸就成为残片或碎粉了。这座古墓长十二市尺，宽四市尺，高六市尺米，连接中甬道成为“刀”形，结构极为严密，甬道是刀柄，墓室是刀身。墓砖上铸有几何图案或“太元十七年”字样，太元是东晋孝武帝年号，太元十七年，就是公元392年，离被发现时已有一千五百七十一年。现在算起来，已经有一千六百一百多年了。

出土的文物有大小瓷壶、鸡壶、铜镜、水壶、瓷砚、小瓷碗、古钱等十一件。其中两个瓷壶和小瓷碗着有褐色点彩；铜镜是紫铜做的，背面铸有四个精致的人物。那个龟形水壶更加小巧玲珑，色彩鲜艳，令人喜爱。据温州考古人员说，像这种墓，一般都没有藏着白银，于是解除了那位农民捡着大量白银不缴给国家的顾虑，事后，徐新对又叫当时兼管文物工作的县文化馆买了一个瓷脸盆、开水瓶等物品。送给第一个发现古墓的农民，以资鼓励。

另外，笔者还随温州文物管理部门的干部，在墓后山园里找到几块石箭头残片和石刀等。据说这是新石器时代的遗物。说明在一千六七百年以前，这里就有先民在栖息、劳作、生活了。

平阳是浙江省最南的一个县，与福建省福鼎县接壤，发现出土文物这么多的晋代古墓还是第一次。它的发现，对研究浙江的历史特别是研究浙南平阳的历史有一定意义和价值。

（此文原刊《浙南大众》《浙江日报》，收入本书时略作增订）

凤山之麓创平中

平中是在抗日硝烟弥漫的1938年冬开始筹办的。是年十一月十一日召开立校筹备会议,认为抗战伊始,交通不便,在平阳创办一所中学是很有必要的。本县名绅王志澄将南麂岛所有田、山、宅等产业捐赠学校作为开办经费来源,一面呈报,一面招生,暂借当时城区中心小学为临时校舍,就在这所小学的礼堂里隔了两个教室,同时,开始筹建新校舍。十二月一日,组织校舍建筑委员会。推选县长徐用及张真园、朱君爽、吴家桢等人为建校委员,确定孔庙为新校址。

1939年2月开学。招收了两个班,一百多个学生。校长张真园,平阳县城人,1939年5月份,因城区中心小学容纳不下,平中借用广慧禅寺(半山庵)为校舍。10月由浙江大学化工系毕业的吴家桢主持校务;11月11日举行建校周年纪念日,此后每年的此日定为建校纪念日。

1940年7月,吴家桢因患病,体力不支,辞去校长职务。8月由朱君爽接任校长。11月1日校舍建筑委员会推定朱君爽为总务主任。除管理中学外,并兼管建筑校舍事宜。

1941年5月,新校舍大楼一幢完成了,只二楼,是个马蹄形布局,计有九个教室,二个办公室,还有少数寝室。面对孔庙原有的一座并列的石雕牌楼,碧绿的泮池,背后又有古老苍松掩映的凤山作依托,颇显壮观。大楼正门上系李济琛的题字“平阳县立初级中学”隶体,笔势苍劲挺拔,为这所中学增添了光彩。现今新建的平中校门由著名数学家、教育家苏步青题字,这也是众望所归,对平阳教育事业有很大的鼓励与鞭策。

1941年下半年,平中由半山庵搬进孔庙新址,接着修建传达室、女生宿舍、厨房、厕所、填平运动场。男生与部分教师宿舍借用平中东边的内寺和外寺。有的同学就睡在四大金刚的脚下。原孔庙的明伦堂,作为学生集会的场所,两边墙壁里嵌着不少石刻碑记,其中有“明伦堂”三字传为朱熹书写。校长室就在明伦堂西边的一间。学生的食堂后来在两边间后搭起了草棚。周围没有墙,到冬天,朔风凛冽,站在那里吃饭是够难受的。

1942年1月，平中第一届学生毕业，计有马允伦、程作渭、武杰、林则仁等四十四人。

平阳县第一中学，终于在抗战烟火中成立了。

（此文刊《平阳报》）

新中国成立前的平阳县立中学

"凤山之麓,铁岭之东,抗战时期诞生我平中……"

这是新中国成立前平阳县立中学校歌开头,每当我漫步在铁岭之东的公路上或走进平中大门,这歌声仿佛就在耳畔和心灵深处萦回。

平中是在抗日硝烟弥漫的1938年冬开始筹办的。是年十一月十一日召开立校筹备会议,认为抗战伊始,交通不便,在平阳创办一所中学是很有必要的。遂以南麂岛全岛产权作为基金,一面呈报,一面招生,暂借当时城区中心小学(就是现在的县中心小学)为临时校舍,就在这所小学的礼堂里隔了两个教室,同时开始筹建校舍。十二月一日,组织校舍建筑委员会,推选徐用、张真园、朱君爽、吴家桢等人为建校委员,确定孔庙为新校址。

1939年2月开学。招收了两个班,一百多个学生。校长张真园,平阳县城人,青年时期曾在温州第十师范读书,直到毕业。后曾在广东琼州中学当过校长,在沈阳大学当过教师。他能讲一口相当标准的普通话,而且很有口才。凡是他在学生集会中讲话,秩序井然,鸦雀无声。有时作有关抗日的演说,往往使学生们感动得流泪。他还有一手好书法,潇洒清丽,颇受人们欢迎。到四月份,因地方上有人说他学历不够联名告他,他辞退了。

1939年5月,因城区中心小学容纳不下,平中借用广慧禅寺(半山庵)为校舍。由浙江大学化工系毕业的吴家桢主持校务,11月份才正式委任。吴家桢是万全石塘人,对教育工作十分热心,经常抱病工作。孔庙的新校舍在建筑,由于经费困难,不少抬梁是用公路桥拆下的东北松,涂着柏油,黑黝黝的。工程采取包工,质量很差,恰遇台风过境,未完工的校舍倒塌了。吴家桢与其他师生痛苦难言。吴家桢向学生说明情况时,不禁流出了泪水。

在半山庵办学期间,曾有一位音乐教师跟女生发生暧昧关系,学生闹起小风波,这位音乐教师被迫辞去教职。

1946年7月,吴家桢因患病,体力不支,辞去校长职务。8月由朱君爽接任校长。11月1日校舍建筑委员会推定朱君爽为总务主任,除管理中学外,并兼管建筑校舍事宜。

朱君爽，平阳县城人，毕业于上海美术专科学校，美术理论很懂，但很少作画。凭我记忆，只有一二次在裱画店里看过他作的墨荷等国画。而裱画店却经常有他的书法作品，街上店铺不少招牌字也是他和张真园写的。朱任校长期间，掌管校务认真负责，对待同学彬彬有礼。

1941 年 5 月，新校舍大楼一幢完成了，只二楼，是个马蹄形布局，计有九个教室，三个办公室，还有少数寝室。面对孔庙原有三座并列的石雕牌楼，碧绿的泮池，背后又有古老苍松掩映的凤山作依托，颇显壮观。大楼正门上系李济深的题字“平阳县立中学”隶体，笔势苍劲挺拔，为这所中学增添了光彩。李济深曾和十九路军将领蒋光鼐、蔡廷锴等在福建省成立“中华共和国人民革命政府”，并与中央工农民主政府、工农红军签订了“抗日停战协定”，公开宣布与蒋介石破裂。这当然使蒋介石十分恼火。这时，事情虽然过去了，但还不给李济深好看，先强令铲去李济深的署名，后来又铲去整个校名，但还留着显眼的痕迹。随着新中国成立后校舍的扩建、改建，现在连痕迹也找不到了。今年新建的平中校门，由全国人大常委、上海市对外友协会长、复旦大学名誉校长、著名数学家、教育家苏步青题字，字也是众望所归，对平阳教育事业有很大的鼓励与鞭策。

1941 年下半年，平中由半山庵搬进孔庙新址，接着修建传达室、女生宿舍、厨房、填平运动场。男生与部分教师宿舍借用平中东边的内寺与外寺。有的同学就睡在四大金刚的脚下。原孔庙的明伦堂，作为学生集会的场所，两边墙壁里嵌着不少石刻碑记，其中有“明伦堂”三字传为朱熹书写。校长室就在明伦堂西边的一间。学生的膳食堂后来在大楼两边间后搭了草棚，周围没有墙，一到冬天，朔风凛冽，站在那里吃饭是够难受的。

1942 年 1 月，第一届学生毕业，计有马允伦、程作渭、武杰、林则仁等四十四人。

1943 年 2 月，平阳师范招收了一个班学生，借用平中校舍上课，一年后搬到宜山去。

1943 年 8 月，学校发动征书运动，用来充实图书馆。不少师生、社会人士踊跃资助。许可先生（福鼎人）捐助万有文库一部，以现在估价，值一万多元，这是很值得一提的。

那时学生的膳食由厨房包的，厨房为了多赚钱，校方规定吃饭时间不准超过十八分钟，后来还逐渐减少到十五分钟、十三分钟，盛饭时简直是你争我夺，秩序极其混乱。有一天，不知是蔬菜里有苍蝇，还是另有别的原因，有几个同学领头摔盘碗，一下子就把盘碗扫光了。随后还进行罢课，闹了好几天。

张韶舞的儿子张育民等曾在平中读书，他是骑自行车去的，当时是独一无二的一部。他仗父亲之势，在学校里也经常闹风波。

1944年1月，朱君爽辞去校长职务。同年2月由范玉麟接任校长。

范玉麟，本县务垟人，人矮矮的，长着满脸胡子，为人倒不错。他毕业于上海体育专科学校，曾在瓯海中学、平中当过多年体育教师。他的体育技能，不论田径，还是球类，没有一手是很出色的，有时连篮球也拿不住，可是在体育界见识很好，规则很懂，不管是哪一类的运动会，不管在本县还在温州，都是请他坐台上，当裁判。

1944年7月11日，所谓"七·一一"事变，日寇侵入，温州沦陷，瑞安告急，人心惶惶。原想迁校到南雁会文书院，后决定迁到桥墩门，当时借用桥墩门36都锦春内大屋和曾氏祠堂为校舍，锦春内楼上打地铺当寝室，楼下厅堂当膳厅，没有吃饭桌，就围着四角方方的茶箱蹲着吃饭。教室设在曾氏宗祠，初去时，荒草蓠蓠，烟尘满屋，十分凄凉阴森。开头二个星期，桌椅黑板还未运来，只好用草席摊在地上，席地听课，教师就在板壁上板书。后来有了桌椅，但门窗没有玻璃，生活十分艰苦。早操是借用松山小学的操作，体育课几乎就没有正式上过。条件虽差，同学们的学习热情却挺高，桥墩街上有了书店与旧书摊，小山镇的文化也热火了一阵。

1945年春节后，即2月，平中迁回平阳上课。同时添办了高中辅习班。这段时间，由于不少地方沦陷，瓯中、温中、永中等校有不少学生来平中借读，平中担负着沉重的担子。这时全校学生总数达到五百人以上。

1945年春夏之交，日本兵经过平阳，驻在平中校舍里，搞得乌烟瘴气，损失奇重，附近群众也被掠夺一空，吃尽苦头。

1945年7月，范玉麟辞去校长职务。由沈乃昌接替。

沈乃昌，海盐人，原在浙江省审计处当书记(即文书)，后来当了张韶舞的秘书。他只会做文字工作，不善于在政界混，张韶舞就让他来当校长了。他戴着深度的近视眼镜，对教师、学生挺不错。

8月，日寇投降了，真是欣喜若狂。开庆祝大会时，记得平中做了一头大狮子，表示睡狮醒了。庆祝大会于晚上在平阳县仓(现在是县府招待所分部)举行。游行开始时，主持者让浙南中学先走，平中在后，一些同学表示不满，在归途中，经通福门时，两校学生发生冲突，有几个浙南中学学生掉下坡南小河流里，幸好没有发生严重事故。

沈乃昌只当了半年校长就告辞走了。

姜存松接任校长时，是1946年开春的2月。姜存松，县城人，毕业于上海大厦大学。曾在《东南日报》当过编辑，省教育厅任过职。为人忠厚，有点口吃。他对办学是持认真、慎重态度的，也善于团结教师，爱护学生。

1947年，全国发生反内战、反饥饿、反迫害的"三反运动"，浙江大学发生"于子三事件"，北京大学发生"沈崇事件"，温中、瑞中、温师相继响应。平中也奋起响应，闹了波澜壮阔的学潮。爱国热情空前高涨。当局感到很头痛，认为姜存松主持校务不力，要免去他的职务，省教育厅却很支持姜存松。姜存松感到再干下去也无济于事，就极力拉俞爽迷出来当校长，自己到瑞安教育科去了。

俞爽迷，平阳人，复旦大学中文系毕业。曾在厦门大学图书馆当过馆长，担任过江苏教育学院、温州中学、温州师范学校国文教师。1941年创办私立浙东战时初中学生补习学校（就是浙南中学的前身），一直在浙南中学当校长。1947年下半年，浙南中学校长让给王一之，他到平中当校长了。

从1947年到1948年这二年，解放战争节节胜利，平中学生运动也方兴未艾。11月11日，举行了庆祝校庆纪念活动。这是新中国成立前一年一度的活动，这次是最后一次了。

1948年冬，俞爽迷辞去校长职务。

1949年开春，中国共产党在平阳的活动已从秘密走向公开，国民党政权已处于瘫痪状态。为了维持残局，继续把这所中学办下去，由暨南大学经济系毕业的周志杰接任校长。周为人诚恳，办学颇热心。5月7日，平阳宣布解放，这所中学也得到了新生。现在叫浙江省平阳县第一中学。

新中国成立前，在平中执教过的教师有王祥第（清华大学历史系毕业）、姜子骥（南开大学数学系毕业）、杨峨甫（日本早稻田大学毕业）、吴冠卿（北京大学西欧文学系毕业）、张鹏翼（古文名教师，今年八十八岁，全国书法家协会会员）、章涛（浙大化工系毕业，现为高级工程师）、林汝楫、杨士琳、蒋咸平、林福华、宋之镛、宋漱石、施公敏、李梦楠、谢印心、邹伯宗、刘伯展、张曙岚、薛适楼等都是很有水平的教师。

平阳第一中学创办到现在将近五十年了，在漫长的历史长河中不见得那么长，但作为一所学校来说，也不算是短暂，已经历了二三代人。她为提高人民的文化水平，培养、造就人才方面作出了重大贡献。平中毕业的同学中，有的成为科学家、学者、教授、作家、编辑，有的是党政领导干部，有的在基层，工作岗位虽然不同，都为两个文明建设作出贡献。把四十多年的校史写出来，总结经验教训，探索教育工作规律，发扬优良传统，将会有很大的好处。我是虚龄十二岁进平中就读的，算是小字辈，如今也已鬓发斑白了。由于人事的变动，资料的缺乏，记忆的模糊，这里先把新中国成立前那部分用粗线条构个轮廓。请老师、学长们予以补充、订正。

（原载《平阳文史资料》第二期及地方报刊）

南雁荡山志考略

南雁荡山早在五代(907—960)时就已称著。据文献载,五代吴越钱王与僧愿齐同参韶国师于天台,愿齐还永嘉,闻明王峰顶有雁荡,杖锡寻访,遂结茅其间。而乐清之雁荡乃宋祥符间(1001—1016)始见。观此,则南雁荡之开发早于北雁荡。可是北雁荡之大龙湫,有唐代杜审言的题名石刻,则其开发似当早于南雁荡。到底谁早谁迟,当待进一步考证、论定。

研究南雁荡山的开发历史、演变过程、制订远景规划,山志是有很大参考价值的。乾隆《平阳县志》、民国《平阳县志》以及历代平阳县志有关部分都有简明的记载,但毕竟不是南雁荡山的史志,不可能那么详尽。现存平阳县图书馆唯一的《南雁荡山志》,系清末平阳水头人周喟编辑,十三卷首一卷,分订四册,民国7年(1913)刊本。其实早在宋代南雁荡山就有了志书,随后各代都有编纂或重修。现分述如下:

宋绍兴二十六年(1156),钱塘(今杭州)张九成编纂《南雁荡山图志》,可惜已失。

接着,宋代平阳县令汪季良继续编纂《续南雁荡山图志》,可惜也无传本。

以上两书,孙延钊《温州文献述概》里都提及。

元至正十八年(1358)邑人周嗣德编的《重修南雁荡山志》,计六卷。周喟编纂的《南雁荡山志》里载有本志自序及宋伯颜序,而志书已经失传了。

嘉靖《南雁荡山志》,系明嘉靖二十六年(1547)平阳陈砒重修,陈文源纂。《千顷堂书目》卷八、雍正《浙江通志》卷二百五十三著录里皆述及此志,并均作二卷。该书我县久失,修民国《平阳县志》时曾从日本东京图书馆钞得,计五卷。今又失传。

明代崇祯十一年(1638)邑人郑思恭编纂崇祯《南雁荡山志》,计五卷,民国时,我县尚存有刻本,现已失传。

清代顺治年间,乐清人李象坤编纂顺治《南雁荡志》《温州经籍志》卷十二和刘眉锡《南雁荡山全志》均提及此志(刘眉锡称该书为《南雁志稿》)。孙诒让曾转录本志顺治五年(1648)自序。

清代嘉庆三年(1798)永嘉曾熙编纂嘉庆《南雁荡志》,二卷,本志阮元序文及自跋,并载周喟编纂《南雁荡山志》。

清嘉庆十六年(1811)平阳刘眉锡辑、道光十一年(1831)刘步衢增辑的《南雁荡山全志》,共十六卷,民国间曾有钞本流传,目前除温州市图书馆尚存有此书外,我县也无踪迹。

清代还有一种六卷首一卷末一卷之《南雁荡山全志》,作者未详,瑞安玉海楼曾藏有钞本,眉上有孙诒让朱笔注。该志卷首有旧志各序,志书总目、凡例及钱仓山名胜、玉苍山名胜、白云山名胜等。志中还录瑞安孙衣言、蔡恒于道光二十七年(1847)所作的诗篇。

此外,在《千顷堂书目》《述古堂藏书目》《温州经籍志》里还述及平阳钱仓;还有《凤山志》,明代人编纂,作者未详。凤山过去也是南雁荡山一个风景点,《凤山志》也可以说是南雁荡山一种分志,但如今也找不到钞本了。

平阳县人民政府最近发出关于征集《平阳县志》资料的通告,凡反映、记载本县情况的各种省志、府志、县志、山志、宗谱等皆在征集范围之内。上述各种南雁荡山志,有的可能藏于各地图书馆未曾发现,有的也可以流传在民间。为了编纂新的《平阳县志》,也为了将来编纂新的《南雁荡山志》,笔者撰此短文,俾以引起各界人士注意,共同做好有关地方志资料的征集工作。

(此文原刊《平阳文史资料》)

关于平中校歌

十年前，平中五十华诞时，就有校友对校歌的个别词句有不同看法。校歌开头那句："凤山之麓，弦溪之东，抗战时期诞生我平中。"有的校友记得是"铁岭之东"，并非"弦溪之东"。校友谢云数年前曾来寒舍"言志楼"，赠送我两支用虎尾毛制作的大楷笔，一件大条幅墨宝，条幅就是引用"凤山之麓，铁岭之东，抗战时期诞生我平中"歌词开头，再抒写爱国爱乡诗句，形成一幅完美的作品。近日，现住温州的第三届校友戈尧荪来电，询问平中六十华诞有关事宜，并提出平中校歌，应是"铁岭之东"，并不是"弦溪之东"，要我与平中建校六十周年筹委会办公室说明此事。我分别与平中王振中校长、校庆办公室郑志刚、王冰两君谈了，他们认为有关歌词的不同看法，有必要在平中六十华诞时搞清楚。因此，我奉命写了这篇短文，求教于诸长辈、诸校友。

平阳中学坐北朝南，面对龙山，背依凤山，凤山之麓有七条弦溪，都平行注入堂前河。昔日，沿孔子庙前面宽阔的通道，有"第一弦溪"、"第二弦溪"……直至"第七弦溪"，皆镌刻着楷书的青石标志。平中建筑群仿佛就嵌在第三弦溪与第四弦溪之间的地域，就在"腾蛟""起凤"两座石牌坊之旁各有一条弦溪，弦溪水碧藻绿，游鱼可数，至今记忆犹新。说平中在弦溪之东是不很恰切的。而云在"铁岭之东"，因从坡南到坡北，有一条山岭，历来就叫铁岭，铁岭之东就是通福门，系浙闽两省咽喉，往昔春季，岭旁桃花怒放，十分美观，用"铁岭之东"，不仅在地理位上显得合适，而且措辞较有气势，具有节奏感。

正在撰写此文时，看到平中校庆特刊第一期上刊登了《平中校歌》和第三届校友谢玉琴所撰《平中校歌的诞生》一文，都写明是"弦溪之东"。谢玉琴校友是满怀激情撰写此文的，应该说是可能有根据的。我是1943年春季就读平中（过去学制每年春秋季都招生），不过是小字辈，不敢妄言，于是打电话问我的同乡校友萧耘春。我说："今天要考你一下，平中校歌开头四个字是凤山之麓，接下去是什么？"他毫不思索地回答："铁岭之东。"征询毕业f初中第七届、高中第一届的校友郑乃臻，他没有肯定的答复，只认为平中是处在弦溪与弦溪之中，不能说是"弦溪之东"。与第八届校友孔庆杭交谈，他依稀记得是"弦溪之滨”，但也不敢肯定。校歌歌词中还有“人文蔚起，郁郁蓬蓬”词句，我想恐系“郁郁葱葱”之误。

在平中六十华诞即将到来之际，重温、考订一下《平中校歌》很有意义。对半个世纪前的事情，凭记忆谁都难以做到准确无误。如果能找到当时遗留下来的文字材料，那是太好了。归结一句话，我期望校友们共同来回忆，共同来考订，最后得出一个大家认为较为完满的答案。

（此文刊地方报刊）

夜明珠

“月到中秋分外明”这是古代诗人流传下来的佳句，每到中伙前后，人们很自然地会联想到它。

月明，星稀；月到中秋分外明，据此推理，星到中秋一定分外稀了。可是，在浙江省平阳县城西公社，到处都是星星，有的挂在洋心新建的楼房里，有的缀在新娘房的窗前，有的吊在贴金木床一旁，有的悬在夜校课堂的中央。从平阳西门桥头一直到水岗岭。道路两旁的电杆上整齐地排列着星星，似乎它的尽头连接着银河。

这些星星不是天上掉下来的，而是人民公社社员用勤劳的双手造的，人们把电灯比作星星已成习惯，那就让我向大家介绍这些电灯的来历吧。

提起电灯，现在到处都有，对三岁儿童来讲也成为普通常识；而在新中国成立前想看到电灯可不容易呢。新中国成立前，平阳全县只有鳌江镇一家火力电厂，三天两头停电，灯光昏暗，不及明亮的煤油灯。城西这一带百姓点的都是菜油灯或煤油灯，根本不知道什么叫电灯。

1957 年冬，城西人民在中国共产党的领导下，投入水利建设高潮；造水库、筑山塘、开河道修陡闸，只花了两三年时间，单水库就造了十一个。其中最大的一个叫老铜钿水库，就在沙岗村的山凹里，坝长一百二十厘米，高二十四厘米，蓄水四十二万立方米，站在平阳县城西门头可以望见，老铜钿水库建成后，城西的自然面貌改观了。沙岗村原来一阵大雨，山上的泥沙随山洪直泻而下，把山脚洋心的稻田尽淹沙底，一年的收成落空了。如今，水库的大坝把凶暴的山洪拦住，保持了水土；启闭机一开放，水库里的水根据社员的意愿通过渠道流到每个土丘田里，旱魔水鬼不敢逞强了。因此，粮食年年增产，从 1959 年到 1962 年虽然有严重水、旱灾，仍旧连续四年平均亩产量都稳定在八百斤以上，1963 年平均亩产一千一百零二斤半，今年早稻亩产六百斤，晚稻大丰收又在望。全年总产量又将超过去年。

粮食增产了，公社的家底雄厚了。城西公社又依靠集体力量，自力更生建设水电站，先后共投资十二万元。水电站于 1960 年建成，发电量有六十四瓩。人们称它为“夜明珠”。

六十四瓩的发电量，虽然不是那么多；但对一个公社来说，却发挥了不少作用。它除了供公社社员照明以外，还用于茹坊、油坊、碾米厂等社办企业。六年来，这些社办企业，共向公社提供积累十二万元，1963 年社办企业总产值达到十七万三千元，占全社总收入的百分之二十，而公社提供积累三万五千元。随着生产的发展，社员的生活也逐年得到改善。就拿程春庭的儿子程宝富来说吧，参加公社农业生产，几年来，每年收入都有六百多元，生活过得很不错。

从点菜油灯到点自己的水电站送来的廉价的电灯，从人力畜力磨麦、捣米到用电力带动机器磨麦、碾米，这其中的变化可不小吧！这是在党的领导下，在总路线、大跃进、人民公社三面红旗的光辉照耀下取得的！

城西的夜明珠，不过是百花园中的一朵鲜花。其实，城西的新鲜事儿可多呢！诸如缘萍越冬越夏试验成功，种子科学实验取得成果，改良土壤获得成绩等等。自然面貌也在变，人的精神面貌在变，变得更好更美了。

抚今追昔，谁不感到兴奋、幸福！浙江平阳县城西门原是程春庭、游天翔的家乡，倘若他知道家乡的巨变，难道没有同感?

三登云顶岩

每到一个海岛，总想攀上这个岛的最高峰，浏览四周的景色。到了台湾宝岛，上了阿里山；到了舟山群岛的普陀山，上了佛顶山。到了厦门的南普陀寺，上了寺后的五老峰。厦门岛上还有一座云顶岩，岩在云顶，一定很高峻，于是就上了云顶岩。

（一）

初次上云顶岩，不知道路该怎么走。朝着云顶岩，走到了山脚，山中无门都是路。到山顶走哪条路最便捷，问道旁长者，得知上山不久，有个人工湖，往左边上山是条公路，但前面不远就是军事禁区，没有公务不好进去。往右边上去，可到云顶岩寺。我便向右边走，人造湖不是很大，但水清如镜，湖边有不少乱石，重重叠叠，有的岩石伸出水面，上面可坐好多人，宛如钓矶。我也爬上去舒舒坦坦地坐片刻。一路上去，路旁溪水潺潺，鸟语花香。仰望山顶，群岩错综排列，有如奔马，有如睡狮，有如蹲虎，有如斗牛。山道一侧有许多岩石如猪群，或走或卧或嚎，千姿百态。

走过群崖拐弯处就是云顶岩寺。按老习惯，先寻觅残碑断碣。在大殿一侧砖墙上嵌着一方碑记《云顶岩寺住持觉仪和尚记》。记云："觉仪和尚，原籍南安，早岁出家，住持吾厦之云顶岩寺垂三十余腊日……岁戊寅夏四月，日军占领厦门，口及云顶寺，和尚遂自灭以殉，境内之善男女乃为鸠金收殓，葬于寺旁。……"啊！这使我太感动了！在这高山古寺里，竟有这么一位僧人，为了保卫国土和民族的尊严，敢于跟凶残的日军搏斗，最后以身殉国。这是云顶岩寺之光荣！是厦门人民之光荣！也是中华民族之光荣！嗣后，我找到这时的主持僧人，就在正殿前高大的英雄树下（即木棉树），这位僧人说，"我是解放以后才到这个寺院的，也是听附近民众说的。为抗日以身殉职的老和尚，是个苦行僧，他在寺外空地上只种些番薯、蔬菜过日子，不愿接受善男信女的施舍。虽然年事很高，上山下山从不寻觅代步的轿子。抗日战争时期，就是1938年，日军连这一高山古寺也要侵占，觉仪师父就在这株英雄树下遭日军欺凌、辱骂、毒打，最后献出了生命，也就是我们出家人所说的得道圆寂了。”为了了解觉仪和尚之归葬地，这位僧人还陪我到寺旁乱石与古树丛中寻找，僧人说：“碑上说他殓后葬于寺旁，但一直找不到，太可惜！”

回到厦门寓所，太阳已经下山了。为了对这位为抗日殉国的和尚表示敬仰。就撰了下面这副楹联：

捍卫一方净土，觉仪抗日捐生遗圣迹；

建标百丈丰碑，僧众结缘奉佛谱新篇。

以上联句已收入 2008 年 3 月诗联文化出版社出版的《郑立于楹联选集》。

（二）

十年后，我又一次登上云顶山。一路上碰到老年人就询问。那位为抗日捐躯的和尚之归葬处，路人都说有那么一件事，但这个和尚之灵骨安葬在哪里谁也不知道，佛教说因果报应。路人皆云：善有善报，恶有恶报，那个毒打云顶岩寺和尚的日本小军官一定没有好结果；一路想来，路边还看到抗倭义士的残碑，清末民初年间的墓碑，还有几块石刻的界牌。到了人工湖一侧，我仍爬上上次去过的石钓矶歇歇脚，品自身随带的“大红袍”茶水。

蔚蓝的天空，飘荡着纯正的白云，一群洁白的飞鸟整齐地从天边飞来，掠过湖边。我认真一辨认：是白鹭！令人万分惊喜。所谓鹭序雁行，群飞时一身轻盈，秩序井然。所以古人以鹭序形容百官朝见皇帝时整肃的队伍。厦门与白鹭早就缔结不解之缘。厦门有鹭江大道、白鹭洲公园等等。我寓居鹭岛有许多岁月了，一直看不到白鹭的飞翔。眼前成群的白鹭飞过这个人工湖，栖息在湖滨的灌木上和湖滩上，觅食、戏逐、舒展雪白的翅膀，约有一刻钟，这群白鹭又排着整齐的队伍飞走了。在我国鹭鸟有二十多种，有白鹭、苍鹭、池鹭、渚鹭、灰鹭、牛背鹭、黄头鹭、白琵鹭之分，又有大中小之别。荷兰还把白鹭作为国鸟。在这许多鹭类当中，羽毛最漂亮的还是大白鹭。大白鹭纯正、和霭、温驯，有时单脚站在湖边水里，等到鱼、蛇、蛙游到它的近旁，灵活的颈就伸出锐利的嘴把它抓住。有时抓到大河蚌，它还能一次次叼起来往石头上猛甩，直到河蚌震开了双壳，然后蚌肉作为美餐。这又显示了白鹭坚忍、刚强的一面。这与厦门人的性格何等相似？厦门的父老乡亲很喜爱白鹭。既然厦门有白鹭江、鹭岛、白鹭洲，此湖就称白鹭湖多好啊！

一时创作的灵感袭来，我就坐在路边的巨岩上打开笔记本写下了诗作：

明净的湖畔

拖着瘦长身影

幽绿的浅草
留不住轻轻脚印
时昂首，时垂颈

你这白衣使者
是为抢救垂危病员
寻找最佳治疗方案
还是刚告辞疲劳
将杜甫的名句行吟

站立泽滨
是一株盛开的梨花
已有好久时候了
笔直的树干埋得深深
闪光的小鱼隐入树荫
却误入你的迷魂阵

蓝天
白鹭一行
如闪电
照亮了心灵
像歌颂雁行

人们赞美鹭序
但鄙视那屈膝奴颜
人们赞颂你高贵洁白一身
但却有人眼红
当你处在逆境时
洁白的花朵上
滴下悼念的泪痕

以上诗作，就以《白衣的使者——白鹭》为题收入拙著《百鸟诗集》，漓江出版社出版。

登上云顶岩，进入古寺，香烟袅袅，经磬声声，正在做佛事。这时，巧有两位解放军战士在走廊里帮助装电灯。这两位年轻战士主动向我打招呼，我心中感到热乎乎的，也就闲聊起来了。聊到昔日日军侵占寺庙遇害僧人一事，他俩深表愤慨！随后我问：听说你们驻军那里有个嘹望台，外边的人可以进去看看吗？他说你带着证件吗，我展示了记者证和中国作家协会的会员证，他俩很高兴，就带我去看了。

嘹望台造得较宽敞、考究，前面是一排明亮的玻璃窗，一旁有宽幅的荧光屏，当中安置着能转动的大型望远镜，后面是观众席，约可坐上百人。我原打算坐在后面看到就很高兴了。而那两位战士却说，前排当中那个位置是最高最大的领导人坐的，今天就该让你坐上这个宝座。推不了，我也就坐上去了。在此，我深深感到这里驻军素养很好，军民的关系十分亲切、和谐。

开始看到的是大担、二担两岛，接下来金门岛就在眼前了，上面的村舍、炮台、坑道、车辆、行人往来都看得一清二楚，边海岸上、建筑物外墙上写的标语也一目了然。金门是台湾岛的门户，由此我想到宝岛还有我的同学、亲属，已经数十年没有见面了。这个海峡仅仅是一水之隔，两岸人民血脉同流、姓氏同祖、文字同典、孔孟同仰、妈祖同奉，将来一定能同建一个国家，让占全世界五分之一人口的中国永恒地屹立于地球东方！

出嘹望台，巧有一辆军车下山，就乘这辆军车回到了厦门龙山居寓所。

（三）

又一个十年，我儿郑水同的家搬到离云顶山麓不远的洪文八里，朝夕与云顶岩相望。可是几次要到云顶山都未能成行，主要是家人说我已经八十高龄了，劝我不要单独上山，等他们有空时再陪我去。为了检验我的脚力和识别山路能力，在一个晴朗的下午，我又背着水壶单独上山了。先到近年才开张的一处花圃，碰见了一位八十岁数的行人，他就热情地对我说，上山，就是走右边这条小路好，不用经过军事禁区，我的儿子也在海军部队，他今天有任务，不然可用他的车子把你送上山。在谈山村变化巨大的同时，有一辆小车经过，那个行人一抬手，车停下来，是位山村姑娘开的车，就像自家人一样，把我送到人工湖对岸上坡处，我又一次感到厦门人的可亲可爱。

上坡后，有一村庄，道旁有大水池，池后有庙，名叫“福山宫”，宫门有联句：“福源绵延，福恩浩荡被梓里；山峰秀拱，祥云瑞霭惠众民。”神座两旁石柱上也有联语：“池府应南天，驱恶除邪显威赫；王爷镇东山，卫国庥民护海缰。”

从以上联句可以看出这个村子的老百姓对卫国除暴、保家惠民的心愿与期望。

登上云顶岩，周围有许多洞穴，有的明亮，有的幽深，有的曲折，洞口都是古藤盘绕，青苔满壁，有的洞中还有佛像、香炉、烛台，最有名的洞穴叫留云洞，一听到这洞名，就很有诗情画意。洞壁还有古人宿留云洞题的诗行，刻在石壁上。看来，古人真会与大自然相处，在留云洞一宿，看星月的推移，白云的舒卷，所有疑虑不是尽消吗？这些洞穴与巨崖，如果适当加以规划，开辟幽径，配上亭台，就是很好的避暑旅游胜地。朝着金门方向，有几块巨岩重叠着，最硕大那个岩石，有摩崖石刻"国防第一"四字，是腾云题签。从题词词意和走笔气势看来，可能是出于驻扎此地的要塞司令的手笔。

第三度走进云顶岩寺，香火更盛，正在做佛事，墙壁上《云顶岩寺住持觉仪和尚记》、除原有碑记仍在外，还新刻了一方碑记，原文照抄，由于年代较早。字迹湮没，我发现有几个字抄错了，有好多字空着。主持人宽恒法师在佛事间隙热情地接见我，我对他说，待我下次到来时，带来放大镜，把原碑记一字一字考订下来，他们乐意，并约定要到我住处详谈。

一天晚上，宽恒法师果然来了。我俩边品茶，边漫谈，谈到如何寻觅觉仪和尚灵骨的埋葬处，谈到因地制宜稍微扩展寺庙规划，谈到如何争取党政领导重视与驻军的支持，更谈到如何弘扬佛法、净化人心等等。我看宽恒法师较年轻，在漫谈中很有自己的独立见解，并且对云顶岩寺的前途很有信心，因而撰写一副楹联赠送他。联曰：

宽徇圣典弘佛法；

恒守清规渡众生。

（此文曾刊于《厦门文学》2011年）

丰收散曲

“谷筛孔太小了。”田头那边有人在感叹。

夕阳如血。山坡旁边的晒谷场上，人们忙个不停。打稻、晒稻草、收谷子……每个工序都紧紧相扣，像接力赛跑一样。

像缺齿菜刀剁牛肉，一点也不灵光，几个姑娘急得直跺脚。

“今年的谷为啥这样难筛?”一个说。

“我看是竹匠师傅手不巧，把谷筛孔打得太小了。”另一个搭腔。

“别冤枉他们啦！你们看今年的谷粒是怎么样的谷粒呀？比苞萝还大呢!”老大娘从稻草堆里站起来说。

“哈哈哈，谷筛孔太小了!”笑声震荡了山谷。

社员徐金晓，过去单干时种出来的谷都比别人大。别人向他讨教，他总是说:“稻自己长大，我哪里知道?”因此这个谜一直没有被解开。

在改革开放的浪涛冲击下，他的思想开了窍。心想:社办得这样好，我还有什么想头？于是把仅有的五斤“蒲壳糯”谷种拿出来。这一年五斤谷共收五百斤谷子。今年就是这五百斤谷种种出了成片千斤稻。

社员们说:“蒲壳糯”也发了家。

春耕速写

在平阳县城西人民公社，学大寨之风吹进每个社员的心扉，化为春耕战斗的无穷力量。

水塔第四队老贫农洪才秀，今年六十五岁。入春以来，他看到社员们用双手建造起来的“大寨田”、“避风寨”、千军万马闹春耕的图景，心潮翻滚。他感到欢欣，因为看到人民公社又在迈步前进；他感到悲痛，因为回忆了昔日春耕的惨景——

新中国成立前，才秀伯比苦瓜还苦，曾带着妻子和三个年幼的儿子到处讨饭，妻子在贫病交迫中死去……新中国成立后，在党的阳光照耀下，三个儿子都长大成人了。现在除了老大已成了小家庭，老二在部队以外，家里还有老三、二媳妇、三媳妇和自己四人。春耕以来，才秀伯经常对儿媳们说：“现在你们青年人多么有福气，无忧无虑闹春耕，不像我过去。过去我种地主的田地。不知受了多少苦楚呵！”才秀伯还说：“如今山是公社的山，田是公社的田，你们要好好干一场呀！”

儿子玉成，春耕时都拣最硬的活干：挑河泥，他比别人满；插秧，他比别人快，早出晚归，风雨无阻。二媳妇张凤莲、三媳妇潘三多都是贫下中农的女儿，接受了阿爹的教育，双双积极投入春耕。队里不论是翻田、送肥、拔秧，她俩都要插一手。

春耕以来，才秀伯看到两个媳妇既要参加集体生产，又要料理家务，实在忙不过来，便提出要承担家务劳动，两个媳妇不肯。才秀伯笑道：“你们青年人为社会主义，难道我老年人就不能为社会主义？”在才秀伯的再三说服下，两媳妇只好依顺他。

春耕的锣鼓越催越紧，才秀伯在家里手心痒痒的，总想跟青年人一起干一场。才秀伯跟党委书记廖锡龙同一个生产队，就向廖锡龙提出要求：“阿龙，咱们是从打互助组起就在一块的，你也知道我的品性，今年春耕大家学大寨，我也要学一学，你们说今年插秧一定要坚持‘四对株’，就让我出马吧。”廖锡龙笑盈盈地说道：“才秀伯，你年纪大了，蝉里的话就让其他人多干一些吧。有空你指导指导也好。”四月十五日下午，廖锡龙带领一班妇女、青年在蝉里插秧，搞“四对株”的样板，才秀伯也跟到田头指导。小青年们学习廖锡龙的操作技术，并接受了才秀伯的指导，没有多长时间，大家都插得很熟手。

才秀伯全家上阵闹春耕，得到了社员群众的赞扬。这正是：

贫下中农好家风，代代相传代代红，全家上阵闹春耕，千人歌唱万人颂。

（此文刊《浙南大众》）

新春新景象

初一清早，太阳刚升起，平阳县城关镇锣鼓声四起，一年一度的新春佳节到来了。这一天，城关镇街头巷尾搭起了十来个宣传台。由机关、学校和农村俱乐部组成的宣传队巡回演唱。他们歌唱党，歌唱毛主席，歌唱总路线，宣传破除迷信，宣传移风易俗，处处呈现一片欢乐而充满革命意义的气氛。

临区公社复兴大队俱乐部有一支少先队，初一下午，向烈军属拜年。他们一到烈军属家里，贴上新春联，送了慰问信，就在庭院里演出小型的节目。这些都是专区农村俱乐部观摩演出的节目。演好了节目，大家又合唱："听话要听党的话。"大家说这支少先队又是宣传队。

初一下午，城西公社后垟大队俱乐部里，举行了一次丰富多彩的文艺演出。演出的节目有：表演唱《干部参加劳动好》，三句半《移风易俗过春节》，快板《科学实验》，跳舞《女民兵》，山歌《公社好风光》，大合唱《东方红》，大莲花《好队长》等十几个节目。这些节目，大都是自编自导的。公社党委书记廖锡龙同志也来看演出。老社员倪寿春说："新中国成立前我们贫农下中农过'年关'，连话也不敢讲。有了共产党，上戏台，唱唱跳跳。这些节目的演出很有教育意义。"

阿金伯的新技术

走到平阳新安乡玉龙一社(今属苍南县)的草子田边,令人有一种格外新鲜的感宽。满垟尽是绿茸茸的草子,丛丛都很茁壮、茂盛,一般的都长到一尺多高。看样子,亩产一万斤不成问题。碰到的社员争着说,没有阿金伯动脑筋,实在长不出这么的草子。

阿金伯,他的名字叫苏炳金,是五十多岁的老年党员、玉龙一社的社主任。他长长的个子,过去受尽折磨,有些微驼背。看外表,没有什么地方出众,但接受新技术挺勇敢。

玉龙一社的草子过去一直种不大,原因是草子没有“套种”,抓不牢季节。前年秋收前,阿金伯接受了套种的先进技术,在社的管委会上建议晚稻田里套种草子,社干部的思想半生不熟,通不过。跟社员商量,社员个个头摇起像老生落难一般,都不同意。这个说:黄花草(苜蓿)不比红花草(紫云英),套种不得。那个说:拨开稻套种草子,往后稻不好割;草子不会被稻秆压死也会被人踩坏。阿金伯回到家里想来想去一夜没合眼,思想斗争得很猛烈。他想:我是共产党员嘛,我不带头谁带头!一骨碌溜下床,顶着晨星,钻到田里种了一亩的草子。天时不巧,种下后,接连下了几天雨,社员们议论开了:阿金伯千万件事情都做对,就是这件事办不好。

阿金伯每次接受新技术,次次心定板;这一次屋前屋后议论得太厉害,他心中免不了有点儿不安。每天起早落黑地悄悄地到田头看一两遍,头两天种子没变动,心里发愁。好容易盼到了发芽,盼到了长出地面一寸高,阿金伯的脸才露出喜悦的神态,闲话冷语也随着烟消了。紧接着,再种上二亩八分,收成都很好。

接受新技术的道路是不平坦的。试验过一年,去年冬阿金伯一心一意想把草子的种植面积尽量扩大,恰巧又碰到烂冬。社员的思想又多方顶牛,舍不得将大量厩肥壅到草子田去。阿金伯一点也不灰心,一面自己开沟排水试种了两亩,一面又对社员算“草子养猪,猪养田,田养人”的循环利益账。社员们信服了,在半数的冬季田里种下了草子。现在社员个个认定阿金伯的话千真万确,一点不假。他们说,今冬非种上百分之八九十的草子不可。

(此文刊《浙南大众》)

试验田散闻

平阳宜山区委会门前是个大路口，行人来往如穿梭，区委的试验田就种在那里。试验田早插密植，引起了不少群众的兴趣和评论。

清明日，插下第一批秧苗。过路的群众议论纷纷，意见不一：大多数说早插好；但也有少数人说早插“不当数”，反正要等候季节。事实驳倒了保守思想的人。现在，第一批插下的秧苗早已分蘖生长，田里一片新绿，过路的人再也听不到有一个说早插“不当数”了。

“这丘真正叫作试验田！”不止一次听到过路群众这样的赞叹声。

原来，试验田如实对各种密植形式做出样子，并且实验增产情况，在田里划成若干面积均等的小方块，分别插上“3×4”、“4×4”、“3×5”、“3×6”、“3×7”和三角条插等密植形式。过路的人每过田边，总是七嘴八舌地谈论不休。有的谈株数，有的论产量，因此，这丘试验田就起着“田头密植展览会”的作用了。

幼苗在祖国的怀抱里成长

——访蒋军空军人员黄闰的女儿黄爱菊

中秋节以前。在一个晴朗的下午。我在浙江省平阳县人民医院里访问了蒋军空军第八大队政治室主任黄闰的女儿黄爱菊。

在一个宽敞、整洁的外科护理室里，黄爱菊正准备给一个壮年的妇女抽血，因为这个壮年妇女跟丈夫同个血型，丈夫此刻正躺在手术室里让医生做胃切除手术。情势严重，原行准备的血液已经输完了，需要马上补充血液。

“我的身体虽然很健壮，可是静脉太细，上次注射静脉，不知花了多少时间，针头一直插不进去！”壮年妇女的话音十分沉重，皱眉紧锁，显然是为抢救丈夫的生命而焦急。

“放心，试试看！”黄爱菊镇静地自信地回答。她穿着雪白的护士衣。红润的脸颊，在和暖的阳光照射下，显得精神焕发。态度和蔼，一看，就知道是个较有素养的护士。

壮年妇女手臂肥胖而细嫩，几乎看不清哪条是静脉，在旁的几个人，包括我在内都为她担心。假使真的抽不出血，另由别人抽血，恐怕接应不上。可是黄爱菊只憋了一下气，针头就插进静脉管，盛血瓶里的血液就源源而来了。壮年妇女脸上露出笑容，激动地说：“同志，你的手段真好，谢谢你！”

黄爱菊现在不仅掌握了熟练的注射技术，而且对整个外科护理有一定的经验。她现在已成为带班护士。据外科主治医师说，黄爱菊护理病人慎重，很少出差错，对护士工作无疑是很胜任的。

黄爱菊是在祖国的怀抱里培养成长的。刚解放的时候，她还是初中一年级学生。1951 年初中毕业考进浙江省温州卫生学校，这所专业技术学校是新办的。过去，在这样师资很好、设备完善的学校学习是很不容易的。

1953 年，卫生学校修业期将满的时候，黄爱菊暗中忧虑：毕业后是不是能够分配工作？所谓“毕业即失业”真有这回事吗？可是事情确实难以预料，一毕业，黄爱菊就被分配到平阳县人民医院来工作了。在过去，如果没有相当的背景，到这样大医院工作是不能设想的。

在十年的工作岗位上，黄爱菊像一棵幼苗一样，在春风化雨中长大。正如黄爱菊自己所说的：学校毕业时，仅懂得一般疾病的知识。各种疾病的一般常规护理，但是都停留在理论上，在实际工作中有很多困难。现在回忆起来自己也感到好笑。当时自己拿起针筒手就颤抖，这一切的一切，都在医院领导、医师和老护士的教导和帮助下，一一克服了。

黄爱菊不仅对自己的进步感到兴奋。而且对医院的发展也深受鼓舞。听老医师说，新中国成立前的平阳医院，简陋到不像样子。几间破庙，医师和护士以及所有工作人员一共只有十来个人。医术水平当然是很差的。新中国成立后，随着工农业生产的发展，医院也逐年得到发展。现在医院有好几幢新建的楼房，共有二百多张病床。工作人员共有九十多个，黄爱菊说：单就外科来看，1953 年我来的时候，外科还并在内科里，设备虽然比新中国成立前好，但是还不够整齐。现在有一个手术室，里面有万能手术台、无影灯以及其他一整套新式的设置。现在外科主治医师增到两人，助理医师两人，技术水平不断提高。前几年只会做一般腹部手术，1958 年以后会做胆囊切除和胆总管探查手术，1960 年以后会做胃切除手术，1962 年会做甲状腺切除手术，今年已经会做肾脏和输尿管切除手术了。据今年上半年统计，外科病房切收病员四百三十五人次，其中施行手术二百二十八人次，大手术占 48%，全部治愈出院。

祖国在成长，医院在成长，黄爱菊也在成长！展现在眼前的是一片繁荣、幸福、灿烂的景象。

家庭生活的美满、温暖，使黄爱菊对工作更加充满信心。黄爱菊结婚已经好几年了，丈夫在县商业部门工作，住在一起，已经有两个孩子，大的男孩子六岁，小的女孩子三岁，都长得活泼天真，逗人喜爱。黄爱菊的母亲还健在，黄爱菊的小弟弟虚龄已经十六岁了，这个弟弟是黄爱菊父亲 1947 年回家的第二年生的。他们都在一起生活。生活过得很满意，工余时间经常扶老携幼去看戏、看电影，每个节日都弄得热热闹闹的。现在他们感到最遗憾的是，父亲黄闰还在海外，长期不能团聚。特别是黄爱菊的弟弟一直没有见过父亲的面，有时看到别的小孩子蹦蹦地喊“爸爸”，他就回来问妈妈：“我的爸爸在哪里？为什么还不回来？”

“独在异乡为异客，每逢佳节倍思亲”，每逢过年过节，飘零海外，不知道黄闰先生有什么感触！

（此文由中国新闻社发出，刊于香港《文汇报》）

二胡伴奏南雁荡

以《斗诗亭》剧本一举成名的剧作家胡小孩，与平阳很有缘分。他回忆，到平阳的次数记不清了，至少三次以上，除了随着省委工作队到龙江那次以外，都是以体验生活、搞剧目创作为主。最难忘的是1974年的平阳之行。

这次到平阳来的有胡野檎、胡小孩、盛华光等。胡野檎原在上海越剧院当党委书记、副院长。曾在四明山打过游击，这回是调回浙江当省文化局副局长，到任不久就带领创作人员深入农村生活了。

他每天都在城西活动，与城西公社几位带头人和社员普遍接触，曾在廖锡龙家里吃饭、谈心。当时农业出版社要出一本全国农业战线劳动模范的书，廖锡龙也是该书选题之一，县委叫我去撰写，于是我与胡小孩他们一起活动了。

在县委招待所用餐时，每人只给一个拼盘，当时餐厅也不供应酒。我看他们都是见过大世面的文艺界知名人士，便问他们要不要加点菜，喝一些酒，他们齐声回应："我们是下乡搞创作的，生活绝对不能特殊化！"因此，只好作罢。

几天后，我陪他们一伙到了南雁荡。一进入景区，大家好像着了魔，个个活跃起来了。胡小孩很注重这里山民的衣着形态，细致地观察山民的音容性格，尤其是一位畲族姑娘的打扮，引起了他们极大的兴趣。胡小孩用普通话问这问那，那姑娘一时听不懂，只是朝胡小孩憨笑。我只好当翻译。其实这位畲族姑娘虽只十六七岁，但很聪明，回答的问题都很巧妙。最后还在大家的要求下，大胆地唱一首山歌呢。胡野擒年事较高，但很健谈，他从四明山谈到大上海，又从越剧如何进入上海滩，谈到他多次率领越剧艺术团出国演出。一伙人边走边谈，从东南屏障到云关，有点疲劳了，就在云关边的石板上坐下来休息。胡老说：我走过国内外许多名山大川，南雁荡是个未开垦的处女地，实在太美了，所以我特别兴奋。随后在大伙的提问下，胡老又谈了许多上海戏剧界名人的趣闻逸事。盛华光是个大胖子，他最年轻，为大伙背行李走在前面。他对景观的察看特别细心。在渡口爱山亭，他记下"开天窗说凉(亮)话；有大石当中流"的石刻楹联。边看隔溪峙立的大悬岩的天窗口，久久不愿离去。在仙姑洞里看到摩崖石刻"月牖"二字，他问我什么意思。我说这个景观很奥秘，在宋代就很有名了。这个小小的石天窗，映着天穹，卷过云雾。入夜，在此仰望天上月亮，更显得圆满，明净，所以每逢中秋夜这里是旅游热点，大家争着在这里望月。小盛这个大胖子便猫着身躯十分艰难地爬上去，上了透天洞了。小盛对南雁景观这么喜爱，对洞穴光线变化这么细心探察，原来这是他的专业，如今他是《艺术科技》杂志的主编呢。

当晚在仙姑洞的小客厅里用餐。这时对旅客食堂由供销分社承包，他们做了鲜笋、溪虾、野菇、野兔、溪鱼等山珍野味，香味四溢。唯独没有酒。围坐一圆桌的人面面相觑。我问今晚要不要特殊化一下。胡老也就不客气地说，今晚绝对不能不搞特殊化。于是服务人员捧出一小缸用南雁山水酿造的红酒。于是大伙就用白底蓝花的饭碗，盛着红彤彤的红酒，在跳动烛光影照下，开怀痛饮……

酒文化我没有研究过，但文化人与酒却密切关联是毫无疑问的。一两碗酒下肚，大伙儿从飘飘然到茫茫然，酒够了便去看南雁夜景。不知是谁提议：南雁山水好，酒菜好，大伙还是毫不顾忌地唱一唱。于是，越剧、绍剧、昆剧、京剧、沪剧，现代歌曲各种不同的腔调都出来了，也顾不了什么板眼拍子，简直不是歌唱，而是叫喊，各自欣赏自己唱腔，震得杂树里的小鸟都惊飞起来。在飘向会文书院的声调，回声格外嘹亮。这是天然的扩音器所赋予的。他们都是从事戏剧数十年的剧作家，都说这一次是自己唱得最痛快、最尽情的一次。

这是将近十年前的事了。胡野檎从浙江调到上海，如今已经离休了。胡小孩创作的剧本《俩兄弟》《抢伞》《刑场上的婚礼》《血碑》《小刀会》等已基本上收进七十多万字的《胡小孩剧作选》，有一些剧本拍了电影，他也从省戏剧研究所所长岗位上退下来。如今南雁山风仿佛还飘着“二胡”伴奏的音响。

（此文原刊地方报刊）

李士俊与报业情缘

这是快半个世纪以前的事了。1940 年春，作为抗日战争号角的《平报》突然飞来横祸，当局责令它停刊一个月。停刊对报社来说，是极大的威胁、耻辱、不幸，大家都万分焦急。究其原因，是在 1940 年 1 月 14 日《平报》上刊发了一篇题为《瞎说》的杂文。《瞎说》针对蒋介石 1940 年新年文告，蒋氏夸下要收复大片失地的海口，杂文斥之“为信口开河的‘瞎说’，恐怕也不为过”。谁知刊于这份小报的一篇杂文，由于当局逐级情报的传送，竟让在峨眉山的蒋氏知道。于是，省当局就以“反对政府，侮辱领袖”的罪名，责令《平报》停刊。《瞎说》的作者正是李士俊，他时任《平报》编辑，凭自己的正义感，未经总编同意，就刊发了这篇杂文。

李士俊先生，原名李华，1924 年出生于鳌江镇南门街一户鞋匠的家里。幼年丧父，念完小学就去当学徒。在艰难的学徒生涯中，他如饥似渴地进修中学课程，读文艺作品，看报刊杂志，尤其是读了陈再华烈士的遗著《再华文集》，使他萌发了革命的理想也试着学写新诗、杂文、新闻，同时开始投稿给《平报》。1938 年 12 月 29 日李士俊的第一首新诗《时间早已到了》居然在《平报》副刊《小园地》上发表了。这就开始了他与报业的情缘，启动了他一生走报业、文学道路的契机。以后他一有空就看书、写作、投稿。几乎二三天就有作品在报上刊发。他成为《平报》热心的读者，也成为读者熟悉的作者。如今在温州市档案馆里。找出当年发黄残破的《平报》合订本，可以找出许多用华之、力发等笔名发表的许多作品，都是李士俊写的。就在这些作品中，杂文《杂谈面子》中有“比如有一个警察局的巡官，有一天去抓赌，恰碰上聚赌的都是社会上有点声望的熟人，自然不便下手，不仅不提，连巡官自己也坐下‘凑脚’了”。此杂文刊发后，鳌江警察所和喜欢赌博的人纷纷责备《平报》。这就引起了《平报》总编对他的重视，同时由于党组织的安排，他也就到《平报》工作了。

《平报》被国民党当局查封后一月多，党组织又派李士俊转移到金华、丽水一带去工作。在金华，他进入《浙江潮》杂志社帮助编稿，也做校对、会计、发行等工作。据曾任《浙江潮》主编的严北溟回忆：“我被黄绍竑转来蒋介石的来电到重庆去，于是，沈任重、李士俊、钟明远等几个编辑被捕送上饶集中营去了。”

在上饶茅家岭集中营整整关了三年，李士俊化名王九夫，因为他年纪很轻，在他身上没有发现丝毫疑点，也就释放了。随后他又从事新闻工作，历任《浙江日报》、台北《中外日报》、杭州《当代晚报》编辑、编纂课长、总编辑等。新中国成立后，李士俊仍从事报业，任《当代日报》总编辑、《杭州日报》筹委会副主任。1957年由于众所周知的劫难，他沉默了。直到1979年，李士俊仍回《杭州日报》工作，是年深秋，笔者正在做《平阳报》的复刊工作，在杭报总编办公室拜访了李士俊，他正在审阅如山的稿件，一见到笔者，立即为笔者倒茶、畅谈。天南海北、古往今来、无所不谈，但谈得最多的还是薄薄的一张报纸。李士俊认为：报纸虽薄，但分量可重啊！是报纸引我走上革命道路，在报业坎坷曲折的大道上，我走过内室，走出广阔的天地，也走进无罪的深渊，按理说，我不该再从事报业，但是事业心与责任感，仍促使我干老行当。——报业这活，使我陷入深深的思考，我悟到了从事报业工作的真谛！

李士俊从事报业将近六十年，50年代前期曾任浙江省新闻工作者协会副会长，写了一百多万字的新闻作品和文学作品。笔者曾读过他回忆冯雪峰的文章《三次追悼》，这真是一篇声情并茂的好作品。他曾当选为杭州市第一届作家协会主席。如今他还担任中英文对照的《文化交流》编委、《东南烽火》主编，他的书稿《报海沉浮》《故人风雨》等已经出版，《平阳报》还聘他为顾问，李士俊与报业的情缘将永远缔结下去！

（此文原刊地方报刊，李士俊原籍苍南县龙港李家垟）

温籍出版家方志勇

方志勇(1913—1988)生于江南白沙方良(现属苍南县)。1931年,他从温州中学毕业后,在家乡白沙从事教育工作。1934年南下新加坡,并在马来西亚柔佛州中正中学任教。1936年担任三合港南华中学校长,翌年又兼任南侨学校校长。之后,他应上海书局玉总经理之邀,到新加坡担任新生书局经理。

1941年回国省亲,因太平洋战事爆发,海上交通断绝,不得不留在故乡。抗日战争胜利后,他于1946年3月间去香港,创办香港上海书局,出版了大量优良益智的图书、青少年读物及中小学教科书,直至1978年光荣退休。

方志勇从事文化出版事业,长达四十多年。在这漫长的岁月中,他曾和友人先后合作创办大中书局、日新书局、胜记书报社以及天地图书公司,扩展中华文化事业。上世纪50年代,他又和上海书局王总经理创办中流出版社,并曾长期主持大光出版社工作。他以毕生的精力,从事文化出版事业,直至生命的最后一息,仍然是天地图书有限公司的董事长、中流出版社有限公司董事长、大光出版社有限公司董事。此外,他还是温州旅港同乡会监事长。凡是大陆旅港同乡找他办事,他都尽力而为,为同乡在港人员创造学习、工作、居住诸多条件。

从1978年至1988年十年间,方志勇连续当选为第五届、第六届、第七届广东省人大代表。

方志勇虽身居海外,但一颗心一直系着祖国,关心家乡的建设,热衷于中华文化出版事业。他一直认定香港、澳门、台湾都是中国不可分割的领土,全力投入香港的文化事业。当时抗日战争刚胜利,从艰苦的环境开始,为香港文化出版事业的开拓、发展、繁荣、兢兢业业,任劳任怨,做了许许多多的工作,付出了自己毕生的心血。他也对东南亚地区华文图书出版事业和华文教育事业,作了巨大而有益的贡献。

由于方志勇为人品德高尚,热情正直,生活勤俭朴素,一向受到东南亚同乡和同业友人亲朋的敬重与钦佩。因而,1988年2月他在香港法国医院逝世时,海内外知交都深表痛惜,蓝真、张浚生、马连栋、郭宜兴、翟暖晖等名流为其组成治丧委员会,葬礼极其哀荣。

方志勇有子女方初、方宗敏、方宗斌、方宗武、方丽梦、方丽娟等人，在海内外皆学有所成，为祖国的建设事业和祖国与世界经济文化接轨，都作出应有的贡献。不久前，方志勇哲嗣方初从加拿大回国，与中学时代的老同学欢聚，拜访了父老乡亲，还到母校平阳中学参观，参拜了温州先贤刘公祠（堂）和吴景荣教授汉白玉塑像。同时更由老同学汤恭年陪同，到乌石岭拜谒了祖墓，到方良看了昔时的古屋。笔者与方初是中学时代的同桌同学，曾问他："你家的古屋还在，是否向政府申报，物归原主，让你们回家探亲时小住？"方初坚定地回答："先父生前曾一再交代，你们兄弟姐妹，要脚踏实地、自力更生，都能吃饱饭，穿好衣，住大厦，开好车，老家那些房子就让贫困的民众住吧！"

方志勇先生之高风亮节，在苍南大地上树立了不朽的丰碑！

（此文原刊地方报刊与《苍南历史人物》一书）

名记者鲁顺光

一位身材稍高、额头秃秃的老年人，看上去无疑是个老学究，但思维敏捷、谈笑风生，满口是正宗的杭州话，即使讲普通话也带着浓浓的杭州腔。他就是会讲地地道道平阳话的鲁顺光学兄，老家住在县城西门。四十年前他是位赫赫有名的新闻记者。

顺光中学毕业后就读于浙江大学中文系。解放初期，杭州《当代日报》向社会招考新闻记者，顺光应考了。当时应考者有四百多人，他以领先名次录取，随即怀着惶恐而欣喜的心情走进杭州市谢麻子巷的《当代日报》，开始新的工作。熟悉新闻具体业务后，他协助做一些群众来信等内勤工作，帮助处理一些短消息，六个月后当上政法方面的记者，一年后又当工业方面的记者，1955 年《杭州日报》创刊，《当代日报》停刊。他又调进《杭州日报》当要闻记者。既当记者兼当编辑。

鲁顺光做新闻采访工作，虚心学习，善于思考问题，抓住群众普遍关心的问题，深入调查，及时报道。当时家家户户都使用火柴，火柴虽小，事关重大，用户强烈反映火柴质量差引起报社的关注。于是鲁顺光就这一专题，深入火柴厂采访，写出了锋芒毕露的批评文章，见诸报端，群众拍手叫好，《人民日报》也转载了此文。不久又针对炼油厂严重浪费情况，采写了击中时弊的新闻与评论，在读者与报界中引起了强烈反响。

1958 年 4 月，苏联苏维埃主席团主席伏罗希洛夫访问中国，由周恩来总理和陈毅部长陪同来到杭州。鲁顺光作为《杭州日报》要闻记者也随其他中外记者一起实地采访。至梅家坞，考察了龙井茶的有关情形。到都锦生，参观了丝绸织品整个生产过程。都锦生还特地为伏罗希洛夫精心地制作了伏氏的肖像，是当时省长沙文汉主持赠送仪式。伏罗希洛夫拿到了这珍贵的赠品，十分高兴。在走下主楼前面台阶时，有记者摄下伏罗希洛夫、周恩来、陈毅等的相片。不久前，鲁顺光对笔者说："这张照片，我刚好站在贵宾和领导的后面，这也是我当记者引以自豪的事情。可惜我保存的这张照片于'文革'期间佚失了。"游览三潭印月时，在一片青翠的竹林前，伏罗希洛夫怔了一下，感到极大兴趣。周总理就滔滔不绝地谈了竹子象征谦逊虚心、崇尚民族气节和竹笋做成多种不同菜肴的滋味，伏罗希洛夫听了频频点头，连连赞颂。当伏罗希洛夫离开杭州时，周总理还交代有关人员送给他一些笋干和伏氏喜爱的工艺品。

后来，朝鲜人民共和国主席金日成、印度总理尼赫鲁、印度尼西亚总理苏加诺等贵宾访问杭州时，《杭州日报》仍派鲁顺光去采访。每次采访都有较为突出的报道文章见之报端，一时获得了“名记者”的光荣称赞。鲁顺光也走了漫长的坎坷道路，落实政策后，他选择了在风光秀丽之富春江畔定居，继续笔耕……

（此文原载地方报刊）

苍南赋

一九八〇年，细觅中华图志，未见苍南名。念壹世纪初，触目祖国传媒，常闻苍南声。苍南县兮，于湍激潮中诞生；于泥泞曲径上前进；于温煦阳光下成长；于乾坤正道内飞腾。

追溯史前兮，先民飞土逐害，渔猎为生，沧海桑田，开辟农村。晋太康间兮，隶横阳县。后分置平阳兮，其时绵长，因适人口繁衍兮，经济逐步发展。一九八一年兮，始新设苍南县。从此屹立于中国，彰显于世界。

综观县境，气象非凡。扼八闽之咽喉，通两浙之关山。南雁荡锦绣画屏兮，迤逦县之西陲，玉苍山势似苍龙兮，盘亘邑之东南。幽泉飞瀑，清溪深涧。汇百水入塘河兮，贯三江过平原。旷野雄狮戏球兮。远洋海市蜃楼。立望洲山之巅兮眺望，雄矣哉；岛屿星列，归帆点点，渔歌互答，灯光闪闪，漫长之海岸线兮，似璀璨之金花环。远方郁蔚之宝岛兮，乃同语同源之台湾。

遥忆昔年，金东两岸往还，开发台湾规划，行腾存牍堪翻，宿愿未酬，遗憾人寰。张琴捍卫宝岛，德威诚信并兼，逝于任所，返榇霞关。至于林烈敷考察西北，殷汝骊开发琼崖，其黄粱梦今成现实，让先行者闭目安闲。

畴人运筹，为科学技术鸣锣开道。黎应南续成开方说，黄庆澄首创算学报。姜立夫为中国现代数学奠基，姜伯驹乃当今数学英翘。一门乔梓两院士，三世畴人枝叶茂。李蕃三角教程兮，无人不晓，杨忠道代数拓仆兮，美国称豪。梓里尚有众多口算、心算、珠算高手，功能何尝逊于电脑。

苍南黎庶，深研新山海径。千年矾矿开采兮，万国博览扬名，得祖国矾都之美誉兮，培万千钻探之工人。毕异术一再创新兮，印刷业海内人钦。黄道婆体恤贫寒，百补衣温暖穷人。马站柚生四季，五凤孕育香茗，血橙垂挂三边，花卉瓜果超群。靠山吃山，绿化荒坡万亩，野禽猛兽归林。靠海吃海，挡住惊涛骇浪，围垦海涂千顷。筑高塘于沿岸，宛若长城。金乡蒲城昔有戍堡，确保家乡安宁。龙港聚户十万，名曰农民之城，县治灵溪无城，俨然县城。而今老城整修复旧，新城格外繁荣。人云众志成城，诚无愧名城也。

苍南俊士文人荟萃，遗篇累世堪珍。陈桷宋史志其业迹，有文集十六卷，深厚峻高，人羡才史豪情。王自中胸怀实学济世，撰厚轩集五卷，节概超卓，胸有百万雄兵。彭仲刚有彭监丞集，叶适为其铭墓志，庶民赞其察明镜。状元徐俨夫撰有桃渚集，一任征龟成鳖，绝不拜狗作龙。道士林灵真撰辑济度之书，蔚为教门高士，一代真师号称。林景熙白石樵唱，六义遗音，冬青梦幻，煌煌宋代遗民。陈子上不系舟渔，源自陶杜，忧国爱民，铮铮元季诗人，永嘉集张著，映白鹤芙蓉水净。联壁集郑采，藐视高贵如浮云。逢原斋诗集，华文漪不作隐雾豹。愈愚斋诗文，谢青扬屈仰人中英。释刑莲念佛著征心集，先贤推重。郑孟达执法撰抱一庐，浊世官清。尚有女诗人周秀眉谢香塘郑惠，大多红颜薄命，皆留下遗稿佳篇，供后者体味歌吟。此外名伶，亦极蜚声，生角叶良金，演剧中人个性鲜明，自编昆剧《花鞋记》、《恶蛇报》流传至今。丑角杨盛桃，塑造众多角色，技艺逸群，复苏昆剧班，郡县南戏，得以继承，

苍南既崇文又尚武。南宋时期，有武状元七位。明清以降，民众武装更显神威，抗倭、抗日，抗飓、抗洪，战胜从不居功，战败绝不气馁。继南拳历史传统，扬民汉族气节光辉。刘英粟裕莅临，万千百姓跟随。于边界设鼎平县，在熊岑将顽敌摧。山歌民谣赞颂；红军个个会飞。赴延安参加党七大，林辉山刘发羡尚存尘封代表证。至广州农民讲习所，王国桢、张培农聆听教诲铸铁心。朱程、吴毓、陈铁军为国立功绩、林珍、吴信直、陈百弓为民勇献身。盐民暴动、下关起义等纪念馆以及柳家山合抱枫皆可为证也。清代民家告官二三大案，原告者住地皆属苍南。正义战胜邪恶兮，万方盛赞；悲剧变成喜剧兮，代代流传。

现代至今，文脉续延。林竞边疆艰辛勘探，呈奉西北丛编，向孙中山详陈开发高见。刘绍宽东瀛考察，向温民众表述救国宏愿，手撰日记半世纪，成县志煌煌二十一卷。苏渊雷七载冤狱，诗书画兮清新，文史哲兮深沉。朱维之十年牛棚，学术思想锐敏，文集译著等身。现代版画先驱者林夫，赤石暴动殉节，誉为鲁迅学生，毕生设计风景者华纫秋，多次国际画展，水彩美化园林。

数十年，一瞬间。请看今日兮苍南，三面峰峦兮，林木苍莽。横阳支江兮，碧水荡漾。两岸稻禾兮，丰稔景象。百里海涂兮，已成果苑。步入无城之城兮，高楼大厦林立，园圃池湖间错，鹊雀得以安息。市巷井然兮，商贾云集。舟车交流兮，花团锦簇。

万里征程迈步稳、苍南儿女气如虹。时移运转百业兴，士农工商纷献功，莱万宝矿藏于异域，北国献身手，南非留足踪。有务农者，创新胆略雄，竟敢承包飞机上碧穹。沿海县市山珍海味兮，在县治集散。创作各类艺术精品兮，于京华走红。农村城镇化，小康在握中，喜见今日丰衣足食，回顾昔时感激无穷。若非伟人指点改革开放，焉有广大干群恪恭恢崇，更有科学发展观之运用，胆略学识兮，

与勤劳坚忍携手，文明和谐兮，其乐融融。中国特色社会主义大旗耀目挥动兮，一百三十万苍南人紧跟其后，更显矫健，大度而雍容！

苍南人敢为天下先，先忧然后乐，苦尽始知甜！

公元二〇〇八年岁次己丑春月

（此文系由苍南县一位领导授意撰写的。后来在报刊上举办县市赋的征文比赛，笔者皆不参与评比。现在此刊出作为纪念）

籀园，何时回家？

籀园，对我这个出生于浙闽边界山窝里的矾都矿区的人来说并不陌生。抗战胜利后，我到瑞安高中念书时就经常到孙衣言、孙诒让父子故居玉海楼看看，也到仲容文化馆借阅书刊，早就知道，温州有个籀园，是为纪念国学大师孙诒让先生而建的。

1948 年，同乡前辈张达生先生带我去瞻籀园，看了籀公祠、图书馆等，绕了一圈，留在脑海最深的印象还是门台上张謇听题的"籀园"二字和首任温属图书馆馆长王毓英撰、杜师预书的温属图书馆碑志，碑志除了记叙建园宗旨、筹建经历外，其中有些文字我认为写得很好。文曰："是馆也，南面落霞潭，西枕曾祠，东北接放生池，四面波光，藻洄环绕，加上松合岗影，普觉钟声，耳目之间，会心不远，无非为读书稽古之助也。"

第二次到籀园，记的是 1950 年春天，仍是张达生先生带我去。梅冷生先生已在工作室里等候。经介绍，我向梅先生鞠了一躬。梅、张二先生就谈开了。我记得，他俩除读了一些图书征集、文人交往一些情形外，梅先生还称道张先生国文教得好，文章也做得好："去年你为温州庆祝解放大会撰的对联，有不少人说撰得好，表达了温州人民的心声。"谈到平阳为纪念刘绍宽先生，在平中校园后山，构建了刘公祠(后来改为刘公堂)时，梅冷生先生将追思悼念刘绍宽先生的一副楹联手稿放在桌子上，请张达生先生指教。联云：

蕺山讲学，原父传经，记从慎社抠衣，茅塞独渐津逮者；

七略区书，三长综擅，私幸籀园掌录，芸编犹见典型存。

联中提到慎社籀园，都是当时文化人活动的重要场地。他俩谈了一些。我插话："当时筹建刘公祠我正在平中读书，整个过程我都亲眼看到。时任平中校长姜伯先先生是刘先生的女婿，显得格外出力。"梅先生点点头。

方介堪先生来了，张先生又给我作了介绍，他们三人就天南海北地谈。其中也谈到叶适、永嘉学派。我是第一次见到方先生，他的造诣很深，我很敬佩，后来为了文物考古、文字训诂等方面的事情多次请教过方先生，所以方先生逝世时，我也撰了一副悼联，登在当时的《温州日报》上，又由其门生林剑丹书写收进我的楹联选集里。

温州市图书馆的前身就是1919年在籀园创立的温属六县联合籀园图书馆。在中国书籍出版社1994年出版的《浙江省斋书馆志》里，还收录了《旧温属联立籀园简章》和《旧温属联立籀园图书馆理事会章程》，这些章程至今有些条款还是有参考价值的。旧温属联立籀园图书馆理事，除温州行政官员外，各县主管文教的官吏，也为当然理事；另有聘任理事，就回温属各县内聘定热心图书事业者若干人提任之，1925年刘绍宽先生曾接任馆长。这样看来，这个图书馆是各县共同办起来的，大家都视为这就是各县共同的图书馆。怕重要文献遗失，温属图书馆曾下令各县征集文献图书，各县也主动将重要文献送给温州图书馆收藏。如刘绍宽先生已刊行著作、未刊行手稿，尤其是他亲手用十行笔撰写的《厚庄日记》，计四千零八十六页，装订为四十册，全部由温州图书馆收藏。1980年编纂《平阳县志》时，又从温图复印了《厚庄日记》手稿，由县志常务副主编陈镇波等数人加以抄录，由陈镇波选编为《厚庄日记选编》，誊印刊行，供各地、各部门修志时参考。如今《厚庄日记》全文已由卢礼阳、陈盛奖等诸君点校整理，快要付梓了。这是温州地区又一个文化工程，工程之圆满完成，真是功德无量！

温州人士于1912年集资营建籀园，随后又在籀园创建旧温属联立籀园图书馆，直至如今的温州市图书馆，已经走了百年路程，为我们温州地区的文化建设做出了巨大的贡献。

看了《温州读书报》《温州图书馆学刊》和《籀园》馆刊，才知道籀园如今还被某单位使用，而且卢礼阳、胡雪冈、蔡钢铁、林斤澜、陈锡仁、陈增杰、李珍等各界人士，有的提建议，有的忆旧事，有的谈未来，概括一句话，要求籀园回家，回到温州人民的精神乐园里，回到党的十七届六中全会轨道上来。有关人士，包括领导都是大大小小的知识分子，再在籀园回家一事讲过多的话都不必要，让籀园回家就是了。如果迟迟未能回家，将会被世人讽为这些人乃出于“竹苞堂”之大人物也。

（2011年11月才会杭州刊于《籀园》内刊）

利剪破舌

1957年春天的一个傍晚，平阳县五凤乡半山村的一幢平屋里挤满了人，这平屋的主人叫王玉英。

王玉英身材矮小，又是小脚，虽然上了年纪，可是走起路来却非常轻捷、稳健。她笑眯眯地对大家说："我真幸福，我……到…过北京……见…到……毛主席……"

王玉英以模范烈属的身份，参加了全国妇女代表大会。她说起话来结结巴巴，断断续续，主要是她的舌头不听使唤——舌头上有一条深沟。提起这条深沟，还有一段惊心动魄的故事。

王凤乡处在浙江和福建交界的五岱山，崇山峻岭，形势险要。

1936年6月，各村先后成立了苏维埃政权、土地调查委员会、贫农团、妇女协会等组织。当时，王玉英的丈夫潘世雅已经是红军里一支游击队的指导员，儿子如钳是一名勇敢机智的游击队员，她自己也是党的地下交通员。

1937年初夏的一天。因叛徒出卖，王玉英被敌人抓住了。王玉英下了决心，为了不泄露党的机密，也为了让敌人死了心，她用剪刀把自己的舌头剪破！

她举起手里的剪刀，咬一咬牙，把舌头伸到刀口上，两手用力一压，一股鲜血直喷出来，她痛得倒在地上了。

一天晚上，玉英被敌人拖到桥墩门的曾家祠堂，这里周围杂草丛生，是棺材成堆的荒郊。敌团长杀气腾腾地问玉英："招不招？招了就放你回去，不招，就杀你的头！"

玉英轻蔑地瞥了敌团长一眼，傲然地站着，任凭敌人的严刑拷打，不答一句话。

牢狱里，她整整度过8个月的苦难生活，受尽了千万种苦难。敌人想尽办法，还是一无所获，最后只好把她释放了。出狱以后，她又投身于革命活动。

（此文原载《浙江日报》）

“是我错怪了你们”

傍晚，夕阳的余晖斜照在金黄的稻海里，珍珠般的谷粒在闪闪发光。

董老伯站在生产队办公室前面的沿阶上注目远望，脸上堆着笑容。突然，他板下脸，自言自语：“这是什么时候哟！不把牛放出去吃草？”话刚落音，他就跨过石桥，往丰产畈走去。

牧童们看董老伯来了，“哗”的一声，涌了上去，嚷着要他讲故事。

“这个辰光你们怎么还不放牛？”董老伯圆瞪着眼，劈头就问。

牧童们面面相觑，随即嬉皮笑脸地齐声说：

“董老伯，你眼花了吧？喏！牛不是都在那里！”

董老伯绕过田角，看到一群牛都在溪滩上，诧异地问：“我刚才站在沿阶上怎么见不到牛呢？”

牧童们笑开了：“董老伯，你不看看今年的早稻，长得多好呀！”

董老伯来到稻田边，就好像站在甘蔗田边一样。“今年的早稻长得这么好，怪不得牛都被遮住，看不到了！”他看着，看着，不觉失声笑了，“哈哈！原来是我老头错怪了你们！……”

平阳中学移校桥墩门纪要

这是六十四年前的旧事。时为平阳最高学府的平阳县立中学，由于日本帝国主义的侵犯，被迫迁移到桥墩门（今属苍南县桥墩镇）。回忆往事，仿佛就在昨日。

民国31年（1942）六月，日寇飞机轰炸永嘉（即今温州）后至瑞安，连续六天狂轰滥炸，毁民房二百五十多间，震倒二百八十多间，民众死者数十人。何树楷一家就死去三人。瑞安与平阳只有一条飞云江之隔，隐约听到敌机的声音，同样提心吊胆，平阳或许会遭到同样的命运。但同学们为了抗日，为了自己的前程，还是克服艰难坚持学习。

1943年，本省英士大学因日寇侵犯，辗转迁到温州。是年11月省政府主席黄绍竑和国民党浙江省主任委员罗霞天到温州各县观察抗日状况，也到过平阳，平阳县长张韶舞组织乡保长及各界人士到平阳北门迎接，队伍从北门头一直排到宋桥头。平阳中学亦有部分师生参与。当年12月，有一轮船从上海运往温州的三百吨纱布、百货，中途被日寇海上抢劫。局势危急，当局还是动员青年学生，参加了远征军。1944年2月平阳县有参加远征军数十人，在平阳县政府礼堂开欢送会，随后送到北门轮船埠头。其中有一位名叫林学芳者，矾山埔坪人（就是埔坪到福建前岐路边的那间平屋），他高我一年级，临行时还匆忙跟我握手，深情地说："我们到前方杀敌，你们安心读书，将来我们会相见的。"数十年了，这位同学一去不复返。我曾到远征军到过的云南、缅甸边界考察、了解，亦杳无消息，可叹也。

这时，全县民众人心惶惶。平中当局，开始酝酿搬迁学校，原想迁校到南雁会文书院。院内有棣萼世辉楼，往上有观音洞，隔溪有仙姑洞，都可以借用为教室和宿舍。但这里交通较为不便，一旦日寇进犯，难以迅速撤退。于是准备迁移与福建接壤的桥墩门。五六月，日寇加紧侵扰浙东各地，温州港海面敌舰往来频繁。温州守备指挥部开始实施第一期人口疏散，温州几家剧院也停演了。不少温州人或寓居温州的平阳人，扶老携幼来到平阳各地避难，情况日紧一日。

平中当局审时度势，决定将学校迁往桥墩门。曾任校长的吴家桢先生因体弱多病辞去校长职务，但仍在平中任化学课。他与桥墩门吴氏人士联系，借用桥墩36都锦春内大屋为师生宿舍，吴氏宗祠与曾氏宗祠先后为教室。校方随即发出通知，让师生按时到桥墩门报到。师生们忍痛离开了凤山之麓，铁岭之东，抗战时期诞生的平中，来到人地两疏的桥墩门，个人个有感慨。但在抗日最艰苦时期还能保存一所中学，为造就人才作出努力，顿又充满信心。

锦春内大屋，虽借作平中校舍，但还有一二户居民搬不出去。于是楼上就做寝室，同学们打开铺盖打地铺，人挨人地睡着，夜间走动，往往踩着人体，传出惊呼声。洗衣服，就在清溪旁，衣服就晒在竹篱上，槿木上，竹林边，岩石上，楼下厅堂当膳厅，没有桌椅，吃饭就围着四角方方的茶箱站着或蹲着吃饭。这里离海边较远，交通不便，吃饭都是疏散或咸货。锦春内大屋大门出去，是溪滨，还有一条街，沿路有卖熟牛肉的，煎灯盏糕的，卖五香的，不少同学买来下饭。教室设在离这里较近的曾氏祠堂，后来扩展到吴氏宗祠。刚去时，荒草离离，灰尘满屋，地上凹凸不平，十分凄凉阴森。昔日游击队员世雅被桥墩门敌团部抓住后，就在这附近用了种种重刑，连续折磨了三四个钟头，还得不到半句口供。敌人计穷力竭，就灭绝人性地当场用大刀把世雅砍死，鲜血四溅，又用洋油浇在尸体上烧了。同学们知道这些情况后，在心灵中埋下了仇恨的种子。开头两个星期，桌椅黑板还未从平阳运来，只好用草席摊在地上，坐在席上听课，老师就在板壁上勉强板书，后来有了桌椅，但门窗都没有玻璃，朔风凛冽，同学们毫不叫苦。早操是借用松山小学的操场。体育教师李萝南，两肩很平衡，在严寒的气候中站在乒乓球桌上做示范动作，过路民众团团围观，博得了山村民众对体育活动的兴趣。锦春内大屋根本容纳不了数百名师生。于是有许多师生租用民房居住。教英语的张曙岚是张达生先生的女儿，就住在郑宗坤家里。她的家住在矾山洋式厝，跟笔者很近，每次从家里到桥墩门平中，要走六七十华里山岭，她都能坚持，还在路上教我们英语对话。张曙岚当时还是未婚小姐，后来到美国，到将近九十岁才谢世。由于住宿、吃饭、上课的地方距离较近，如遇雨天，少数没有雨鞋的同学只得赤脚步行，上课前才把随身的布鞋穿上。

桥墩门是平阳通往泰顺、福建的门户，出产的茶叶、红糖、陶瓷器、菸叶直销各地，平阳就有很多外地客商到这里采购、旅寓。这里又是山货与海成货的集散地，36都和37都街上便有了更多的百货摊子，旧书摊兼售《东南日报》《浙瓯日报》等，凡是旧书摊，星期日都围满了同学。笔者曾购来一本《应用文大全》。邮政代办所更忙了。撑竹筏者也因生意红火，欢快地唱出了山歌。有个名叫许昌权的桥墩人，曾在松山小学教室前面的走廊边上，将自己的木刻作品以及温州、丽水、青田等地的友人木刻作品，四五十幅展出，展出规模不大，也极简陋，但亦开了山村封闭的风气，影响了浙闽边界各地。

许多同学利用休息日到分水关、莒溪、玉苍山、灵溪、五凤去看秀丽的山村风景。曾任全国书法院书法家协会秘书长、又是著名出版家谢盛培（谢云）利用休息日到过桥墩到碗窑之间的丁埠头谢氏大宅。此大宅在双溪汇会处，有两座大桥，大宅附近，是个大四合院，如今还完好地保存着。

时任平中校长的范玉麟不时还到平阳、鳌江公干，从灵溪到桥墩三十华里也是步行。吴家桢、章涛等等教师生病了还坚持教学。在艰难的环境中培养学生。

最令人难忘的是那条横跨了36都与37都之间的大石桥。桥的两边摆满日用品、陶瓷器，几个桥墩上还摆着卖芋头汤和米粉汤的小吃店，晚上桥上挂上灯笼，照映桥下的溪水，宛如一条奔腾的蛟龙。小吃店顾客大多是挑柴的樵夫与沿溪的撑筏人。不时也有三五学生光顾，一大碗葱头米粉汤不仅可以填满肚，也能有效地防治感冒。中秋节这条桥更是热闹、欢腾，桥两头的街道也挂着红灯笼，桥墩门月饼出名的饼店，普遍点燃着煤气灯，群众踊跃猜灯谜。沸腾的人群到夜半才离去。

在桥墩门读书期间，经常得到紧张的消息，上级军事当局紧急来电：说金华日寇已进到丽水，即将南犯青田、温州。温州各方紧急策划应变疏散机关与居民。9月9日温州第三次沦陷，日寇在翠微山脚活埋我被俘人员约十人。温州人民处在水深火热之中。

1945年学期即将结束时，将来县境东海洋面有两艘敌舰被同盟军所炸的消息，很快得到证实。平中全校师生与桥墩人民无不欢欣雀跃。平中少数教师、职员、工人留校外，其余都放了寒假。

寒假期间，传来我守军在玉环洋西猛烈扫射敌舰，敌舰看来头锐利，逃遁了。开春，日军在我国及东南亚战场即将全线溃败。正在此时，平阳当局与校方在1945年春节即2月，将平中迁回平阳上课。这段时间，由于不少地方沦陷，瓯中、温中、永中等校有不少学生来平中要求借读，平中担负着沉重的担子。这时全校学生总数达到五百人以上。

迁回平中原校舍以后，师生们相互慰藉，这一下可以安心教学与读书了。不到三个月，就是1945年5月27日，驻温日军俊藤联队所部为接应由闽北撤出的日军，进犯平阳县城及鳌江、钱仓、宜山，与从闽北撤退回的日军残部会合。6月12日从闽北撤退的日军侵占温州。17日驻温日军从乐清柳市撤退。日军经过平阳时，驻在平中，校舍里搞得乌烟瘴气，损失惨重。平中两边溪旁的居民群众也被凌辱，掠夺一空。

1945 年 7 月，范玉麟辞去校长职务，南海盐人沈乃昌接替。8 月，日寇无条件投降。平中师生与全国人民一起，欣喜若狂，做了一头大狮子参加庆祝扫行，意味睡狮醒了。同时将一只从日军手中夺来的小汽艇，端掉发动机，放在学校前面的泮池里，大家用木桨划着，泼水嬉戏。师生们终于回到平阳中学这个家了。

平阳中学搬迁到桥墩门，又从桥墩门返回平阳坡南原校舍，前前后后，不到一年时间，但对桥墩门，以及浙闽边界各地的教育文化是有很大影响的。从做过教育文化工作老先生们的记忆里，从平平常常的山村老人的印象中都普遍得到印证。

（此文原刊《苍南报》并收入《桥墩门志》）

史料拾零(二则)

通福门

从坡北往坡南的铁岭最高处有座楼阁，砖石结构、飞檐斗拱，颇具雄伟壮美。楼阁上过去有文武魁星的塑像，称之“培风阁”。为清代项佩琛所建。楼阁下有拱形大门，称“通福门”，有通向福建、通向幸福的双关意义。

1943年3月，县民众教育馆从平阳县城北门外鸣山福德寺迁移到通福门楼阁上，备有一些书报、动物标本供人阅览、参观，也可在那里弈棋。大门的石墙壁上有阅报栏，抗日时期的新闻报道吸引了往来行人，这里成为议论国家大事的处所。

张韶舞当县长时，为了显示自己推行所谓识字运动的作为，标榜所谓“模范县长”的政绩，将通福门改为“识字门”，在门的一侧盖了识字亭，凡是经过大门的人都要背诵注音字母或别字音字形，否则不许通过。张韶舞不时坐上黄包车前来监阵。拉车的、挑担的百姓深受其苦，还得向他躬鞠行礼，有的只得绕道通行，走了不少冤枉路。不久，那个识字亭在风雨飘摇中摧毁了，而那“识字门”三字还留在门楣上。

直到解放，才把“识字门”改为“解放门”。

王自中生圹

王自中，字道甫，归仁乡(现为马站区)人，晚年住在平阳县城东门橘庄，有他自己的宅舍。

他死后葬在仙坛寺后山，瑞安陈傅良为他撰了圹志，魏了翁为他撰了墓志铭，永嘉学派的首领叶适又与永康学者陈亮合志其墓。过去一些书籍和方志中都有记载，但一直找不到他的墓葬。

“文革”期间，苏渊雷教授寓居平阳东门时，无意中曾在仙坛寺溪旁发现王自中的墓碑，但不久即被人拿走了。

1981年，仙坛寺隔溪的山腰上，原林业局的干部宿舍(也是前几年盖的)扩建房子，清基时发现一个古墓。笔者曾亲去察看，见墓室结构极其严密考究，无丝毫裂缝，室内一无所有，找不到任何陪葬品。墓砖又宽又厚又长，仿佛有现在五寸砖的五倍，每块墓砖上都镌有“宋庆元三年王自中生圹”十字。这就证实王自中墓就在这里无疑了。墓室有两个，该是王自中跟他夫人合葬于此。

据考察，这个墓就是在已经湮灭的五枫亭旁，葛溪在一侧流过，面对万全蝉，视野极其宽广。王自中因“雅爱仙坛僧屋之后山”，在晚年时选择这个风景秀丽的地方做了生圹。王自中定居橘庄后很少出走，就是病死客地，也应该归葬于此，况且他的出生地归仁乡，至今并未发现他的墓葬。按理说，这就是他的墓葬地，但为什么除了墓圹以外，再没有发现什么，尚待作进一步考察研究。

（此文原刊《平阳文史资料》）

谷斯范与《萍湖边》

杭州友人送给我一册厚厚的《巴人文集·回忆录卷》，打开一看，黄源、谷斯范是《巴人文集》编委会的顾问，谷斯范还为巴人（王任叔）这位卓越的无产阶级文化战士，著名的文艺理论家、作家的文集作序。我一口气读完这篇四千字的用血泪凝成的代序巴人与《风下之国散记》，不仅对巴人的道德文章感到敬佩，而且回忆了谷斯范的一些往事。

谷斯范先生，原籍上虞县，是位知名的小说家，昔日在重庆曾出版长篇小说《新桃花扇》而在中国文坛崛起，以后又不断有专著问世。60年代为浙江专业作家时，曾于1963年到平阳体验生活，撰写作品。陪同他来的是章贤彩君，章君50年代在平阳报社与我同过事，他随后去杭州大学读书，毕业后留在省文联当秘书。

谷先生此行准备为劳动模范廖锡龙写个报告文学。章君和我与“阿龙哥”都很熟，所以我俩就一直陪着谷先生到城西采风、访问、劳动。谷先生没有一点大作家的架势，仿佛就是一个庄稼汉：身材高大，肌肤结实，在水塔头县委试验田里耘田，跟社员一样干得十分轻巧、利落。谷先生来到雅山、南乔，仔细地观察了，让绿萍过冬的几口井，伸手测了水温，反复看了看在稻田里的绿萍，问了绿萍越冬越夏的过程。路过红龙殿，听了老农洪才秀诉说1942年国民党平阳县长张韶舞阴谋惨杀红龙殿临时监狱所谓人犯四十多人的罪行。在“阿龙哥”低矮的平屋里，谷先生与阿龙促膝长谈好几次，有时谈至深夜……

一个微雨的夜晚，谷先生和章君到我家做客。三个人豪饮几两白酒以后，话语就多了，谷先生谈了抗战初期写南京陷落时溃退的国民党一个团，流落在江南敌后水网地带，如何经过曲折斗争，终于克服重重险阻，突出重围，找到了新四军，建立起经过锤炼的游击队，这就是长篇小说《太湖游击队》，后来改名为《新水浒》。这部小说，它最早在沦为孤岛的上海《每日译报》上连载，后来出了单行本，鼓舞了沦陷区人民抗日必胜的信心。我俩也问了谷先生，这次体验生活的感受和如何理解生活、选用题材等等，他都一一谈了。他说：“这次下乡获得许多素材，提供不少生动形象，但如何形成文字作品还是非常困难的。”

几个月以后，在《人民日报》副刊上拜读了谷先生的散文《萍湖边》，写的就是廖锡龙他们试养绿萍艰难历程故事。谷先生曾长期住在灵隐自乐桥省作协的一幢别墅里，笔者赴杭开会或公干，不时还去拜望他，他总是爱问问城西和廖锡龙的情况或平阳人民抗台防台的情况，人民作家的心永远系着人民！

（此文原刊地方报刊）

黄庆澄与《算学报》《史学报》《瓯学报》

改良维新派志士黄庆澄(1863—1904)先生创办的《算学报》为国内首家数学专业报刊,开海内数学报刊之先河。据李迪在《中国数学史简编》中称:中国数学杂志最早出版发行的是1900年杜亚泉在上海编辑出版的《中外算报》。然其出版时间已比《算学报》迟三年。当然,《算学报》也是我县人士最早创办的一种报刊。

《算学报》创办于清光绪二十三年(1897)六月,为月刊,在温州府前街设有算学报馆,在上海新马路梅福里设有算学分馆,并在时务报馆等处设立分销点。其宗旨在该报的《布白》中谈及"唯时局艰迫,外患迭乘","特创兹刊,冀为格致之权舆,以辟黄人之智慧",所以"专择近日算学中最重要者,演为图说"。这就说明办这种报是为了挽救国家民族的命运,提高人民群众的智慧,所办的《算学报》通俗易懂,是一种普及刊物。俞樾称赞他"擘精算学",是当代一"振奇人也"。虽因"家贫亲老,奔走衣食,而时时以造就子弟提倡学风为己任。平阳风气之升,他之功最后。"黄庆澄亲自撰写许多文章,该报起先是石印,后改为刻本。这在当时影响很大。1901年日本横滨出版发行的《清议报》交换的名录中,就存黄庆澄创办的《算学报》。戊戌政变后,《算学报》停刊,仅出十二期。

黄庆澄,字源初(又作虞初、愚初),钱库黄车堡(在陈东乡)人,其数学专著有《平阳黄氏数学启蒙》《代数指掌》《几何浅释》《代数钥》七卷、《几何第十卷释义》二卷、《比例新术》《开方提要》等,这些著作都是清光绪二十三年(1897)上海算学报馆刻本,现在分别藏于上海图书馆和浙江图书馆。黄也堪称一代数学家。黄庆澄做了大量的数学普及工作,又遗下许多数学方面的著作,不仅影响了姜立夫,而且影响了整个温州。温州誉为"数学家之乡",发源地就在平阳、苍南。

继《算学报》之后,清光绪二十五年(1899)黄庆澄又从上海回到温州创办《史学报》。

黄庆澄之所以要办《史学报》,因他自幼受业于张家堡杨镜澄,后来又是大学者孙诒让、金晦的弟子并与陈虬、陈介石、宋平子、刘绍宽交往较深,他们不仅博学多才,而且都具有维新思想。黄庆澄在其影响下,重视自然科学,留意于经世之学与西学，并产生了出洋游历考察的构想。光绪十七年(1891)在安徽潜山县任幕僚，第二年上书安徽巡抚沈秉成，提兴革建议，大受赏识：就推荐他到日本考察。在日本整整考察了两个月，游览了神户、长崎、大阪、横滨四大通商口岸，东京、西京、奈良三大都市，以及琵琶湖等地，接触过学者名流冈千仞等七八十人。回来后所撰《尔游日记》，次年中了举人。他感叹："际此创巨痛深，下乘机整理，力图补救，如设陪都，筑铁路，整海军，创江军，汰冗员，改兵制……"就在这种情势之下，黄庆澄下决心先后办起了《算学报》《史学报》。

《史学报》馆在温州城隍庙墙外。木刻本，寿昌编书局出版。每月出一册，全年十二期，订费银圆二元，"批发代售五至百份折扣不等"。刊物内容由黄庆澄约请专家学者编写，包括中国史、西洋史、日本史、以及中外政治家言论。

出到第三期，改名为《瓯学报》，内容逐期增加了地理学、哲学、算学等，成为综合性杂志。《瓯学报》采用铅印本。同时报馆还将连载文章刊登完后，汇编出书。曾有《中国四千年白话史》等书出版，并在上海格致书室、中外日报馆等处设立函购代售处所广为发行，更受读者欢迎。

(此文原刊地方报刊)

郑邦琨与《当代日报》《自立晚报》

郑邦琨先生于1912年出生在鳌江镇南门街，祖父是个搬运工人，父亲在香港、广州等处经商，家庭略有积蓄。邦琨毕业于南京中央政治大学经济系，并曾留学美国。抗日战争时期，他任浙江安吉县长，为期三年。

抗战胜利后，他怀着喜悦的心情，去杭州创办《当代日报》。除了顺应当时政治以外，更多的是报道工商经济与文化信息。邦琨任发行人兼社长，凡是温州、平阳等地人士去稿，他都考虑优先采用。1948年寓居香港。

1949年5月到台湾，接办《自立晚报》，任社长。接办以后，报社编务还顺手，但也遇到不少闲难。据最近从台湾回来探亲的一位老报人、台北《温州会刊》总编辑郑行泉谈及，《自立晚报》当时在台湾有一定影响力，但为了节约开支，从香港各报刊转载了不少文章。副刊曾转载了一篇《草山老人》的文章。草山现在已改为阳明山，是台湾当局领导人的居住地，为了尊崇王阳明而改称阳明山，从这篇文章的标题看，就有影射台湾当局领导人"落草为寇"的意思，当然是犯了"诬蔑领袖"之罪。副刊主笔吴一飞因为曾任元老陈果夫的秘书，只让他过几年铁窗生活，没有那一层关系，更要遭受严厉制裁。

在此严重时刻，郑邦琨便离开《自立晚报》，创办《税务旬刊》。郑邦琨昔日在经济系学的专业就是财政税务，所以这个《税务旬刊》办得很出色，办的时间也最长。同时还筹组租税研究团体，把租税研究的成果在旬刊上发表，把旬刊上综合的问题拿到研究团体来研究，两者紧密结合，所以旬刊久办不衰。

郑邦琨系国民党中央候补委员，历任"行政院美援会"财政小组和赋税改革委员会委员、研究员、咨询委员等职。后任"财政部赋税法会研究审查委员会"委员，并在私立东吴大学、"国立"中央大学及政治大学会计研究方面兼任教授，又接受上述各单位暨台湾大学法律研究所的邀请，担任硕士论文指导教授。著有《各国租税制度》《租税法概要》等书。

陈高故里考

陈高于元延祐二年(1315)十一月诞生在平阳州金舟乡咸通里。元贞元年(1295)平阳县以户逾五万,县升为州,隶温州路,明代洪武初仍改为县。1981年,平阳析出一个苍南县,金舟乡隶属苍南县。那陈高的籍贯已经清楚了,况且有了乡里名称。

由于历代区域的变动频繁,地名的更改不断,如果问金舟乡、咸通里到底在哪里,范围有多大,找到确切的答案就有一定的难度。陈高是继林景熙之后又一突出的爱国诗人,世人埘他的故里十分关切,所以有必要作一番考察。明弘治《温州府志》载:平阳县有十乡,五十一都。金舟乡辖二十一都、二十二都、二十三都、一个镇。在二十二都中有夏口、项家桥、三秀桥、钱库、冯鞍桥等十七个村庄的名称(这还是民国初年的资料)。到底咸通里在哪里?文献里查不到,知典故的老人也说不清楚,询问曾参与《苍南县陈姓通览》编纂的陈绍雄君,当时只说是在项桥、钱库一带,后来听说陈高的故里在钱库河川底,这使笔者颇兴奋。三十多年前,友人为了做匾额楹联邀我到了那里。在重重环绕的河道中,有清代格局的民居若干座,不是当地人划船很难进得去——这个陈氏的聚居地,村民除了务农捕鱼虾外,最出色的还是精制匾联。匾联上漆后经过数十次或上百次的"推光"手艺,再贴上真金的箔片,可保存上百年不变色。深厚的文化底蕴可能源于陈高这位文化名人。但考虑到现代某些人喜欢把名人的桂冠戴到自己的头上,还得了解一下。于是去电问当地人陈定掌君。他说河川底有大小之分。他住的是大河川底,陈高故里乃小河川底。于是急忙驱车偕林勇、林英才、林子周诸君到小河川底。

从钱库街,经三秀桥(昔日曾称陈库桥)到达小河川底。这里西南儿叠青山环抱,东望碧海潮汐涨落,在纵横如网的小河道中间有一大地块。走过平川桥,父老们说这就是陈高的故里。如今盖了二十多幢三楹两层的别墅,别墅群的两边还留着空地。据说拟建陈高公园,由于当今住在别墅里的人,并非都是陈姓,还定不下来。其实,陈高自号不系舟渔者,就"不系舟"为公园命名也可以商讨。据说在这块所谓陈高故里地段里、从不积雪,时有鸥鸟飞来栖息。老人说就在东边前面那一两幢别墅里面，就是陈高的家，数楹木构平屋柱子都是圆形的，这恐怕也是清代的民居，如今就连一方磉盘也找不到了。不系舟渔者在天有灵，见此情景，是喜，是愁，抑或悲愤交加，当有一番感慨！

别墅群东，隔河是陈氏宗祠，五间平屋，中堂较宽敞，悬联“雌梁面栋，绣绘颖川祠；璃瓦丹檐，妙造聚星堂”，大门两旁的联“此代源流天地远；宗文沛泽日月长”。此两联皆无款识，看来，似是沿袭来的。宗祠东边是三间五显殿，是近代建的。

在中厅方桌上，笔者一行翻阅了陈氏宗谱。有两种，一种是近年修的，另一种是清代的，开本颇大，纸张较好，已经没有封面了。谱中有“子上公像”赞曰：“弃职归隐，啸咏林泉，崇祠乡贤，理学名臣”，谱首未见陈高亲撰的《族谱序》。查到世系，陈高为第八世，生卒年月与文献所载皆对不上号。直系第九世，是陈高的儿子朝圻、朝迎，还注明圻早殇。这个早殇可能就是朝圻，陈高在慈溪时出生的慈童，乳名与谱名不同是正常的，但慈童原是次子，却排到朝迎前面。由此推断，当时的修谱者并无查阅《不系舟渔集》与地方志所致。谱中还述：家童之坟在陈库桥之北。原笔者一行只是频频对族中长辈老人为保存旧谱付出辛劳表示敬意。

随后，陈礼治诸君又带笔者一行去看陈高次儿慈童的埋葬地。小坟看不出形象。陈高在《殇子慈重铭》中云：“死之日，敛以小棺，瘗屋东竹坞上，实平阳之金舟乡咸通里。”站在罔着矮墙的埋葬地上，后面是祠堂，西面是陈高故居，方位与《铭》中说的无异，只是竹坞已变成稻田。

临别，倚在平川桥畔，众人议论。咸通里元代出了这么一位文化名人，不仅陈姓感到自豪，百姓都感到自豪；不仅平阳、苍南百姓感到自豪，温州市，浙江省百姓亦感到自豪！假如，理想的“不系舟”公园能列入规划，逐步实施成为现实，在众人认定的陈高故居处立一纪念碑；或重现元代格局的陈高故居，在慈童埋葬地上将陈高《瘗殇子慈童铭》镌之于石，在马路口竖立“陈高故里”的大牌坊，让更多敬仰、羡慕陈高的人前来瞻仰他的故里，此乃百姓之大幸也。

一行人又去体味陈高《庚子八月游荃湖登东皋观新龙湫时同游子白修撰一初上人》《次日同诸公游西濑旧龙湫》以及燕窝洞《葡萄泉》等诗作的呈现之风景名胜。

此行考察，收获良多，然而还有一些有关陈高故里的遗迹尚待进一步去“考”，还要求教于当地父老乡亲以及历史地理学家。

2007年清明节前1日于苍南县城言志楼

英雄山村一党员

作为中国共产党浙江省第一届代表大会会址之一——平阳县风卧乡马头岗村，是个英雄的山村。马头岗的干部、社员犹如山岗上威武、挺拔的松柏、棕榈一样，具有坚强不屈的性格，过去同敌人展开了顽强的斗争，现在在伟大的社会主义建设中，又发扬了革命的光荣传统，艰苦奋斗，屡建奇功。

不论是寒风呼啸的隆冬，还是暑气逼人的盛夏，每当夜幕降落的时候，在马头岗新建四间仓房楼上的会计室里，经常可以看到一个四十多岁、浑身充满着劳动人民的淳朴气息的人，在豆样人的灯光下，打打算盘，记记账。态度是那么认真严肃，好像肩头挑着千斤重担，正走上万里征途。

他，就是共产党员、生产队会计翁吉多同志。

早在一九三七年，翁吉多同志还是个年轻小伙子的时候，他就参加地下革命活动、从宣传抗日到减租反霸，从组织互助组到人民公社成立，他一直勤勤恳恳地工作，一心为党，一心为人民，像山岗上的棕榈一样，不怕风霜雨雪，挺立在最前列。

现在说来，翁吉多同志是个会计老手了，可是他学上这一行不知道费了多少心血啊！过去，他也曾三读二歇读了二三年书，认得一些字。但是，新中国成立前，他受生活所迫，天天捏锄头柄，学来的一些字，大多早已忘掉了，打算盘更不用谈起。

走上农业合作化道路的时候，村里总得排个人来当会计啊。村里找来找去，还是找不出适当的人。最后还是看在翁吉多的身上。这是党的任务，群众的委托，翁吉多像过去在地下革命斗争时期接受党的任务一样，毫不犹豫地投入新的战斗，当起会计来了。马头岗是个富饶的山村，除了种水稻、番茄、麦类等粮食作物以外，还种杉、柏、竹、茶、桑，养猪、牛、羊、兔，五花八门，什么都有。管这么多的账目可不容易啊！有时候弄得满身大汗还是理不清楚。翁吉多同志想：过去打敌人有困难，现在搞建设也有困难，现在的困难与过去的困难比较，又算得了什么呢？虚心学习使人进步，于是他就跑了好几里路的山岭，到山麓的美潭桥生产队请问会计黄兆坎。收支、进出，哪一笔账记不来，就问哪一笔账，哪一个地方账理不清，就问哪一个地方，直到完全弄清楚为止。

就这样，坚持勤学苦练，翁吉多终于由外行到内行，成为又红又专的财务工作干部。

翁吉多同志处理财务，严格遵照党的政策办事。不论是记账、算账、结算分配，也不论是处理现金往来、物资收支，都坚持以生产队为基础，从加强生产队的基本所有制出发，认真地划清三级所有制之间的界限和相互关系。当上缴的上缴，当归队里积累的归队里积累，当分配给社员的就分配给社员，像豆腐煮葱一样，一清二白。为了发动群众共同搞好财务，队里对社员的来往账目，如劳动工分、投资、预支等，都做到及时校对，账目及时公布。社员有什么疑问，他很耐心地给他解答。因此，社员们称他做的账是“老实账”。

翁吉多管理财务，在生产队党支部的统一领导下，本着大办农业、大办粮食的精神，正确安排和合理使用队里的人力物力财力，注意全面节约开支。翁吉多同志心中有一个准则，根据他自己说的是“该用的钱不省，可省的钱不用”。

前年一月间，全队五十亩茶园要全面进行培土、施肥，当时有些人想伸手向国家要化肥。他想，向国家要化肥，一来会增加国家的负担，二来会增加队里的开支，还是走自力更生的道路好。于是，他就向党支部提出建设，发动社员大搞土杂肥。党支部一发动，仅五天时间，全队就烧起四千多担泥灰，使五十亩茶园普遍施肥一次，节约了很多资金。

处理烦杂的财务工作，是不是还有时间参加生产？翁吉多同志给人们坚定的回答：有！他时刻记住毛主席的教导：自己动手，丰衣足食。为了向大自然索取财富，在高山试验连作稻，他带头干；种“万斤茄”，他带头干；开辟菜园，他带头干。这里一般社员全年的工分水平是二千分到二千二百分，几年来，他的劳动工分都超过一般社员。

他很善于安排时间，白天参加生产，晚上记账，下雨天没有干活坐下来清清账。白天到会计室去找他准定落空。社员们誉称他是“赤脚会计”，一点也没错。

社员们说翁吉多的骨头比山岗上的石头还硬。过去，他碰到敌人的藤鞭、枪头，不屈服；现在，他经管队里的粮食、现金，没有半点私心，清如水，明如灯，粮没缺过一斤，钱没错过一分。当起会计这几年来，他从来没有擅自预支实物，没有向队里超支过一分钱。由于生产搞得好，干部带头执行财经制度，几年来，队里很少有超支户。一九五九年以来户户有现金收入，没有超支户。

翁吉多同志的俭，俭得人人佩服。他白天很少穿鞋，一年一双布鞋就够了，一双胶鞋穿五年还好好的。他一家八个人，有的年老，有的年少，只有他一个人劳动。由于他坚持勤俭持家，有一个孩子读中学，两个孩子读小学，一家人还是快快乐乐、安安适适地过日子。

翁吉多同志在群众中有很高的威信。去年，社员一致要求他来管公共食堂，理由是他办事公平，廉洁奉公，众人放心。党支部为了加强对公共食堂的管理，也就满足了群众的要求，派翁吉多同志去当食堂主任。

原来就“闲不住”的翁吉多同志，当起食堂主任以后更成了个忙人啦！他日夜筹划着怎样把食堂办得更好，使大家吃饱吃好又吃省，劳动干劲更大。为了便利社员，农忙季节时都由炊事员把热腾腾的饭、菜送到田头。食堂对老人备加关心，革命烈士翁时和的母亲，已有七十多岁高龄了，每逢送饭给她吃时，她总是滔滔不绝地说：“我的儿子虽然为革命牺牲了，但是血没有白流。党对我的关心，干部对我的体贴，现在的干部跟我的儿子一样！”

翁吉多同志就是这样保持着老革命的本色，继承艰苦奋斗的光荣传统，在社会主义建设事业中贡献出自己的一切。可是当人们称赞他的时候，他却说：“我不过为革命做了应该做的事情。做出的点滴成绩，应该归功于党！”

（此文刊于 1981 年 2 月 2 日《浙南大众》）

新桃源的好当家

走过鳌江大桥，沿着弯弯曲曲的鳌江向西南行进，越过几重高高低低的山，便来到了平阳县麻步公社桃源生产队。桃源，好响亮的名字！它使人联想起“美满”“幸福”这些字眼来。当我在这个生产队停留一下，并且到处看了一番以后，原来的那些联想，又和现实联系在一起，变成了真真实实的感觉。看吧，山岗上那一片绿茵茵的果树林，传出牛羊的叫声和牧童的山歌声；山麓，一幢幢古老的住房修葺一新，屋前屋后，鸡鸭成群地在寻食；充满喜悦的男女社员奋战在田间……看了这一片繁荣兴旺的景象，真叫人欢欣鼓舞！

在生产队的粮仓前面，社员们正挑着满箩满箩的谷子过秤入仓。一位老社员从里面走出来，拍拍身上的灰土，坐在仓库旁的石阶上，对我说了下面一段话：“同志，仓里这些丰产粮你看见了，我对你讲实话，这个丰收是支部书记陈钦准带领大家从水里捞起来的！”

“八月间，台风过境，酒盏大的雨点落个不停，山涧的洪水像猛虎下山，来势真凶！阿准带人上山抗洪，几天几夜没回家，总算保住了大部分田地和村庄，可是山脚下有九十多亩田还是受淹了。山上的泥沙和石块堆满田间，见不到稻苗的影子。当时，见了这种情景，有的人手脚凉了半截说：‘这是老天爷和我们作对，没法想了’。可是阿准的想头却不是这样。在这困难面前，他眉头都没皱一皱，乐呵呵地说：‘老天爷和我们作对，我们也要和它作对，它要淹我们的田，我们偏不让它淹。来，我们和它斗！’阿准这个人说到做到。困难越大，干劲越足。当时他就带领一班人到‘那片山边田去检查，规划改种，并且带头把田里的泥沙和石块搬走。有些大块的石头陷在田里搬不出来，他就先把石头旁边的泥沙扒开，拿起大铁锤，三下两下把石头敲个粉碎，再一块块地搬出去。社员们看到阿准他们这班人干得这样有劲，也跟着动手干起来。只几天工夫，就把那九十多亩受淹田搬掉泥沙，又插上了晚稻秧。同时，开展多种经营，大搞副业生产，好多人家都养起了猪，养起了鸡鸭……社员们干劲越鼓越足，生产闹得热火朝天。看，今天进仓的谷子就是那片田里割下来的。”

老汉说到这里笑起来，向我伸了伸大拇指，夸赞地说：“我们的党支书，好样的！他那本簿子里，找不出个‘难’字！”

听了这老汉的话，我非常想见见陈钦准。谁知事不凑巧，他出去开会了。有人指点我说，要了解陈钦准的事迹，可以到畜牧场去找饲养员杨化道。他是陈钦准的“徒弟”。

来到畜牧场，我开门见山地问杨化道：“人家都说你是陈钦准的‘徒弟’，你跟他学过什么手艺？”

杨化道回答说：“就是学这一行呀！”他指指猪栏里那些肥猪，接着说：“畜牧场刚成立的时候，既没房子又没人，陈钦准就自告奋勇来当饲养员，叫我跟他一起干。我来到这儿一看，什么都没有，困难一大堆，急得直搓手，便先找了算盘来造预算，想向领导上要钱建猪栏。算盘一响，建二十间猪栏起码得花几百元。陈钦准一听就摇头，连说使不得。他说：‘党教育我们要勤俭治国，勤俭办社，做什么事都要从省打算，来，我们自己动手建猪栏，保险不花钱也能把猪栏造得漂漂亮亮的。’瞧他当时那股乐观的神气，就好像光靠双手建猪栏是很容易似的。其实，为了建猪栏，他既当泥水，又做木工活，连夜地搓草绳，打草帘，那股劲头，谁也没我清楚。我跟他当‘徒弟’，真学了不少本事，砌石墙、打墨线，几个人忙了五天，就把新猪栏建成了，一共只花了九元钱买石灰。”

“猪栏建起后，他跟我们一起当了半个月的饲养员。他侍候猪真细心，喂猪的时候一定站在栏前看猪吃得多不多、香不香，看到有结块的饲料就用手去捏细，直到每头猪都吃饱，他才走开，晚上，虽然他眼力差，三更半夜总要爬起来听听猪的动静。他，一个党支部书记，操心着全生产队许多大事，尚且能这样做，我们不是更应该好好干吗！人家说我是他的‘徒弟’，可我自己觉得和他差得太远，还得好好向他学习哩！”

告别了杨化道，离开了陈钦准亲手造成的畜牧场，走到塘桔旁，只见塘堤上一棵大树下正坐着几个碾泥的人在休息、闲谈。我听他们说到陈钦准的名字，便停下脚步来参加这场谈话。

一个青年小伙子说：“有了阿准这样的好当家，生活不怕不富裕，前年建粮仓的时候，预算造新的得花七百元，老陈出主意，利用破庙改了一下，只花了八十四元钱。把原来打算造粮仓的钱拿来买了肥料，使来年的水稻、番薯又得到一个大丰收。钱就得这样用，一个当得十个！”

另一个补充说：“说起钱，老陈的脾气才圈哩。他当会计的时候，队里要补贴给他一些工分，他坚决不要。他说自己参加劳动所得的工分已经不少了，要把补贴工分拿出来让大家多分一些。”

大家正谈得热闹，一担补鞋担子歇下来。补鞋的老头跟社员们都相熟，他咳嗽一声，风趣地说："说起钦准，我也补充一点，他穿的鞋已经十年了，平时很少穿，只是做客或开会穿一穿，给我补了二三次。我对他说，你该换一双新的，他说不漏还可以穿。我说：你这样穿鞋，对我补鞋匠来说是合适的，但卖鞋厂家如果都碰到你这种人，十多年穿一双鞋，他想赚钱，只有吃西北风了。"

此文原载1960年夏季《浙江日报》

西坑圣水

——矾都随笔

中国历史文化名村——福德湾村的白马爷宫向西稍一转弯就是西坑村。这里原是一个聚居数千人的传统村落。据《重修浙江通志稿》载:“平阳矾矿倚肇于明代。有永嘉人郑朱二姓避难于此,叠石为灶,石变烧烙,偶因泼水其上,是结晶体出露。疑之,纵复烙他石试皆然。出语诸人,知为明矾。乃从事制炼,销售遐迩,因以获利。其后业此者日众,明矾遂销售于各地……”朱郑二姓互为姻亲,共祭祖先,同心合力,开发矾山。随来者,还有林姓等,后裔仍以姐妹兄弟亲密称呼,宛若一家人。

西坑这个村落就在鸡冠山半腰明矾矿区。清人朱仁卿(1835—1920)在《鸡山韫玉》一首七言律诗就是描写鸡冠山的其中“力士凿开千洞黑,巨灵劈就一峰青”,所谓千洞黑。那是一百年前的事,那时矾山还没有电灯,每个矿洞都是漆黑一片,进出全冯原始照明办法,采矿者熏得像包公。“一峰者”,指的就是鸡冠尖,也叫鸡冠山尖。这个鸡冠山,形似鸡笼,其实是个庞然大物,肚子里蕴藏着无数似金为玉的明矾石。西坑村就建在它的外表抱里。双条溪谷之间崎阜上,依山势高低,建起七、八排房屋,大部分是平屋也有两层的楼房,有长方形的四合院,也有门合的二其层。每排房屋后面都有水井,有的屋边屋后通做了蓄水的水窪成沟,用来洗刷炼矾工具和家具。这一聚居处两边多有一条溪,东边的溪流上经过住房的都架了石桥,西边的溪流上必要时架了水桥,大部分都砌了高墙。屋座厝临溪的墙高达二十多米。这个村落有两个大井,上水井,在东西和山坡上,井前还有一个洗衣服的长水槽,两边可容十五六个人同时洗涤。下水井就在双溪的交汇处,西边的溪有条短石桥可以行人,东边的溪跨过七、八步竹涉,可达下水井外环。前面溪谷里,有一巨崖横卧在那里,真像一头水牛在吸溪水,不时有孩童们骑在牛背上嬉戏。这个村落,水的资源极其丰富、优良。

这个下水井,真是神奇。冬天,雪花在飘,而井面却热气腾腾;夏季,红日当空,来到井边,有一股冷气袭来,顿觉心旷神怡。饮用这井水,可以治百病。所以有“西坑的水,蒙荒岗的鬼”之说。说蒙荒岗的鬼,虽有许多离奇古怪的传闻,但都说不出所以然来。可是西坑这井圣水，可很少有人不知道的。一年到头矾窑煅石炼矾的大型炉灶，高温竟达上千度。当时没有降温设备，为不饮此圣水，实在难以坚持。为让亲身经历的叠石、扒石、添料、炼矾等九道工序的工人来说，更会说得新手其动。所以《孟子·尽心下》云："充实而有光辉之谓大，大而化之之谓圣，圣而不可知之之谓神。"所以用以降临、驱邪治病的西坑人谓之圣水，甚至还有人呼它升华为"西天圣水"。

这西坑圣水源头就是清代清人朱仁卿听说的"一峰青"，也就是今人所说的"鸡冠头"。这个鸡冠山尖高行仞，在千仞明矾石岩隙间流出的水该是什么因素成份，对人体健康为什么有那么多好处，也是人们期待解答的课题。西坑圣水，源远流长，资源丰富，可以充分予以利用，为矾都人民造福！

这里是通往福建前岐的挑矾古道，古道旁半山窑矿洞和企龙堑矿洞是苏联专家明矾探宝客列金采夫于1956年精细考察过的。企龙堑矿崖一侧有雄伟高大的石将军，并建有巍峩的石将军庙。西坑村原居民这在义资建设明矾始祖纪念馆，将古老大型明矾窑灶的模型、典型的采矿洞照片，以及厂工、矿工有特色的操作工具，等等陈列展出。附近还有个寺院，周围的茶叶颇有禅味。昔日曾办过的西坑茶场逐步恢复以后，到此寻觅回踪，发思古之幽情，品圣水之香茗，堪称一处旅游景点。

楹联喜结佛缘半世纪

三年前，应邀参加福建省鼎市楹联学会成立暨《太姥山楹联》创刊号首发式。会后参观了太姥山。其间，联友们对我在《太姥山楹联》创刊号上刊发的256字的《福建太姥山长联》和香山禅寺圣门对联很感兴趣，要我谈谈这方面的情况。

联友问及香山寺那副联时，我也陷入深思并作了解答。那时将近半个世纪前的事了。浙南九凰山麓太平归元寺的方丈通如法师对我说："我有个师兄弟品善法师，他在太姥山香山寺当主持，是个很有佛学修养和德行的僧人。他发愿在香山寺修缮寺宇，弘扬佛法，他要我撰一楹联。你知道近年太平归元寺正在整修，我实在腾不出时间来，特地请你撰写一联，为香山寺添一砖一瓦。"

通如这位方外人士是个云游天下的智者，不仅佛学造诣较深，而且对于诗词楹联也是行家。他这么一说，使我感到十分为难。太姥山是名山，诗人墨客题咏很多，我不敢轻易动笔。他又说，你也曾与苏渊雷、张鹏翼、王建之、唐唯逸一起，为太平归元寺撰写了一联："太乙耀锦屏，古寺何寻，归隐诗人留墨迹；平原观伏虎，雅院重建，元良耕者创新天。"我相信你一定能撰写好这一联，况且你对香山寺的自然环境相当了解。于是我根据通如法师撰联要与当地的自然景观相融合的提示，撰了一联："香火因缘，玉免玉凡听佛法；山川灵气，犀牛望月悟人生。"通如法师首肯后，既书写在宣纸上，寄给品善法师。

大约又有10多年，有友人从太姥山回来，说到香山寺看到我撰写的那副楹联，还说寺里当家人很想找到此联的撰写者。次年秋天，我与内人黄丽容等人驱车到福建太姥山，在半山一宾馆下塌后，即来到香山寺。驾驶员看到圣门那副楹联随即抢先入寺通报主持僧。品善法师到山门迎我们五人进方丈室，让大家品赏六和鸿雪洞口的香茗，嘱沙弥速往秦屿采购素食，打扫洗刷住房。我就说已下塌半山一宾馆，中餐就在这里用吧。品善法师过午不进食，一直坐在一起陪伴着。品善法师慈歆可敬，言谈温和，一再说"先生那副楹联很切本寺自然景观"，下山"玉兔"在寺外，望月"犀牛"在寺内，所以特地将此联用作圣门联。屈指算来，此联等了十五年才用上。今天大家又聚在一起真是有缘啊。

此行得知品善法师出家在香山寺主持数十年。扩建、修缮寺庙，开辟周围道路，做了许许多多事业，特别是晚年带领僧众、居士、信徒等劝募资金，从缅甸购得汉白玉五百多方，长途运回香山寺，延请名师选用最佳图纸，精雕细刻五百尊形态各异的五百罗汉。还为五百罗汉盖了规模宏大的宙宇，钟楼、鼓楼，开辟了佛教文化广场。

蒙太姥山一片瓦禅寺长心法师之引导，我与内人黄丽容携手走了颇长一段山路，来到香山寺山门。那山门显得较为狭窄，门前下坡的石板路，有几处断缺。三十多年前用水泥制作的门联有几个字经过长期风雨侵袭，已经剥落。长心法师说，如今香山寺住持是题莲法师，她打算把山门向西移过数米，再另行设计重建。题莲法师常说，信众与游客都说这联写得好，原打算拍了照片再做，看来效果也不好，最好是请原撰书的郑先生重写一副，可惜一时还找不到郑先生。今于你们几个人已到这里来了，也是佛的缘份。长心法师很年轻，说告诉题莲法师一声，一下子就转回来了，说题莲法师今天到福鼎市里去，可能明天才回来。我看，就请郑先生可操劳一番。

回到杭州家里，在内人的催促下，就在东河锦园言志楼里重写了香山寺圣门楹联，并盖了印章，准备挂号邮递给题莲法师。巧接到苍南友人来电，邀我一起到太姥山一片瓦禅寺拜访住持僧题静法师。

我与内人黄丽容携带香山寺圣门楹联按时到达一片瓦。吃了素菜中餐后，在那里各人都写了一些联句。快傍晚了，又要赶回苍南，去香山寺来不及了。因而，找到长心法师，将香山寺圣门楹联交给他，并附一函给题莲法师，请他将楹联与函件送给题莲法师。第二天，长心法师将楹联与函件给题莲法师。题莲法师十分欣喜，随趁事到苍南我的住处，但我与内人已经回杭州了。

三年，仿佛只是三天，三年后我由女儿女婿等陪同，到福鼎市秦屿镇探望旧亲，最后一起到了香山寺，一见山门，让人惊喜。山门颇高大，仿古建筑，作扇形展开，门前石级很平缓。信步进门，就能看到犀牛望月的景观，犀牛腹部有天然石洞，丈余见方，供有佛像，数人往来自如，亦奇观也。犀牛背上有翁同龢（咸丰六年状元，光绪皇帝的教师）题词："秀句满红国，芳声腾海隅。"是太姥山自然人文景观的高度概括，千古流传之佳联也。

片刻，题莲法师邀我们到会客室寒暄几句后，我即送上《郑立于楹联选集》。题莲法师很快找到书中刊发的《太姥山长联》和《题香山寺山门》等联，而且她能熟练地背诵出香山寺山门联全联，一字不差。题莲法师一再留我们在寺中吃中饭，在她盛情邀情下，我们在寺中用餐。满桌面都是新出土的春笋，新出叶的蕨菜。这些菜看在城市里是不大容易吃到的，饭后，她还送给我们每人二包寺里自己采制的老白菜。

在与寺中其他民众和居士、信士温谈时，获悉题莲法师接任香山禅寺住持时还有一段富有传奇色彩的佳话。

品善法师圆寂前曾有嘱言，本寺由题莲法师接班，望众人同心同德，继续完成本寺各项任务，为弘扬佛法做出贡献，同时众人一致推选题莲法师为本寺住持。题莲说，我是来香山寺修行的，不是来当住持的。经过反复酝酿、推荐，她还是不肯答应。最后，僧众与居士、信士说："题莲法师肖兔，圣门对联中有'玉兔下凡听佛法'"联句，你到底听不听佛法，说得题莲无话可答，应允下来了。品善法师圆寂后许多未竟事业都是题莲法师等人继续完成的。

接着，题莲法师带我到寺后崖壑中瞻仰品善法师的舍利塔。在石构的舍利塔前，我脱帽向舍利塔行三鞠躬礼，并双手合十听题莲法师讲火化、捡拾舍利子的过程。

从舍利塔再上一条小道就是品善法师三十多年前领我去瞻仰的参禅入室之石洞，暂不去了，临行前，题莲法师还让我去看一看一幢三楼十几间的客房。说："一副楹联，我们结了半个世纪的佛缘，以后请你们多来指导，让佛缘永远结下去。"

第二部分

小说集

老　两　口

在浙南，有一座高山。这山真高，从山脚到山顶足有半天的路程。这山也真美；叮叮咚咚的泉水终年不断地流，一弯弯的梯田像通天梯似的罩在青天白云下边。那山顶隆起高高的一块，远远看去活像一只牛正抬头望天，因此，大家就叫这座山为牛头山。牛头山上有一个小村子叫牛角尖，村上住着一对老夫妻，是个生产队长，他的老伴是李大婶，虽然干起活来也是一把好手，思想却不甚“开通”。

俗话说：“靠山吃山。”新中国成立前，住在山上的人家祖祖辈辈流着血汗开荒山，由于反动阶级的压迫和剥削，年成好了吃番薯，年成不好就得吃树皮草根。山上人多想吃上香喷喷的白米饭呀！可是在山上种水稻跟叫石头说话一样难：“要想高山收白米，除非石头开口说话。”

李尚直老汉有副逞强好胜的性子，从来不相信这些迷信话，他年轻时曾拗着性子种过一丘早稻，好容易盼到长出稻子，却让一群群赶不完的麻雀、坏鸟给啄光了。这事在村里曾被当成笑话说过，李大婶想起来就觉得面上无光。

新中国成立后，山村合作化了，人多力量大了，也在山上种了一部分晚稻田，但收的稻子不甚多。去年，大跃进的浪潮卷上山来，李大伯的心就痒痒地想种连作稻，要让山村人家餐餐能吃上白米饭。

这意见多数人是拥护的，当然也免不了有些脑筋旧的人说风凉话。他自己的老伴李大婶就是个“反对派”。李大婶说：“我们牛角尖这地方，从祖公开基以来从没种过连作早稻。这里是高山，山高水冷地瘦风大麻雀多，不能比垟下。青蛙学狗坐，野鸡趁凤飞，狗割了尾巴跟鹿跑，一辈子也跟不上的！”她唠唠叨叨说了一大套，见李大伯一点也没有回心转意，便急了：“我这都为了你呀，早年你种一丘早稻都被鸟吃光，害我听了多少风凉话，现在你不要早稻种不成，又把当队长的面子坍光哟。”

李大伯可不听她这一套，他想：早年种早稻被麻雀吃光，是因为那时麻雀多，种的稻少，再说那时单干怎能和现在比哩！党领导大跃进，顽石都能点头，连作早稻一定能种成，而且还能争取丰收。他不顾老伴唠叨，自管浸种、播种。

山头的草由黄转青，由青变绿，时间过得飞快。

李大伯和一伙子年轻人，着意地侍弄着早稻田。种子播下去了，他怕鸟儿吃，拿着一面锣，整天在秧田边巡逻敲打直赶。秧插下去了，他浇肥呀、担水呀、耘田呀，一步不放松地照看。可真个在高山上种早稻就那么容易了吗？可不易！

就说没水吧，“清明谷雨，冻死老虎”，早春的山泉水，伸下手去，还冷得很呢，嫩嫩的秧苗怎能受得起！眼看秧苗一天天黄瘦下去，老大伯的眉毛结成了大疙瘩。他愁得睡不稳觉。谁知，东摸摸，西试试，竟给他找出门道来了：他发现直接流到田里的泉水很冷，绕过几个弯，被太阳晒过的水就暖些。他赶紧带着大家在稻田四周开灌水沟渠。真是困难压不倒有心人，高山的冷水叫他们给暖热了。

再说李大婶，虽然和李大伯闹了别扭，心里却也巴望早稻能丰收；一则，丰收了，山里人生活就更美好，二则，她不顾老伴儿让人家指点脊梁骨不光彩。所以，她经常借着打猪草的名义偷偷跑到早稻田边去探望。

长话短说，不知过了多少“难关”，费了几番周折，早稻终于成熟了，那层层梯田上翻腾着金黄色的波浪，远远看过去，竟像从天上扯下一条金黄色的瀑布，在半空里抖动、倾泻着黄金稻谷。

这真是山村人的大喜事呀，割稻那几天，人人都像喝了甜酒似的醉在心头。

李大伯却又在发愁——这回不是愁稻子不能长，而是愁收的谷子没地方放。这事被李大婶看在眼里，她扯扯老汉的衣裳说：“我们的住屋可以腾出一间来的呀！”

李大伯想不到老伴儿思想变得这样快，一下喜得呆了，问她：“你舍得让屋吗？”李大婶白了他一眼说：“咱李家的房子，祖祖辈辈没藏过这么稻谷，我高兴还来不及哩，有什么舍不得！”

故事说到这里，似乎可以收场了。不过，听故事的人总喜欢问一句：“后来呢？”告诉大家吧，后来——也就是今年春耕开始以后，李大婶比谁忙得都起劲，选种呀，做秧田呀，样样都想插上一手，人家打趣地问她：“你也割了尾巴跟鹿跑吗？”李大婶爽爽直直地回答说：“大跃进呢！……”

（此文载1960年《浙江日报》，次年收进小说集《白天与夜晚》，由浙江人民出版社出版。）

打　谷　种

山村的夜非常宁静，除了风刮着竹林发出沙沙的声音外，再没有什么音响。

我在生产队长林天白老伯的大厅里给社员们座谈打谷种问题。有的说，根据去年的情况看来，今年种子量一定要增加；有的说，一季早，季季早；现在该浸谷种了；有的说，播种过早会烂秧，反正赶不过季节，有的说，今年的种子量不要这么多，二十来斤就够了。正当社员们辩论得最热烈的时候，王大婶从内室里走出来，像跟人吵架一样地说："今年是大跃进嘛。你们的思想还要老保守，每亩四十斤有什么多？我看还是照上级的话去做不会错。"

"王大婶，你也要割了尾巴跟鹿跑吗？"社员王小羲嬉皮笑脸地说，弄得大厅的人捧着肚大笑。我不知道这句话是什么意思，虽然也跟大家一起笑，可是总摸着头。散会以后，才从王小羲那里了解到这句话的来历。

去年春天，山区要推广连作稻，而且要做到合理密植。生产队长王天白老伯思想很开窍，坚决要这样做，可是他的老伴王大婶的脑筋旧，跟他顶起牛来。王大婶说："我们牛角尖祖公开基以来没有种过连作稻，因为我们这里山高水冷地瘦风大麻雀多，不比垟下，十几年前上厝三公种了一早熟的晚稻不是被麻雀吃光吗？狗割了尾巴跟鹿跑，一辈子也跟不上。"李老伯没有动摇，在"雨水"就浸种，每亩浸下二十斤。当他回去挑谷种的时候，王大婶跟他吵了一大场，结果仍旧没法改变老伴的主意。王大婶有气没的发，躺在床上熬了三餐不吃饭。她是个勤劳的人，闲不住，嫁到王老伯家来以后，只有做新娘子坐了一天床沿，后来一直没有坐过，这回躺了一天的床比跟王大伯吵架还难过，索性爬起来干活。

插秧的时候到了。她看到早播的秧苗株株碧绿茁壮，没有什么牢骚好发，加上插秧是用插秧尺，她只得照密植的标准插下去，每亩达到四万丛。

王大婶的脾气虽然有点古怪，可是心地是善良的。开始时她不同意王大伯干这么没有把握的事情，然而，李大伯既然这样干了，她考虑到老伴是队长，是个有声望的人，不能让他倒霉。如果连作稻真的种成功，山里人也有白米饭吃。多么幸福啊！所以他每次上山挖猪菜总是认认真真地瞧一瞧梯田里连作早稻的生长情况。

早稻成熟了，层层的梯田上翻腾着金黄色的波浪，一道道的白云绕在山尖，这是山区人民从来没有看过的丰收情景啊！社员们自豪地唱道：

团团白云绕山尖，
层层梯田接上天，
腾云驾雾种田去，
水稻种在白云巅。

早稻收成时，真想不到每亩却有一千斤，谷子堆满场地和队里的谷仓。王老伯队里开始计算如何把谷子收回来，并没有考虑到谷仓问题，现在稻子才割了一半，就没处放了，一时要赶建谷仓也来不及了。他愁，唯一的想法就是把民房改为临时谷仓，可是山村的房子少，只有自己家住的两间房子比较宽敞些。把自己的房子腾出来老伴会不会同意？这又是个难题。

这一天深夜，王老伯回到家里，心事重重。"老伴，你有步棋没有想到，我看你的耳朵要塞破布啦！"王大婶说。

"什么事？"

"早稻不比番薯，天气来得热，不赶快晒干上仓，我看你要给人家说话。"

"我也正为这个问题感到头痛。"王老伯趁势想了一句谎话试探试探："昨天我跟对面山阿寿商量，叫他把房子腾一腾，阿寿吞吞吐吐，还没有决定。"

"那我们自己先腾出一间吧？"

王老伯好像听错了似的，想不到老伴会说出这样的话，追问一句，"你肯吗？"

"怎么不肯！我们这排房子从建起到现在没有放过谷子，今年铁树开了花，牛角尖地方种起了连作稻，获得大丰收，谁愿将收下来的谷子散在外边糟蹋呢！"

我听了王小羲的话以后，才明了王大婶对早播排密植问题，思想为什么会这样开通。

（此文刊《浙南大众报》）

王大婶抗洪(小小说)

三更光景,天像破了一般,倾盆雨水倒下,溪水伴着乱石直泻,发出惊人的巨响。

王大婶的家孤零零地住在水库近旁。这一夜,她翻来覆去睡不着,担心水库被水冲溃。丈夫又不在家,两个孩子都不上七岁,心头事没人好说。越想眼睛越睁大,最后决定到水库看看再说。

到水库一看,啊！不得了,溢洪道被崩下的泥岩塞住,不及时叫大家来抢救,就要出危险。王大婶急急忙向山脚跑,突然,听到孩子的哭声,才警觉到自己已到家门前。这时,她思想斗争很激烈。下山去吧,孩子没人看管;留在家里吧,水库崩掉,山脚的村子要遭殃。时间不容许她多想,她找了一根草绳子,穿过门环打了一个死结,转身就跑。孩子的哭声渐渐远了,王大婶的身影很快消失在雨雾中。

天蒙蒙亮,大队人马排除了溢洪道的障碍后,从水库边的山路下来,大家赞叹她说:“没有王大婶报信,真真要闯祸!”

(此文刊《平阳报》)

沸腾的田野

五更天，晨曦把月亮追逐到西边群山背后；东方的云霞，千变万化，时而犹如无数鲤鱼朝天跳跃，时而又像是成千勇士骑着骏马飞奔。

田野上，夏收夏种的战斗打得火热。人们似乎要跟那骑着骏马飞奔的勇士比干劲、比速度！

桥头榕树旁的丰产畈里，有一班人马正在割稻。大镰刀的银光闪闪，“嚓——嚓——嚓”，像一阵风刮过，一行行重秆粗的稻子随“风”倒下。其中有一处像潮头冲击过的，稻子倒得特别快，人们都向那个方向追逐。

“过去用小镰刀，一斤力只当半斤用。”割稻专业组组长徐小勇在炫耀自己的力气了。

“现在割稻用大镰刀、快速收割器，再过几年，农业技术改造运动进一步开展起来，大家好坐在联合收割机上吹吹南风嘞！”这是共产党员、小队长林尚巧宏亮的声音。他就是割稻最快的那个彪形大汉，穿件印有“先进生产者”五个红字的白背心，胳膊上的肌肉一块一块都数得出来；戴个平顶的箬笠，四方脸，红彤彤的，扮关公也不用画脸。

说笑之中，稻桶那么大的红日头已挂在半空中，休息的时刻到了。小队长一溜烟攀上榕树，站在高高的树干上吹一声哨子，高声喊：“各个专业组组长请注意，歇晌午的时间到了，赶快带领社员去休息。”

各个专业组组长都各自带领社员到田间凉棚中去了。唯有徐小勇还是一股劲地割着，还说：“小队长，我们要让汗水来洗净衣服！”社员们割着大稻，心中甜滋滋的，谁也舍不得放手；组长这么一讲，大家就干得更起劲。

徐小勇不遵守制度，小队长有心要批评他几句。可再一想，自己不是也舍不得离开这稻海吗？他便假装虎起脸，下了“命令”，休息时间早已到了，不准你们再跟太阳赛跑！这才把这支不知疲劳的割稻大军调到凉棚里去。

大家刚歇下来，小队长便忙着帮助炊事员盛饭、分菜。他看着大家吃得有滋有味，心里一高兴，便拿起箬笠又一溜烟似的到晒谷专业组那个凉棚去了。

“你看我们这一大片土晒场！保证晒干扬净，颗粒归仓。”晒谷专业组长掩饰不住内心的喜悦，扬声对小队长说。

“那好。不过今年种子、口粮、饲料都用专仓保管，特别是种子还要分门别类，你们晒谷的时候可要注意一点，不要混在一起。”

“镰刀还未磨，我们就准备好了，进仓前后都做上记号，保证不会把白衬衫扔到染青桶里去！”这人名叫徐进银，做事精细，所以社员们推他当晒谷专业组副组长，成为小队长有力的帮手。

中午，日头当空照，田野里热气腾腾。

林尚巧到各个凉棚巡视一番，看看社员们都睡着了，自己才来到大榕树下，躺在门板上枕着箬笠睡觉；不到一分钟就鼾声如雷。可是，下午 2 点钟光景，负责喊土广播的那个社员正要攀上榕树，林尚巧就一个筋斗站起来了。

刹时，田野里又沸腾起来了。割稻声、车辆声、呼唤声、山歌声汇成了一支大丰收的交响乐。

收割、脱粒的进度很快，早晨还是一片稻海，眼前已变成了座座金山。“晚稻插秧要猛追上去！”小队长林尚巧想着，一面兴冲冲地向机插组那边奔去。

那边田里传来了姑娘们的响亮的笑声，原来她们正在比赛插秧，看谁插得快哩！小队长林尚巧看着她们熟练地使用插秧机，满意地笑了。他一边跳下田，对刚学会插秧机的那几位指点一番，便又匆匆来到深耕专业组的凉棚下。这里是今天各专业组长碰头的地点。

大家一谈两谈，谈到深耕这一行来了。

“天旱不雨，又要保季节，全部翻耕有保证吗？”林益光像是对自己的组员，又像是对林尚巧发问。

小队长没有直接回答对方提出的问题，先给大家讲了个小故事。从前，有一个种田老汉临死前对三个儿子说：“我没有好东西留给你们，只有一大瓶白银埋在地下，你们去找吧！”说完就死了。三个儿子也没来得及问到底在哪丘田里，就只好一丘一丘挖，挖了一层又一层。结果，白银没找到。那年，这些田里的稻产却获得大丰收，一年收来的谷子足足够吃二年。

大家听得津津有味，技术员老高，朝大家脸上瞅瞅，然后挺有把握地说：

“因为耕地深翻了，加深了耕作层，扩大了根系的营养面积，加强了土壤的吸肥和蓄水能力，所以会增产！”

“就是啰！‘锄头掘得深、底下有黄金’，深耕肯定会增产。”另一个深耕作业组的队员还举出了具体例子。

“对啊，今年季节是，基肥足，用插秧机插，密植又有保证，再加上深耕，实现晚稻超早稻一定有把握。”小队长讲得坚决有力。

天慢慢地黑下来，深蓝色的天幕缀着无数的星星。割稻专业组敲着锣鼓，抬着报喜牌来了。报喜牌上写着："今天平均每个割四亩，保证质量，田里一穗没留，一粒没丢。"领头的是徐小勇。

不一会，插秧专业组又敲着锣鼓送决心书来了。决心书上写着：田通到哪里，秧插到哪里！

小队长高兴地跳起来说："收种'一条龙'，'龙头'和'龙尾'已经动起来了，为了保证收种不过'大暑'关，我们就来个'一条龙'竞赛！"

他说话的那神气，像真有一条巨龙被他们擒住了。

（此小说原载《浙江日报》文艺副刊）

第三部分

寻真西湖

寻真西湖

仿佛在不久前，我从千里之外来到杭州，夜深时住进清泰第二旅馆。次晨由一把印着西湖风景浏览图的折扇为导游，独自一人环湖步行了一大圈，终于梦想成真，找到西湖。其实，这是将近一个甲子前的事了。从此以后，我经常来杭州，定居于西子湖畔也有八九个年头。游山与环湖穿插进行，记不清已经多少次了。西湖大大小小景点，即使湮没了的，都根据历代文献或旧地图，尽可能找到它，并作了笔记，留下感悟、悬念与希望。

西湖之水更清更活

西湖在浩淼的东海之滨，入海的钱塘江形似"之"字，又名之江，西湖就是"之"字那一大点。连接着的有京杭大运河、余杭塘河、杭甬运河、中河、东河、西溪、九溪十八涧，还有数不清的小河、池、渚、渠、泽、泷、濑、瀑、湫、渊、淡、井、泉，真是水天一色，朝云暮烟，气象万千。就在这晶莹链条与珍珠编织的大网络上，悬挂着一个神奇的大盆景——西湖。

杭州西湖自古名扬天下。民谣云："上有天堂，下有苏杭，杭州西湖，苏州山塘。"（姑苏风光）西湖由于群山环抱，盛夏相当炎热。徐志摩在西湖游记里写着："六月以来杭州据说一滴雨都没有过，西湖当然水浅得像个干血痨的美女，再加上那腥味。""这锅热汤，就永远不会凉。"不少人都有同样的感受。1979 年盛夏，我为了赶写书稿，在城站红楼省府招待所住宿，有几天气温最高达到 39℃至 40℃。那时还没有用上空调，泼了满地满床的水，一下子就干了，深夜以后也难以入睡。于是，我与同行的两位年轻人来到湖滨，在石砌的船埠头蹲下来洗洗手，湖水也是温烫温烫的，鱼儿早已躲在水底不敢露面，不远处有两三条热死的小鱼卧在水面，如冬天的枯叶，随风漂流。刮来的风简直是一阵阵热浪，沁出满身的汗。我长叹："西子虽美，但热情过高了！"

近年，住在西子湖畔，感到冬天不太冷了，夏天也不太热了。今年夏季，国内各城市温度要算杭州最高。但总的感觉跟以往不大一样，即使在炎日下，风还是和煦温柔的，不像昔日那么烫。入夜，我到湖滨大型喷泉一侧的游船码头，湖水满满的，双手掬起湖水，竟有几分凉意，我欣喜若狂：湖水变清了，湖水变活了，“干血痨的美女”如今丰满健康了，西子的灵气归来了！被苏东坡赞誉为“人的眉目”的西湖更加清澈、秀丽了！

历代以来，不知多少官员和民众为保护西湖付出难以估量的精力与血汗：近年来，全面疏浚治理西湖、大运河、中河、东河、西溪，并大面积绿化、美化环境，促使了西湖之水更清更活。更令人难以想象的在玉皇山麓和赤山埠头建两座容水处理装置，将钱塘江的水翻山越岭引过来，经过深沉处理，灌进西湖，每天约有四十万立方米的净水。还建有五个出水口将水排出。这样，西湖的水每个月可以调换一次，湖水更为新鲜活泼，也净化了连接西湖的河、溪、潭、池。昔日埋葬南宋皇室庄文、景献两太子的南山路太子湾公园可以领略钱塘山水爬上高山跃进西湖的磅礴景观。引水亭有沙孟海的题联：

引力竟神通，汩汩清流，不舍昼夜；
水源何绵邈，深深幽径，净化湖山。

西湖胸怀宽宏博大

“天下西湖三十六，就中最好是杭州。”西湖孕育了多少忠臣、义士、骚人、佳丽，也吸引了无数海内外游客。据新近出版的《杭州历代名人》就录有六百多位，加上见之于史册志乘、诗文集子的名人，包括不知名的饱学布衣、山僧野纳以及客寓西湖的著名人士，该以万计十万计。由于历代显宦巨贾、名士高人看中这个西湖，因而就买得或霸占西湖一角，或建楼台，或造别墅，有的甚至建在临湖的边上，占用了湖面。西湖缩小了，环湖步行的游客只得绕道走，有不少地段要穿过大街小巷，看不见西湖湖面。

这些合法或非法的建筑物，就是秀丽眉目边上的疵点。历代有多少有正义感的百姓和能为民办事的官员想方设法消除疵点，为西湖整容，而恰恰这些疵点正是有钱有权有势的人的敏感神经所在，谁也动不了它一根毫毛。但是为了保住这个西湖，历来多少官员与百姓为此作了牺牲，甚至献出生命。读了白居易、苏东坡、杨孟瑛等杭州长官的有关治理西湖的史志、行状、文献，令人肃然起敬。目睹西湖边上拆除每一处不该存在建筑物，动迁某一单位每一户人家的艰难历程，甚至要打官司，拖延数年或数十年才解决问题。特别是近几年，官方力度较大，收效较为显著。如今西湖边不能再留的建筑物或圈定的场地，绝大部分已经拆除了，环湖之路皆铺上宽阔的石板，畅通无阻了。美丽的西子不再“犹抱琵琶半遮面”，而是学现代人的审美观，袒露着整个胸怀与世人握手、拥抱了。

若干年来尤其是近几年来，经过几期的环湖整治工程，将清冷冷的湖水引进湖的周边开竣的河渠、沼池，把静态的水变成动态的水，并将群山的泉水经过除沙处理流过溪涧、石丁沙、沙滩或乱下的暗流注入西湖。淙淙水流上还建了格局各不相同的石桥、亭台、水榭，修复多处名人纪念馆和重要古迹标志。

前年冬，西湖西进综合保护工程启动，引起世人注目。花大力气疏浚了淤塞的西里湖，修复了早已废弃的杨公堤，杨公堤上浚源、景行、隐秀、卧龙、流金、环璧六桥与苏堤上映波、锁、望山、压堤、东浦、跨虹六桥。几乎是从南到北平行走向，连同从东到西走向的白堤，如三条巨龙在幽深的西湖里时隐时现，奔腾跳动，在寻觅三潭里的月影，在争夺湖中的三颗明珠——三潭印月、湖心亭、阮墩环碧。白居易、苏东坡、杨孟瑛等杭州长官，他们的功绩与精魂将和西湖长存。

杨公堤西边，浴鹄湾、乌龟潭、茅家埠、金沙港等大面积已经淤塞或即将淤塞的水域，经过疏理，游舫可达杨公堤周边景区，游人可通过通利古桥、上香古道，抵达灵隐、三竺。

西湖西进综合保护工程，修复救活了许许多多名胜古迹，三台山、丁家山宛若西湖边的半岛，西湖深起来了，西湖大起来了。西湖以宽宏博大的胸怀，迎接世人。杭州园林专家与工作者、劳动者以及为保护西湖做出贡献的官员，真是功德无量。

苏小小艰难回老家

笔者第一次到西湖，就去看了秋瑾、苏小小等人的永久住宅——坟墓。苏小小墓就在六角亭中，墓背不知道是青石嵌成还是坚实的三合土，光溜溜的，如碧玉精心琢磨的巨钟，沉默地覆在亭中，亭柱有许多联，其中有一联：

湖光月影宜相照：
玉骨冰肌未始寒。

多少游人更有多少狂恋或失恋的青年男女倚靠墓侧，用双手在墓背上抚摸，探测“未始寒”的体温和脉搏，用同情与怜悯的心情召唤苏小小缥缈的英灵！

1964 年 12 月的一天，西泠桥畔和孤山，苏小小等人的墓亭突然不见了。20 世纪 80 年代出于市民的强烈要求，在原址上盖了一个“慕才亭”，但她的“永久住宅”还不让修复，苏小小在杭州有千年以上户籍，竟连一抔黄土也不留，太不近人情了。新近在修复此墓的议论中，还是褒贬不一。当代作家黄亚洲认为，这墓是疙瘩宝贝，应修复如旧。黄君的话说得很含蓄、幽默、合适。所谓宝贝，苏小小确实是天生丽质，是唯美主义的风范，历代以来多少诗词、戏曲歌咏她；如在今天，她参与评美，肯定夺得冠军。所谓疙瘩，这疙瘩是人为的，是“文革”前一阵人为的“龙卷风”刮掉的。资深的老报人李士俊记忆犹新，他说这是四十年前的事了，客寓西湖刘庄的胡乔木领会一位伟人西湖风景很好，但与鬼为邻的嗟咨，灵感一动，成词一阕，刊于报章。此事风传一时，但刊发在报章上的那阕词，最后两行他记的是：“谁共我舞倚天长剑，扫此荒唐！”这词句的威力可真大，一夜之间苏小小等人的坟墓就被此“倚天长剑”“扫”光了。这是闲话。如今苏小小墓亭仍在原址修复，六根亭柱，竟镌刻了十二副楹槟。苏小小经过艰难曲折终于回到老家，看到这般情景，当含笑于九泉矣：原在苏小小墓后的宋义士武松墓亦同时修复在苏墓的右后方。义士也沾了美女之光。

“古人多少英雄骨，埋遍西湖南北山”，昔日西湖周边的墓葬，该以万计。说来有趣，甚至连禽兽也有它们的墓葬。林和靖所养的鹤，殁后葬于墓侧，曰“鹤冢”。武林门外古有一庵，有鼠常来听经，圆寂后，体坚如石，有旃檀香，僧为制一小龛，塔而瘗之。唐初，北高峰建塔时，灵隐寺有一花犬，每日随工徒自山下衔砖石至塔所，还为僧寻得石佛左耳。塔成犬毙，寺僧葬之，谓之“犬冢”。还有喻秦桧墓为狗葬的，或谓“昔有狗濡水湿草救主于野烧之中，狗毙而葬之”“若以救主之狗误以为桧之狗，狗必不乐。以桧为狗，而使狗污于桧也。”但亦有人在自己的墓前竖以“蝶冢”墓碑的，这就是中国文坛上旧鸳鸯蝴蝶派主笔、《泪珠缘》著者陈蝶仙所为。抗战时期，蝶仙还以蝴蝶为商标，制作牙粉等商品与日本对着干，“蝴蝶”意为“无敌”也。这说明民众的爱憎是何等分明！在墓葬提倡简约的当今更不能为宠物造墓。这不过是说明昔时一种墓葬文化现象而已。

“文革”期间，对墓葬的糟蹋是史无前例的。多年来，对西湖周旁墓葬的清理是十分明智的。不然，西湖群山早就变成坟山。如今，吴越吴夫人墓、清代士大夫龚佳育墓、史量才墓等等仍在，具有相当规模，值得一观。陈三立、陈衡恪墓、卫匡国墓、丁鹤年墓亭、盖叫天墓、陈布雷墓、葛云飞墓、陈夔龙墓、蔡东藩墓、俞曲园墓等等已经修复，有的还定为文物保护单位。胡雪岩墓是一位企业家为它修复的。但孙花翁墓、魏源墓、刘师复墓、胡明复墓等等，还淹没在山野荆棘之中。

昔日“游人至孤山者，必问小青；问小青者，必及苏小”。（据《湖蠕杂记》）民国 4 年，柳亚子为冯伶春航立碑小青墓侧，云冯善演小青影事，又同是姓冯，凭吊之余，为留片石志因缘也。（据《西湖新志》）

苏曼殊墓、塔，原在孤山。1955 年拆墓时，墓穴内仅有一金牙。苏曼殊是一代诗僧，这金牙权当一颗舍利子吧，如能修复其墓、塔，也不负昔日孙中山、柳亚子、陈去病、徐自华、章士钊等人捐资营建墓塔的苦心。

赵之谦是清代著名的画家、篆刻大家。其墓原在九曜山麓，后由浙赣等地友人营葬于丁家山，已定为省级重点文物保护单位。因“道路扩建而不存，今特在原墓址附近立碑，以示真迹”(摘自碑文)。丁家山、三台山那么大，为什么就容不下赵之谦的一抔土？近年又在杨公堤侧建了赵之谦纪念亭，似乎给赵补偿。许多人认为看亭与瞻墓感悟大不相同。假如有条件的话，在三台山或丁家山一侧复赵之谦墓，建碑廊，集古今书法名家作品于一处，更能为西湖添一美景，当今的书画家们一定会助其圆满成功。

此外，还有被移走的林启墓，被毁的宋马鞠香墓、明杨云友墓、清郑淑嫦墓，他们或是杭州的名太守，或是热爱西湖的美女、才女、贞女，都能代表某一时期的墓葬文化特征。如墓难以修复，立一碑碣以志其人其事，也能充实西湖文化内涵，探求西湖文化本源。

宗教文化浓淡相间

曾任燕京大学校长、美国驻华大使司徒雷登说：“杭州是中国历史最悠久、风景最美丽的城市之一。西湖山恋环抱，山上庙宇错落，十分令人喜爱。”杭州西湖确是多种宗教荟萃之地。

始建于唐，传布伊斯兰教的清真寺就在中山中路羊坝头，是全国四大清真寺之一。建筑外形似凤凰，俗称凤凰寺。青砖结构、无梁的礼拜后殿，系元代阿拉伯商人阿老丁资助兴建。后壁设有“读经台”，寺侧有碑廊，存放碑铭石刻。这是中国和阿拉伯文化相互交融的传统礼拜寺，现为国家文物保护单位。

元代初年，基督教开始在杭州传布。明末清初杭州人李之藻(科学家)、杨廷筠和上海徐光启都向意大利人利玛窦学习科学，后来成为天主教徒。杨廷筠还出资在天水桥建了教堂，就是现在天主堂的前身。司徒雷登出生在杭州，就是现在叫耶稣堂弄那个地方，他父亲司徒尔单身来中国传教。意大利人卫匡国来杭州传教作出重大贡献，著有《中国历史》《鞑靼战纪》《中国新地图册》等书。卒后葬于老东岳村桃源岭下的大方井地方，修复后的墓规模还较大。我多次去瞻仰，大门都紧锁。最后一次，看管者看我蛮虔诚，让我进了墓室，使我领略了西方墓葬文化的风貌。

杭州西湖素有“东南佛国”之称，始于东晋，兴于五代，盛于南宋。唐白居易称杭为“地是佛国土，人非俗交亲”(《题天竺南院赠闲元、曼清四上人》诗句)，苏轼有“三百六十寺，幽寻遂穷年”的诗句(《怀西湖寄晁美菽》)。南宋时寺庙增至四百八十所(《咸淳临安志》)，如今以佛寺名称命名的路名巷名到处可见。

灵隐、净慈、三竺、径山、宝成以及法华等佛寺，历经浩劫，不知有多少人的艰苦筹划，才修建成现在的宏大格局，迎接中外游人与香客。其实与昔日相比，是远远不够的。如遇正月朔日（俗呼新年）、四月八日（浴佛节）、六月十九观音诞、中元、中秋等节日，各佛寺都达到饱和状态。车辆出不来，行人过不去。有不少香客就在一些寺庙遗址点香朝拜。灵隐寺僧人、居士以及有关保卫人员通宵达旦地工作。方丈木鱼、监院觉乘忙于接待海内外贵宾，来不及攀谈，只是含笑致意。合十默念“南无阿弥陀佛”。大年夜子时一到，寺门敞开，进头路香的香客如钱塘江中秋潮涌入寺院，能在大雄宝殿外见到释迦牟尼佛，就算是一年平安了。不少香客议论：有关领导如能让大家动手修建一些古寺，该多好啊！试举数例：

凤凰山右翼之圣果寺，始建于隋文帝开皇二年。唐乾宁间，僧文枯坐岩下，寂定放光，寺废顿兴，即名圣果。吴越王镌弥陀，观音，势至三佛及十八罗汉于石壁至今还在。佛像约高三丈，旧庋飞阁，环列千佛于上，名千佛崖。阁后平顶处为佛祖亭，亭右通中峰、月崖、月榭。寺内昔有松涛阁，明代壬守仁、夏言尝读书于此。寺东崇圣院，有董其昌、严调御、李流芳等书佛经十二种石刻。释处默题联为：

江水滔滔，洗尽千秋人物。看闲云野鹤，
万念皆空，说什么南宋衣冠，西湖烟柳；
天风浩浩，吹开大地尘氛，倚片石危栏，
一关独闭，更何有故人禄米，邻舍园蔬。

如在此修复圣果寺并开辟周围文物古迹，该是一处更为突出的景区。

能观望“长堤幕全湖水，之江平分两浙江”（杨度题联）的五云山，山顶有真际院，吴越将凌超创建。此寺分别于光绪、民国年间曾重修过，现尚存残宇，有两口大井，经年不涸，宋代种植的银杏，枝叶茂盛。毛泽东曾在半世纪前游五云山，并题七绝一首，现镌于石壁。此寺修复，可扩展西湖景区，亦便于旅客栖息。

烟霞洞是西湖最秀丽神奇的洞穴这一。这里洞中有许多石刻佛像，历代名人留题。八十年前，年轻的胡适在此与曹佩声有一段浪漫恋情。瞿秋白曾在此与胡适两人研讨文艺，国民党中央的一次全会在此举行。蒋介石、张冲与周恩来、潘汉年在此商谈两党合作、共同抗日大计。此洞周边自然景观与人文景观极其丰富。洞口旧有清修寺即烟霞寺，吴越王始建，明孙隆重建。至今尚有部分寺屋，昔时这里素菜与品茗最有特色。能修个小型的寺院，也是众多游人与香客的夙愿。

西湖历来还有许多有名的佛寺，为凤凰岭龙井寺、玉泉清涟寺、灵峰禅寺、云栖竹径云栖寺、六和塔院开化寺、虎跑寺以及刚修复的九溪理安寺等，有的就是昔时寺宇，有的是修复的，有的是新建的，总的建筑格局还是寺宇，但不供佛，只开茶楼，这就不像昔日西湖氛围，如能两者兼顾，岂不更顺民心。

西湖东边现在高楼如林，完全是现代化的城市。旧的佛寺绝大部分不可能修复了，也不必要修复。但城东近区的潮鸣寺，现尚存有碑碣。大运河以北的香积寺，现尚存八面九层雕刻精致的石塔两座，一座在寺内（如今是工厂）另一座是近年建栏江涨桥头的。望江门外的海潮寺，现尚存光绪年间之天王殿，方外人士如山题的长联，是佛学理念的精华。以上诸寺为能修复或由民众新建，佛寺的活动场所布局会显得更为匀称。

昭庆寺在圣塘闸西，面临西湖。五代石晋天福元年由吴越王钱元瓘创建，其后屡废屡建。光绪四年还建有祖师殿、加蓝殿、六和堂、绿野堂等等，时人称为“律宗中兴”（据俞樾《昭庆寺重建戒檀记》）20世纪五六十年代还留有许多殿宇、寮房，曾在那里举办过大型的阶级教育展览会。如今只剩下一座高大巍峨的大殿屹立在青少年活动中心。何时才能重现旧观，让看过《马可·波罗游记》的人还能记起“沿湖还有许多信神拜佛的人及庙宇与寺院”。西湖边与西溪昔日还有许多规模不大的尼庵，居士林亦望有关人士予以考虑。

中国土生土长的道教，东汉就在杭州开始活动。南宋时有万寿观、东太乙宫等十大宫观。民国21年（1932）杭州有大小宫观丛林280所。如今保留的道观只有五处，对外开放的只有葛岭葛洪曾炼过丹的抱朴道院。玉皇山与黄龙洞都是享有盛名的道观，卉老的宫殿与稀有的古迹尚在。为了修复西湖旧观能否让出半席对外开放？

此外，老东岳庙、月下老人祠、药王庙、财神庙、水神庙、农神庙等等都是善男信女喜欢去的场所。

中国土产的宗教，西方来的宗教，都在杭州西湖栖息、传布，使西湖文化的沉积更为丰富多彩。民众在多种宗教文化的交融中，自有其是非识别能力。试举一例，烟霞洞左侧，原有石刻财神像，人们嫌其太俗，铜钱臭太重，便改镌为苏东坡像。有一讽喻联可以一读：

钱如真可通神，此座巍然，何不与烟霞终古；
石亦有时变相，长公仙矣，莫非是因果前缘。

名人故居星罗棋布

西湖“三面云山一面城”，历代名人故居、如星罗棋布，环湖地段与城内较多。

现在已经确认、修复的有一百多座。清河坊祠堂巷于谦故居，孤山俞曲国、俞平伯的故居俞楼。马坡巷清代龚自珍故居、天水桥耶稣堂弄司徒雷登故居，茅家埠都锦生故居、金沙港畔盖叫天的故居，马一浮寓居的兰陔别墅、夏衍旧居、林风眠故居，蔡元培女儿蔡威廉与女婿林文静故居，戴望舒故居、郁达夫故居、张静江故居、丁家花园陈英士兄弟及侄儿陈果夫、陈立夫旧居、毛泽东寓居，蒋介石、蒋经国父子之寓居，以及北山路近期修复的许多名人故居园墅都是很有文物价值的。

孩儿巷陆游故居与东河畔梁诗正、梁同书故居最近正在整修。陆游故居从提出要求，经过多次论证，还打了几年官司，最后才由杭州市主要决策者王国平到现场调查研究、拍板定案的。看管这座故居的一位姓钱的老人经受艰难闲苦，终于保住这座古建筑，深受广大人民和新闻媒体的关注。梁同书那座府第即将倒塌，也是在居民们的努力保护下才得以存留的。

人称“江南药王”胡雪岩的故居及花园，堪称清末中国巨商第一豪宅。宅内有十三楼以及花园建筑，构思巧妙，用料精良，有不少材料都是从国外买进的。此次修复，尽可能都是用原来那种珍贵材料，耗资良多。

故居别墅以结构与配以花园取胜的还有朱庄澄庐等处。朱庄在灵隐寺之后，韬光之下。主楼只有两层，中西合璧，外中内西，阳台较大，独具匠心。前后建筑又以厢房连接为四合院。有曲折回廊通假山、曲池，风雨无阻。庄主是贵州人朱晓兰。

故居以藏书为称著的有清吟巷 10 号王文韶的大学士府。府内原有退圃园、红幅山房、藏书阁等。藏书阁如今是清吟巷 3 号、重檐翘角，雕刻精巧，一派古色古香之古建筑，可惜原有藏书已经散失了。官巷口善坊巷蒋抑卮故居的私人藏书楼“凡将草堂”所藏古籍 15 万卷，早已捐赠给上海合众图书馆，现藏于上海图书馆。

收集以珍藏古今名琴的汪自新故居——汪庄，又名“今蜷还琴楼”，他那张挂琴谱书画的书房名为《琴巢》。汪还爱种花，庄里四季名花，供人观赏。如今此处是西子宾馆。永丰巷 25 号高野侯故居梅王阁以珍藏元代画家王冕的《墨梅图》令世人瞩目。高野侯平生喜爱梅，擅画梅，萃集梅画，故又称“五百本画梅精舍”，还刻了“画到梅花不让人”的印章。现“墨梅图”由上海博物馆收藏保存。孤山“湖天一碧梅”，即罗苑，原为犹太商人哈同为他的中国夫人罗迦陵建的别墅，后为蔡元培创建的国立西湖艺术院使用，藏有许多名贵书画篆刻。以上所述这些，虽然再不存在（仅罗苑上还有画院，藏有书画），但走访故居，寻找遗踪，也能发思古之幽情也。

北山路刘小庄，就是坚匏别墅，系刘锦藻、刘承干父子的故居，此庄楼小庭院小假山，小中见大，别有天地。此次北山路整修工程已列入修复项目，幸甚矣！

与小刘庄相照应的大别业刘庄，是广东人刘学询的故居，刘学询乃清朝进士，朝庭命官，又是资助孙中山革命者。这里三面临湖，是西湖最大的一处庄墅。昔日古董楹联之多，在西湖首屈一指。这里又是毛泽东多次的下榻处，其中一号楼，还留有毛泽东、邓小平不少踪迹。更令人难以忘怀的还是康有为的故居——丁家山上的一天同。至今还留存着康有为亲笔题写的“潜崖”、“蕉石鸣琴”等摩崖石刻。如能修复昔时的人天庐、明瑟亭、石老云荒馆，连同毛泽东读书处对外开放，更能使世人赞赏！

作为反面教员贾似道的半闲堂、红梅阁，值得一提。贾似道在半闲堂里荒淫无耻，误国殃民，最后被押送使臣郑虎臣杀于福建省龙海县九龙岭下的木棉庵。庵前有石亭，柱上镌“明春秋大义，为天下除奸”一联。半闲堂如今只留残垣遗址，红梅阁还在抱朴道院内。这座红梅阁并非南宋时的红梅阁，乃后人假托而已，红梅阁原是贾似道的私人楼阁乃李慧娘化鬼申冤之处。

明代万历年间，周朝俊将此题材写成传世戏剧《红梅记》，后来有川剧本、京剧本，还有一些删定本，改订本。1961 年孟超创作的昆剧剧本《李慧娘》，被康生诬陷而致灭顶之灾。假如在半闲堂遗址上，略加整理，修复红梅阁，让游人了解李慧娘这个无辜屈死、敢于抗争的女厉鬼的旧事，重现复仇女神的光辉形象，揭露贾似道恶贯满盈自取灭亡的结局，亦是警世之良策也。

园园相连园中有园

西湖这个大盆景真是湖中有湖，园中有园，园园相连，变化无穷。笔者走遍每一个大小园林，经园林设计者的打扮，各有特点，美极了。但我又想，早在七百年前，世界上四大旅行家之一的马可·波罗就对杭州作了定论：“世界上最美丽华贵的天城。”然而当今世人对它的评价如何呢？笔者见闻有限，不敢妄加引索，左右视听。但个人坚定的想法是：西湖的山水整体没有变，飞来峰还在灵隐没有飞去，南北高峰没有因岁月的流逝而消矮，楼霞洞、石屋洞、水乐洞、香山洞没有被淹没，西湖的自然景观没有变。西湖的园林还是十分醉人的。

孤山是西湖这个大盆景中的小盆景，皇家园林、寺观园林、私家园林一切具备，满山都是名胜古迹，该寻觅的再去寻觅，该修复的再修复，不必贪大，尽力重视旧貌，到时恐怕漫游一整天还来不及看完所有景点呢。

花港那个大园林也不错。这里有“小万柳堂”，后转售给蒋国榜，改名蒋庄。附近有藏山阁，就是有名的红栎山庄，俗称高庄，园中有牡丹园，曲桥回廊交错水面，也是观鱼最佳处。平生著述逾四千万字的曹聚出游苏州沧浪亭时说，这里

“临水曲榭颇像西湖的蒋庄、高庄”。保护较为完善的郭庄和竹素园、曲院风荷都是很好的同林，因为西湖园林太多了，就难以一一评论。

自然生态保护特好的还算龙井，尤其是老龙井。《浮生六记》著者沈三白乾隆年间游西湖时说：“结构之妙，予以龙井之最，小有天园次之。”龙井包括老龙井的山山水水，桑树野花，为能保护经营得好，前途无量。老外或许会最喜欢它。

以飞来峰为中心，周边有灵隐、三竺、韬光者胜，构成中国少有的寺观大园林。倘若在此住上几天，或踏着月色在幽径漫步；或在翠微亭、冷泉亭上沉默小坐，休闲自在；或静夜倾听流水声、木鱼声，那听觉视觉都得到享受，心灵得到慰藉，可悟出神秘的人生哲理，任何俗虑尘怀便悄然顿释矣。

杭州西湖的园林庄墅、纪念馆、名人故居等，大部分都对外免费开放，这真是历代以来罕见的大好事，赢得国人的赞扬。

杭州西湖这一东方休闲之都，闲人喜欢闲谈。现在西湖东面的杭州城，数十层的高楼大厦森然成列，钱塘江上又架了几座大桥，余杭、萧山两市成为杭州的两个区。杭州不再是旧时钱塘、仁和县治，而成为现代化的大杭州了。幸好接受了过去填了浣纱溪改为浣纱路，让西子没处浣纱而昼夜哭泣的教训，疏浚整治了东河、中河、大运河，保住许许多多名胜古迹、名人故居，压矮了近湖的建筑物高度，还新建一些中国风格的大厦、别墅、亭阁，为建设新杭州出探索。

至于一湖碧水与三面云山如何保护与改动都是世人所关心的。永远让西子蹑着三寸金莲步是不大可能的，而让西子穿着欧式服饰又会如何呢？像名为孤云草舍的四层欧式高楼（现属新新饭店）初看感到惊奇，新颖，与其他老房屋比较，总感不和谐。几十年过来了，这幢高楼也变矮了变老了。西湖的人文景观有古代的也有现代的；有中国的也有西洋的；有古今融合的也有中西合璧的，各有所好，各有所取。多年来西湖改动不少园林，也新建了几处新的项目，但或说好，或说坏，看法总不一致。有些新项目不能光看经济效益，要经过长时间考验才以论定。

最后，试摘八十年前胡祥翰所撰《西湖新志》引《西湖小史》中的一段话作为本文结束语：

“凡为园者，先水石，次古木，次结构。西湖秀冶，自具剪裁，无须垒山凿石，林木无不森蔚，到处会心。所难者，独结构耳。湖上园墅难林立，而结构佳者，舍高庄、俞楼外，实不多见。最可厌、最杀风景，莫如多少欧西式房屋，以其牵强堆砌，无丝毫结构之可言，其为西湖增色耶？抑污玷西湖耶？无怪时人有‘欲把西湖比西子，而今西子作西装’之言也。”

（此文原刊于《新西湖文选》）

第四部分

南雁荡南麂岛揽胜

序　一

王吼狮

浙江省东南隅的平阳县是依山傍海的鱼米之乡。在这1042平方公里的地域上，南有南雁荡山，东有南麂列岛，一为国家级山岳型风景名胜区，一为国家级海洋类型自然保护区。秀丽的“两南”，一山一水，相映成辉，是大自然镶嵌在浙南版图上的两块瑰宝。

孔子曰：智者乐水，仁者乐山。平阳县兼而有之，可谓地灵人杰。南雁荡山地处浙江八大水系之一的鳌江上游，以曲溪、幽洞、奇峰、石堑、银瀑、岩景闻名而称为六胜。景区内三教寺庙荟萃，九条溪泉汇流，南国畲族风情浓郁，明清建筑古朴。景区开发最早记载见于晚唐，鼎盛于五代，千百年来骚人墨客留下了大量赞美的诗篇和丰富的摩崖石刻。南麂列岛是东海一颗璀璨的明珠。冷暖海流在此交错，海水养殖与贝藻类生长条件得天独厚。保护区内已鉴定贝类403种，栖藻类174种，鱼类368种，其中不少是稀有珍贵品种，被专家们誉为藻类王国和生长的基因库。列岛及周围海区风光秀丽，广阔的金色沙滩，成片的绿茵草坪，巧夺天工的天然壁画，风雨雕蚀成的奇特礁石，无不令人心往神驰。

平阳县志编纂委员会本着综述、宣传“二南”、开发保护“二南”的宗旨，在郑立于同志编撰的新县志重点专卷《南雁荡山·南麂列岛》的基础上，由他与陈镇波、池欣昌、张声和等同志合作编撰了《南雁荡山·南麂列岛揽胜》一书。此书融古通今，广集资料，精选文献，诗图并茂，不仅详细记述了规划区内的景点，而且记述了旧志中已有的闹村盖竹、钱仓等景区，同时把新发现的西湾等景区也作了具体的描述。述南麂，不仅记述了南麂列岛贝、藻、鱼类等海洋生物的状况，而且也生动介绍了列岛的自然景观，涵盖面广。

良好的地域环境是经济发展的重要条件。南雁与南麂对于沿海开放县的平阳来说，是一大优势。“两南”保持着良好的自然生态平衡，蕴藏着巨大的经济资源和旅游资源。此书出版，有助于人们对“两南”作进一步了解，为科学考察、旅游观光及加快开发和建设提供翔实的资料。如果读者能从中领略到南雁荡山的苍幽灵秀，南麂列岛的富饶豪情而亲临其境，“两南”将以她的神姿仙态向人们展示永恒的魅力，这是大家的共同愿望，也是出版这本书的初衷。

序　二

王擎峰

秀美的山川岛屿，是大自然的造化。千百年来，南雁荡、南麂岛奇丽迷人的风光依旧。是改革开放使这对秀出浙南的山峦与海岛，增添新的光彩，声望大振。它们作为国家级重点风景名胜区与国家级海洋自然保护区，为平阳县乃至浙南的经济腾飞提供了一个良好的条件。《南雁荡山・南麂列岛揽胜》出版，是平阳县志办同志精心采集雁荡山麓的束束奇葩，和南麂岛海滨朵朵浪花，是奉献给钟爱和关心平阳的人们的礼物。

平阳有良好的地域环境，漫长鳌江穿域过境直入东海，浩瀚的东海环绕着这片肥沃的黑土；北临温州、瑞安，南接福鼎、苍南，是“星垣连北斗，驿路通南闽”的枢纽。南雁荡与南麂岛是珍藏于这富饶地区的两颗明珠。经济发展需要整体推进，地域优势是先天条件，先天足则后劲足。“二南”在平阳经济发展中的地位举足轻重。

展望未来，金温铁路建成，福温铁路过境，南雁荡与北雁荡将一脉相连，南麂岛与普陀山将互相呼应。“两南”石奇、礁美、滩秀、水碧的亚热带的山川海洋风光，及山珍海鲜特产，不仅能吸引游人，而且对周边地区经济发展，也将产生巨大的牵引力。

名山与宝岛，乃天地之精华，必将得到人们更多的钟爱。宣传、开发、美化和保护这两方“净土”为民众和后代造福，是我们义不容辞的责任。本书提供了珍贵的资料，它的传播，将使人们更深入地了解南雁南麂，从而激发人们加速“两南”的建设与发展的愿望和热情。

南雁荡山自然概貌

南雁荡山风景名胜区在浙江省平阳县西南部，离县城32公里，距温州市87公里，与福建省东北接壤。地处北纬27°41′54″～27043，东经120°9′5″～120°20′2″，属亚热带季风气候区，气候温和，雨量充沛。年平均气温17.9℃，1月最低平均气温7.5℃，7月最高平均气温28.2℃。年极端低温－5℃，年极端高温37.7℃。年有效积温6439.3℃，年降雨量1631.6毫米，12月最低平均降雨量46.2毫米，6月最高平均降雨量229.6毫米。无霜期227天，降雪日全年仅3.6天，结冰日全年15.9天。春冬多雾，年雾期25.9天。高山峰谷地带，小气候明显，温差、湿度、降雨、雾期变化悬殊。

南雁荡山属新华夏构造一级隆起带，多为海拔500米以上的山峦，峰峦突起，连绵不断。山脉总体走向为北东—南西向，由浙闽边界的洞官山脉延伸而来。西南部高峰为白云山，海拔71米；北部高峰为明王峰(即大尖)，海拔1077.7米。由于新构造运动的影响，地形切割较深，地势疃峙，高达百米的峭壁陡崖常见，溪流地段常有瀑布出现。地质年代起自一亿三千万年前的中生代白垩纪，刚性火山岩中节理十分发育，多为凝灰岩、流纹岩、紫色粉沙岩。鳌江上游的怀溪、顺溪于风景区腹地南雁镇汇合成砸溪、蒲溪，经水头镇向东流出。区内地貌特征分为两大类型：

一、西部、北部和南部为构造——侵蚀剥蚀中山区，地势高峻，近千米的山峰连绵。由于新构造运动的强烈上升，流水作用十分强烈，河流以下切作用为主，切割深度可达500米左右。河谷多为峡谷型，河谷比降大，常出现瀑布和急滩。沟谷及河谷中普遍发育谷中谷现象。

二、中部和东部山门街至油湾一带，发育侵蚀—堆积地形，构成坡积裙、冲积锥和山前倾斜平原。它们由上更新统坡洪积，洪积一物组成。其特征为冲积锥微微向下游倾斜，倾角1°～2°，其前缘坡度缓，后缘坡度较大，坡积裙的地面坡度较大，可超过3°由于后期侵蚀基准面下降，其表部受近代流水的切割而形成冲沟，其前缘则形成洪积阶地，河床变宽，流速骤减，河滩发育。

南雁荡山风景区，山水秀丽，洞窟幻秘，峰石雄奇。这些独特的峰、石、洞、瀑自然景观乃是亿万年地质历史中大自然的造化。约一亿三千万年前，以今山门街为中心的南雁风景区，处于一个火山活动强烈的内陆河湖盆地中，在近两千万年的地质历史里，由水流沉积作用及多次火山喷发、喷溢作用在盆地里堆积，构成了今日南雁地质地貌景观的一套基础岩石。水流的侵蚀和风化剥蚀作用沿其断裂破碎带和软性岩石不断的深切，使其强烈的剥落、崩塌，最终造成了南雉地区今日基岩裸露、崖峭壁陡、洞穴幽深、谷峡瀑多的地质地貌景观。

在南雁墨景区构造——侵蚀剥蚀地貌中，有以构造崩落作用为主形成的堆积地貌（如顺溪百僧堂景点）、崩塌洞穴（如东、西洞，云关、连环洞等景点），有沿断裂破碎带和刚性岩石垂直节理长期风化剥蚀形成的奇峰异右景观（如一线天、东南屏障、华表峰等景点），有因断层形成的陡壁悬崖（如观音洞陡壁），有因水流沿软硬岩性相接部位和断裂发育部位不断溯源侵蚀形成的大小瀑布（如大龙湫、梅雨瀑等）；石城景区的险峰峻岭、雄奇的石门、石堑乃是集多种构造和侵蚀剥蚀作用之大成的大自然杰作。南雁风景区内的流水，经裸露的基岩沿着沟谷向下倾泻，一路都是构造破碎后被冲刷堆积的基岩砾石，故使渗滤下泄的流水一尘不染，使顺溪、怀溪、碧溪、雁溪中的溪水清澈见底。河谷、河床浅滩、沙漫滩上堆积了大量新生代以来的砾石层，这些砾石多成半滚圆状，砾径大者可达 1 米以上（如石鼓滩）。人们来到南雁荡山旅游，不仅能饱览祖国神奇秀丽的风光景色，还可从这些大自然“神工鬼斧的杰作中探寻各种地质作用给大地留下的痕迹。

风景旅游资源与特色

根据周喟《南雁荡山志》所载，南雁荡风景区包括钱仓在内，有67峰、28岩、21洞、13潭、8瀑、9石。这仅仅是指部分山水自然景观，比较局限，且有很多景观未开发、未发现。

今据规划拟定的一级保护区97.68平方公里范围内所作的初步调查，自然景观、人文景观及自然与人文相结合的景观，共有90个景点，16个类别：溪滩类有雁溪、顺溪、畴溪等13个；湖洲类有雁荡、怀洲等3个；洞寺类有仙姑洞、观音洞2个；洞岩类有云关、白岩洞、石天窗等5个；瀑潭类有白云瀑、龙湫瀑等8个；峰岩类有东南屏障、明王峰、越王古踪、石狗山等14个；石堑类有一线天、石城街等3个；岭谷类有朝阳谷等3个；植物类有杜鹃林等3个≯天象类有田园雾色1个；池井类有仰天池等3个；摩崖类有小龙岭摩崖1个；革命纪念地有闽浙边区抗日救亡干校等3个；路桥类有蒲岭古道、渡旺桥等9个；建筑类有会文书院、云祥寺等8个；村街类有山门老街、郭岙寨等11个；再加上非风景性的旅游资源如水头镇市场等等，其风景旅游资源是非常丰富的。

人云“北雁好峰，南雁好洞”，所谓好洞，”仅以东西洞景区而言。其实从全景区总体来看，南雁溪流纵横，滩潭四布。就自然景观而言，溪滩、幽洞、奇峰、石堑、银瀑、景岩构成“南雁六胜”。就人文景观而言，这里的各个朝代儒教、佛教、道教的建筑汇集在东西洞景区，可称“三教”荟萃。因此，“三教九流”是南雁荡山风景名胜特色的主要概括。

1. 九溪汇流

南雁荡山由于地质构造运动的作用，地形切割较深，山水冲泄，均匀分布有九条溪：怀溪、郭溪、畴溪、顺溪、青溪、岳溪、雁溪、蒲溪、碧溪。九溪如碧带，都处于浙江省八大水系之一的鳌江上游，并在风景区胜地——南雁镇汇流向东成鳌江入东海。一正在规划的王公湖、知音湖、龙湫湖、钓翁湖皆成面状水景。“山因水活，水随山转”，“以山得势，因水成景”，线面结合，水光山色，相映成趣。多数溪湖可乘竹筏、划船，为风景区增添诗情画意。

2.“三教”荟萃

始创于宋的会文书院属儒教,观音洞、云祥寺属佛教,仙姑洞、三台道院属道教。“三教”是我国古代文化的缩影,是传统文化特色旅游的重要内容。“三教”荟萃在一个景区,是非常罕见的。

3.幽洞、奇峰、石堑、银瀑、景岩具备

南雁具备多种景观地貌,有崩塌幽洞,如观音洞、仙姑洞;有降起的奇峰,如铁障峰、画眉峰、华表峰、东南屏障(锦屏峰);有因水流沿软硬岩性相接和断裂发育部位不断侵蚀而形成的各种瀑布,如大龙湫、白云瀑;有断裂剥蚀的石堑,如石城街、一线天、两仙对奕(醉翁岩)等天然雕塑60多处,呼以人名、物名、兽名,栩栩如生。

4.风景建筑与民居具有浙南闽北的独特风格

据史料记载,就建筑而言,南雁就有十三古刹、十八庵、十二院、三亭八堂、二祠二楼、一庙一坛。这里地处山区,以往交通不便,多风雨,能工巧匠就地取材,因材致用。建筑多木构、石构、竹构,出檐深远,除庙宇外,均用木、石、竹本色,素朴大方,如东门、山门古街、畲乡青街的半面街、顺溪多进环廊庭院式民居等,连以梅岭、蒲岭、凤岭块石嵌野草的古道,类型繁多的石桥、满水坝,使人工建筑与自然风景环境浑然一体。

5.浙闽风情、畲汉混居

有浓厚的浙闽民俗风情,区内大多数人讲闽南方言,畲浓汉旋混居,到这里旅游,使人感受到清新的畲族精神和浓厚的乡土气息。

风景名胜

南雁荡山风景名胜区旅游资源极其丰富，景观特征的差异性较大。就陆上旅游来说，有的景区在平地，有的在低山，有的在千米以上的高山，可以择地登山、观日出、骑马、野餐、野营、休养和作大自然的考察。就水上旅游来说，九条溪流如九条长龙蜿蜒在群山中，时分时合，时宽时窄，有深潭，也有浅滩，两岸景色如画，可坐竹筏作长距离的旅游，也可以在某些湖上划船、游泳、钓鱼或坐游艇、电动游戏船。南雁荡山是儒、释、道三教荟萃之地，革命纪念地较多，畲族民情风俗奇异，又是普及地质知识、动植物知识的课堂，可以开展多样化的特色旅游。

南雁山山水水，山水相间，景区很难以它的功能划分。部分地区还未实地考察，一定有一些景区、景点尚待发现、开发、建设。目前根据同济大学南雁荡山规划组的意见，参阅南雁荡山旧志的游山路线，及进山旅游的传统习惯和交通现状，初步确定了下列景区、景点：

吴山景区

旧山志列为吴山路景区，在水头镇与南雁镇之间，是个综合性的风景名胜区。

蒲潭

在水头镇西南 2 公里处，是南雁荡山几个主要风景区的入口处。蒲尖、蒲潭、蒲岭均是南雁主要景点。蒲潭在蒲尖峰南，水头至南雁公路经此，沿途约有 1000 亩芦苇滩，溪滩四周，竹树相映，景色迷人。村里有建于清代的蒲潭宫，院内有株 200 年以上的榆树。

朝阳谷

位于吴山爱晚亭和“两仙对弈”之间。谷长约 1 公里，一条块石路沿谷而上，谷中树木繁茂，十分幽静。沿谷有朝天峰、卧龙峰、群仙洞、天聪洞、二仙峰、削玉峰、神迹岩、龙隐岩等景观。谷口岩上有黄光篆书“朝阳谷”和周喟游记。爱晚亭造型简洁，出檐深远，颇具古朴本色，背山面溪，可眺望蒲溪筏影，群峰景色。

石坝跌瀑

位于水头镇西南3公里的棣头地方，这里可通往闹村乡、苍南县。它是以人工构筑物形成的水景。水头镇至闹村，借助矴步过溪。1980年就地采用巨型鹅卵石构筑水坝，以利车辆通行，造型古朴自然，与周围环境融为一体。站在漫水坝上，可观赏蒲溪宽阔的水景。石坝与蒲溪高差约1米，形成长达百米以上之跌瀑、湍流，车行其上，水花四溅，喷珠吐玉。

两仙对弈

又名醉翁岩，位于朝阳谷后山顶。根据《方舆胜览》上王十朋诗《醉翁岩》分析，该景点约开发于宋或宋以前。景观为两块对望之人形壕岩，间有一块平展如棋盘的大岩，极似两位仙人相望对弈，形态逼真。不远处，有一峰朝天挺立，叫朝天峰。顶部硕大，长着丛丛茅草，像伸长脖子的猫头，又称“仰天猫”。

蒲岭古道

从蒲潭土苹至蒲岭，有2公里长的古道，路面卵石与野草相间，林荫夹道，郁郁葱葱，时闻流水潺潺，鸟语花香，一片清幽世界。

雁溪

流经南雁镇这段溪流叫雁溪，长2公里多。浅滩碧水，游鱼如织，溪面时窄时宽，水流忽急忽缓。溪南滩地开阔，林木茂密，郁郁葱葱。溪北缓坡临水，竹影摇曳，翠绿欲滴。泛筏溪流，两岸和天空变幻无常，如入仙境。

五色石子滩

在碧溪渡北岸，面积约3公顷，属溪流上游。溪流中石块经长年累月冲积，聚集成滩。鹅卵石色彩斑斓，有黄、红、绿、紫、灰等色彩，大小不一，形状各异。漫步滩头，俯首即可拾得称心之卵石。

东门吉街

在南雁镇，宽10米，长250米，路面卵石铺就，两旁街道为简朴的坡顶木结构房，二楼出挑，门楼装饰富有地方特色。游人入街，仿佛走进古代市廛。

宋代古井

在南雁镇东南，现南雁酒厂内。系 1980 年从废墟上清理房基时发现。盖在井口的铁锅，镌有“宋徽宗崇宁二年”字样，崇宁二年是 1104 年，距今将近千年。井深 7 米，口径 0.6 米，静水位 6 米，长年不涸。色好味美的著名“南雁宋井酒”就出于此，游客品尝后，酒兴助游兴，游兴更浓。

蒲 溪

从碧溪渡口至蒲潭蚌一段称蒲溪，全长 5.5 公里，溪面开阔，溪水澄碧。宽处达百米，窄处仅容竹筏来往，激流如万马奔驰。两岸山色空了，沿溪步行或顺流坐筏，令人心旷神怡。

碧溪潭

去东西洞景区在此过渡。渡凸在嶙峋的岩石群前，潭深莫测，碧波粼粼。顺溪、畴溪在南雁镇东门交汇成雁溪后，倏然而下，被岩群挡住去路，旋九十度急弯，旋涡重重，形成深潭。潭内所产香鱼格外腴美。

东西洞景区

是南雁风景最为集中的“三教”荟萃洞峰低山游览地。

石天窗

渡过碧溪潭，行数十步到四角的爱山亭，亭子系石柱石梁石屋顶构成，风格古朴。一亭前有联：“开天窗说凉(亮)话；有大石当中流。”指的是两处景观：一是以往溪流中有块巨石，像跃起的癞蛤蟆，如北雁显圣门的“中流砥柱”。另一处就是石天窗。

石天窗，隔溪与石亭对望。原是块峙立溪边山上的大悬岩，中间有一方洞，仿佛是架在半天的窗口。宋时已有盛名，宋人项桂发诗云：“来游南雁见名山，石洞天窗夜不关。”1918 年《中国名胜》第十种里，石天窗被列为主要景点之一。近旁还有相传雁群云集的群雁峰，形似天马行空的天马峰。

东南屏障

从爱山亭市枣，举首可看到一处孤峰矗立，全峰由三块巨石构成，呈“品”字形。走上几十级石阶，大有泰山压顶之势，这就是南雁众多奇峰怪石中出类拔萃的锦屏峰，又名石屏风、石门楼。历代都是南雁荡山主要景点，开发于唐代中期，宋时称石门楼。宋代陈有功有“百里周遭雁荡山，石门天设不须关”诗句，清代黄青霄有“拔地嶙峋到画屏，潆洄水抱数山青”诗句。此峰高 33 米，宽 50 米，事约 4 米。主峰下一洞门，高 41 米，宽 6 米，门楣上有“东南屏障”四字的摩崖石刻。

穿过洞门南看，有两岩相连，一如蛇头，一如龟，称留“龟蛇会”。又有两巨石，一似狮，一如虎，为“狮虎斗”。从山岭上看此峰，宛如头戴方帽的“知客僧”，正向亭人垂袖恭迎，与北雁的“接客僧”竞献殷妨。

跃鲤滩

从东南屏障往南行，山下有个小洲呈卧鱼形，“鱼”的中段有四五亩那么大，这就是跃鲤滩，又名石鲤。清人卢镐诗云：“泛泛清溪水；中有蛟龙姿，凌风可飞去，乃恋水石奇。长留一片园，时动鳞之而。”这里还有个鲤鱼化龙的传说。如在滩上造池养观赏鱼，则锦上添花。

云　关

由两座悬岩夹峙而成，顶端有大石梁覆盖，形成天门。洞门高 30 多米，宽 4 米，其下形成比东南屏障更为高深的拱门。此景观开发于唐代，盛名于宋代。石壁上两行题句最为切景：“云锁天窗隐，关开月牖明。”如遇山雨欲来，狂风满谷，云雾穿过关口，如海涛汹涌，更是奇观。

云关前左右两边，天将峰与蟾蜍峰相对，顶上又有望海狮、仰天狮、玉仙峰、纯阳峰(状似吕洞宾背包袱)。

仙姑洞

唐时称石室，宋时称仙姑洞。相传，有朱氏仙姑，是邻近的闹村人，名婵媛。十六岁时，不知何故，毅然出家，遁居此石室，自食其力，常采草药为百姓治病，药到病愈，最后不知去向。说她成仙了，所以此石室就叫仙姑洞，后人还建了道观。此事，旧县志曾载，仙姑是朱罕之女，于北宋崇宁五年(1106)七月十五夜遁居于此。南雁山志说系南宋咸淳十年(1274)时事。但洞中《南雁宕碑记》，却说她是进士朱壁的女儿，是她父亲登进士第前一年生的。按县志・选举志朱壁登进士第在南宋绍兴二年(1132)，那朱婵媛当出生于 1131 年。如今道观前殿有 1276 平方米，后殿 336 平方米，内殿一半有屋顶，一半以洞顶为屋顶，洞高 2 至 10 米，深 24 米，宽 14 米。前殿大门外墙有篆刻家方介堪篆书“无量福地天尊”。

殿宇房舍依岩洞构筑，后殿供朱仙姑神龛，前殿是大罗宝殿，两边有小巧的三层席楼，飞檐高耸，气势巍峨。从池云珊所撰楹联："天辟此峰，看鸿雁南来，飞瀑声中红叶舞；我游已晚，问仙姑何处，夕阳洞口自云封。"可以体味仙姑洞情景。本县出生的当代著名数学家苏步青曾撰写一联："仙姑环佩去千年，香火犹馨赤壁；雅客舟车来万里，灵山可净红尘。"

浸苎盂

仙姑洞一侧，正如潘耒的游记所云："如曲室，室后窈黑处，如入牛角，有一岩形似小浴盆，点点珠玑般的泉水从岩顶滴进石盂里，终年不断，即使大旱天也不干涸。"岩顶看不出有罅隙，水珠像汗珠从岩体上蒸腾出来，这就是滴水岩，又称仙姑泉。传说，朱氏仙姑常在石盂里浸自己种的苎麻，洗山中采来的药材。清人谢青扬有诗咏它："石窦长年滴榭口，相传取用自仙家。试看玉女犹沤苎，那得村庄不绩麻！"

月　牖

仙姑洞里摩崖石刻"月牖"二字，游客往往忽视，其实这里是一处奥秘的景观。一个只有小箩筐口大小的石天窗映着天穹，卷进云雾。入夜，在此仰望悉上月亮，尤其是中秋夜，月亮显得更圆满、明净，仿佛将你引上遥远的太空，让你踩着云雾，登上月球。宋人朱元升曾在月夜探游此景，抒情吟诗："谁将造化手，开此浑沌窍，每夜吐月时，九州同一照。"

猫着身子，登上月牖，也叫作透天洞。正如清人潘耒在游记中所写："……在梯石上攀藤数百步，出小石梁下，登上大石梁顶巅，看诸峰如一林春笋。石梁两峰，千层对峙，下开上合，宛然如天桥，空明广阔，俯临无际。"天冠峰、仰关狮、道士峰、悬钟峰、王手峰都在眼前展现，脚下云烟汹涌，宛如进入蓬莱仙岛。

十八进士洞

西洞最上边，洞道曲折逶迤，深邃莫测，走到尽头突然被堆砌的乱石墙堵住了。这就是十八进士洞。传说，此洞可通东海，涨潮时还能隐约听到浪涛声。有一年，有十八个进士下洞探个究竟，结果有十七个进士遭到不幸，失踪了，只有一个进士因为带着一只狗下去，紧拉着狗尾巴才走出了原来的洞口。从此，这个洞就堵死了。从南雁荡的地质结构看来，乱石墙后可能有洞，待来日开发探秘。

连环洞

“谁将玉连环，戏向空中掷。得无缀飞霞，感以锁明月？我来穿玲珑，无从解其结。”这是清人卢镐描绘连环洞的一首诗。

此洞就在西洞南边满布藤萝和杂树丛中，两洞相连。下洞岩石如老树盘根，弯弯曲曲，极富野趣。从下洞往上攀，只数步路，便是上洞，洞口豁然开朗，前面是悬崖陡壁。但并非绝路，假如壮着胆子，踩着古老的藤道，攀着杂树干，便可跨越险峻的峡峪，钻进月牖洞，回到仙姑洞里来。

连环洞南侧山腰，有连环池，两池相连，池水清冽，洞池辉映成趣。

九曲岭

在仙姑洞前，花岗岩石级迂回于茂林修竹之中。每逢秋深，丹枫翠竹，红绿相间，赏心悦目，蔚为壮观。游客漫步九曲岭之间，正如九曲岭碑记所云：“可仰观一线天宇之空灵，俯瞰幽深林壑之奥秘，环窥云雾峰峦之变幻，沉思人生哲理之真谛。斯时也，或赋诗啸歌，或品茗饮酒，或彝棋谈心，劳动之倦，思虑之烦，皆荡涤殆尽矣！”九曲岭半岭路旁有石碑，碑又乃郑灵于撰，标寿癸书。

石斧洞

拓云亭上岭，路旁就是石斧洞。洞不深，非常明亮。有一没有柄的巨大石斧嵌在岩隙里，这或许是开拓原始南雁荡山时留下的斧头，洞因此得名。

在崖壁裂缝的右端，有一小石盂，承接从崖缝里滴下来的水珠，清冽的石盂水面，跳动着珠玑，每一滴水珠都滚动好一下子才消失。这就是珍珠泉。

碧湖篁岛

从梅雨瀑出来折向南沿溪行，只一筒烟工夫就到了碧湖篁岛。虽是在溪间构筑拦洪坝后积水而成的人工湖，但与天然湖没有多大差别，四周的秀丽山景倒映在湖水中，坐在游船上放棹垂钓，或划船到湖旁石洞里漫游，使人流连忘返。洞顶山峦上有亭翼然，在亭里远眺，湖光山色尽入眼帘。

怡心院

怡心院在仙姑洞西边悬崖下，三间两层小楼房，仅 80 平方米，但极幽静风雅。当年一位老道人，在此静修，到 104 岁才“羽化成仙”。怡心院前是桂花林，还有一株罕见的杨松。后山尚有一二处草棚，亦属道家栖息之所。有一处奇峰，如腾空飞跃的鲤鱼，叫朝天鲤。其下有泉，在阳光照射下，五彩斑斓，美不胜收。投硬币于水，不会下沉，可与杭州虎跑泉相媲美。

十二奇峰如画屏

坐在西洞前殿凭栏遥望，观音洞顶偏左处，有一岩形似笔架，就是笔架峰。向右，两侧小山头间有块巨石，连起来看，恰似一只俯卧的大蝙蝠，称为蝙蝠峰。峰下有栖息过蝙蝠的蝙蝠洞。蝙蝠峰正下方，有少女殉情化身的玉女峰。宋人薛光远诗云："玉女谁知化石年，望夫不是此山前。朝云暮雨无消息，秋月春风自斗妍。"往下看，有美人岩，又称美女梳妆峰。但又像老公公背着老婆婆，说是"公负婆"。"公负婆"右边，有瞪眼蹲着的蟾蜍岩。

蝙蝠峰右下方，有一峰如美髯公注神展卷默读。俗名"关公看兵书"。左边有三台峰。三台原是大熊星座的星名。故宋代朱熠诗云："即此是台星，三峰入眼明。若非天上贵，宁显世间名。万国皆瞻仰，千岩自送迎，泰阶何日正？草衣亦光荣。"这台阶，是指三台峰的上台、中台、下台，并龟如阶。西洞正前方，有一石猴神情专注望着山下那座古苔的水碓，人们称它为"猴子看水碓"；右上方，有矗立的石塔。山的最右边，石峰林立，各具姿态，名曰"会仙峰"。会仙峰下方，有仙人赶猪峰。

杜鹃林

在梅雨瀑边和碧溪畔，有"五色杜鹃"、"四季杜鹃"盛开，绚丽烂漫，很有特色。五代时就已开发，至宋成为重要景点。南宋洪迈在《夷坚志》中载："王伯顺为温州平阳尉，尝以九月诣树疃视旱田，道间，见有杜鹃花一本，蕊高，开花……色如渥丹。讶其非时，以询土氓，皆云：'此种只出山谷，一年四季开花，春秋为盛。'"池圣夫诗云："花笑群峰景，鸟啼千壑春，满林声色好，何时亦愁人。"

晴虹涧

出东洞沿溪南行，过第二条矴步，沿蜿蜒的山径，进入峡谷，这便是睛虹涧。《南雁荡山志》载："晴日初过，涧水映射，彩色眩目，望之如长虹。"曾列为"南雁八景"之一。涧边有路叫采药径。传说朱氏仙姑当年经常在此尝百草、采草药，为穷人治病。朱元升有首别出新意的诗："黄芝与钩吻，貌同性相反。寄语径中人，采时高着眼。"黄芝就是道家用来求长生的名药，钩吻却是有毒的野生植物，俗名断肠草，根、茎、叶皆有剧毒，与黄芝貌同商质异。诗告诫世人不要因假象而上当受骗。

梅雨瀑

又称雾瀑云潭，在杜鹃林西边。与杜鹃林一样，在宋代就已知名。此瀑集施岭之水，瀑高 30 米，宽 2～3 米。瀑底有梅雨潭。瀑潭三面环山，朝东，每当清晨七时许，朝阳透进山谷，潭角便出现五彩虹霓。梅雨潭右边陡坡上有倒插花岩。“植物本乎地，胡为花倒开？云根分种异，假手自天栽。”明代陈应人曾作诗咏它。上游施岩，传为唐代诗人施肩吾炼丹处。从梅雨瀑下山，过矴步，到南端桥边转折处，可见金鸡回头峰。但只能在傍晚夜色苍茫时才能窥见她的倩影。

钓矶·观音坐莲……

出西洞，经幽深之九曲岭，下来便是鸣玉亭。事前矴步边溪岩上，镌有“锦水流丹”四个隶书。一侧，有一块 10 多平方米的大磐石，高出水面约 5 米，近水处刻“钓矶”二字，仿佛是富春江严子陵的钓台。历代名人题咏颇多。清人戴启文诗云：“磐石成钓矶，亭名署鸣玉。小憩俯清流，须眉映寒绿。”钓矶下有照胆潭，潭水深碧，宛如传说中的曲古镜。右侧临流有石洞，溪水回旋，深不可测。

过矴步南行数十步，可看到隔溪有 10 米高的孤峰，似趺坐的观世音菩萨，下看如一朵盛开的千叶莲花。再前行片刻，回头一看，观世音竟变成老态龙钟的老道士，头梳圆髻，正笼着双袖默坐，面对八卦炉在炼丹。其西南面 10 来米的半山腰，有岩长约 3 米许，像只缓慢爬行的大海龟，即所谓“上山龟”。山背是块像猴子的怪石，前面那块比猴头大数倍像桃子的圆石，酷似一幅“猴献果”的动画片。

三台道院

在三台峰下。三台峰开发于五代，宋时就有不少游客慕名而来。现今有五间二层仿古道院建筑物，建筑面积 170 平方米，1984 年 4 月由一道姑筹募经费新建。近年香火亦盛。居此可浏览东西洞周围诸景。

东　洞

开发于唐代末期，传说北宋崇宁年间有余公隐此，又名余公洞。清代《北雁荡山志》作者施元孚曾写过《仙甑岩记》，经查考，仙甑岩就是东洞。施氏曾描述为：“仙甑岩立岸边，中空而外削。下有洞口，望若黔突。”进入洞口后“仰见青天如明镜，玲珑圆卷，宛然一巨甑也。甑口四五步，有峰孤起如悬针，窍其根为门，状如针孔，天光透彻，与甑口相映射”。经过历代开发，如今已是高 10.2 米、宽 5.8 米、深 107 米的洞府。洞口有篆书横额“东洞”，岩壁上有前入所刻“齐云”两字。

东洞顶端由三块巨大悬岩组成。浑圆、正直的为华表峰，一名石华表；最妖娆的堤右角峰；最形象的为仙冠峰。三峰底部都连缀在一起，共名曰：化龙岩。

左侧石壁间有棣萼世辉楼，系宣统年间所建，门楣“橡萼世辉楼”青石横额是郑孝胥手迹，楹联“不分新旧唯求益，兼爱自他所谓公”，是晚清学者宋衡撰书。

会文书院

原是北宋末年陈经正、经邦兄弟读书处，朱熹曾率弟子多人在此讲学。题额与对联“伊洛微言持敬始，永嘉前辈读书多”，皆系清末学者孙衣言手笔。书院里还有不少名人楹联和题咏。这里是南雁儒教住处。近旁有听诗叟、洗砚池、摩崖石刻“雁荡第一泉”等景点。听诗叟在会文书院东天门外，站在辉萼院前抬头向左看，便见一块高二三米，像正在聆听吟哦的老人的怪石，这就是“听诗叟”，跟北雁的“听诗叟”相映成趣。清人华栋有诗云：“此叟藩听诗，长向路边峙。过此不敢吟。听之恐洗耳。”

观音洞

在会文书院右侧山上悬崖下。开发于五代；宋时已是主要景点。现有慈云古刹是清同治年首建，僧徒显明重修，1982 年又大修。是释教所在地。洞高 21 米，宽 41 米，寺院殿宇依洞而筑，布局紧凑，主次分明，真是仙山楼阁，巧夺天工。寺院有好几进，在高楼上凭栏下望，仿佛坐在飞机上往下望，令人心惊胆寒。据说寺院做飞檐盖瓦片时，工匠是打着灯笼在夜里操作的。寺中有联珠瀑，由岩顶飞洒入池；终年不断，跟石斧洞的珍珠泉一样，每一滴水珠落池都要跳跃滚动一下子才默化于水面，这是别地泉水不可能有的现象，或许跟这里的水质有关。池底有块“狮舌爱”。

洞顶有凌霄峰、普陀峰，下有净瓶岩、鹦鹉峰，附近犹有罕见的五色杜鹃。

一线天

从观音洞下来数十步折向东行 200 来米处，有两座大悬崖夹峙而成“一线天”，高 50 米，深 160 步，阔只有 1 米，仿佛是仙人用巨斧把悬崖劈成两半。清光绪年间开发，民国时堵塞，1984 年春重新辟为景点。

天下有很多“一线天”，此处因为崖高夹道深，且有整齐的石级铺上岭，攀登时有上天的感觉，凉风习习，沁人心脾。云烟进岫，更令人飘飘欲仙。每当月夜，清冷的一缕月光，更显出这里“一线天”的特色。

圣峰洞

俗称新洞。继仙姑洞、观音洞之后开辟得名。清光绪九年(1883)称“功德堂”。寺系青石构筑，光绪二十六年称为圣峰洞，1918年称圣峰寺。洞深7米，分上下两层，下层高3米，上层高2米，洞中有“龙舌”，洞门朝东，可望东海日出。夏凉冬暖。

顺溪景区

顺　溪

从万錾笙钟至矾岩大桥，两岸青山夹溪，经顺溪镇呈“S”形流入岳溪，是为顺溪。源出于天井详山北麓，自明代起是顺溪镇至水头镇的竹筏交通航道，清代不少游客在此乘筏游览。清孙锵鸣游顺溪诗：“清溪曲曲抱山来，万竹丛叫画眉，不减桐江好山色，一竿秋水最相宜。”就是此地景色的写照。电影《竹外桃花》曾在此地拍外景。

龙湫洞

龙湫洞在顺溪镇西边。由两块巨岩相连，枕流平卧，长约20米，两侧各有洞穴穿腹而过，洞口如瓮口，呈圆形，枯水时，游人伛着身子，可蛇行而入。洞内石壁如鱼鳞状，宛如潜龙，故称龙湫滑。洞底未见沙砾堆积。不经意不易发现其澜。

此洞极其巧妙，相传是仙人所为。原来顺溪后山一带天旱缺水灌溉，农民苦之，往往祈天降雨，有位仙人路过，怜悯心一发，随用拐杖在岩壁间挖一通道，将溪流引到那边去。附近还有“仙人”足迹。

清代古屋群

“青街的竹，顺溪的屋”，顺溪木构古屋建筑群在省内闻名，它建于清乾隆年间，系陈氏聚居之处。陈氏兄弟7人，有7座大型民居，共12000平方米。其中老三那座规模最大，有6个天井，占地面积4000平方米，建筑面积2500平方米，低层多进庭院式，楼上楼下环廊相接，门前立有三对幡竿石座，装修精致，保存良好。有“宝席春晖”、“港操修龄”、“文元”等几个匾额。它可作为风景区博物馆。在这里过夜，观赏环抱诸峰，聆听鸟鸣水响，另有一番风趣。

顺溪大桥

横跨于顺溪之上，建于 1975 年。大桥全长 85 米，宽 4 米，桥身桥墩均为花岗岩条石构成。桥北蹲立着一对造型生动、雕刻精致的青石狮，五个弧形桥拱线条流畅，别具一格。朝夕在桥上漫步，仰望函眉峰，霞光融融，暮霭沉沉。面街临溪的北岸有出檐深远系列民居，参差错落，自然淳朴。南岸山坡翠竹掩映，溪中卵石累累，溪流急处，白浪滔滔，构成一幅美妙的山水图画。近年又在此桥上游建造一座石墩的公路桥，两桥互相照应，增添观景的趣味。

万鋆笙钟

从顺溪大桥西行 1 公里，就是顺溪两源——眉溪和知音涧之汇合处。这里山峦重叠，溪流湍急，乱石横卧，水石相激，声如芦笙。有一峰岩，形似铜钟。溪边路旁山岩上镌刻着“万鋆笙钟”四个大字，每字 1 米见方。另有一古老石灯，树立路旁。均为民国初年设置。此处动态美、静态美、音韵美，融成一体，引人入胜。

渡飏桥

在“万鋆笙钟”西 1 公里许。桥系石构，长 20 米，宽 5 米，古野朴实，约建于元代前后。其单孔石拱，如老人躬身蹲伏，桥身长满苔藓、观音草，似身披褴褛的衣衫。桥旁有巨石面立，高 11 米，长 24 米，上书“渡飏桥”三字。是晚清翰林孙锵鸣的手笔。

燠馆凉台

过渡飏桥，绕过前面一处巨岩，便来到一处像鹰嘴露的巨岩，鹰嘴岩下有个宽约 4 米、深约 3 米的石室，石室内铺有供旅客小坐憩息的石板。迭就是招竦洞。洞内洞外气温相差 10℃左右。夏天到此小坐，片刻便感到寒气袭人，仿佛已经是深秋季节。冷气是从洞壁下面一个小洞流出来的，小洞极其深窈，在它的尽头可能还有风源。

但到了三九隆冬，这招凉洞又是暖烘烘的，宛如到了暮春季节。清人吴萃夫在他的《石室》诗中，真实而生动的描述可以为证：“君不见入山樵子傍夏午，赤一日当空汗挥雨，陡然入室坐清风，一曲山歌伊凉谱。又不见扁舟钓雪蓑笠翁，手颤齿击镬台东，归来暂此室中憩，似负春暄暖融融。”

清代瑞安人孙锵鸣题额为“燠馆凉台”是恰如其分的。

云祥寺·冰廊·宜亭

跨过渡飏桥约200米就是云祥寺，又名“百客堂”、“百僧堂”。寺分旧寺新寺两座，相距50米，共有建筑面积500平方米。旧寺创建于元代，清康熙时重建，光绪七年(1881)再建。有7间平房。寺内保存摹像题记碑刻多块，其中有清宣统年间所镌之青石碑记一块，记述该寺之兴衰历程。1978年建成之新寺为三间三层木石结构，两间横轩全部用石料构成。整个寺院依山取势，因地制宜，布局合理，独具匠心。寺周还有二宜亭、冰廊等，都是小憩避暑佳地。

二宜亭取冷暖咸宜之意，方形，建于清光绪年间，亭内有建亭碑记和首事陈少文画像碑各一方。碑下有一小洞，一米见方，洞口气温只有14℃，仿佛如北雁荡之“冰洞”。

冰廊在新寺后，有石径通往。洞高2米余，宽3米，深20米，仿佛是地下室之长廊，盛暑之时，廊内气温也只在17℃左右，故命名为“冰廊”。

三叠瀑潭

在云祥寺东北800米处。汇聚奄头山、岩头山之水，集雨面积大，瀑流奔腾而来，四季不息。全瀑分三叠，全长约150米。

铁障峰

在云祥寺北100余米处，高600多米，宽200米，面南而立，宛如巨型屏障，色黑如铁，雄伟嵯峨，极为壮观。在云祥寺后院仰观，如铁障矗立，登峰顶环视，远山近水尽收眼底。

画眉峰

在顺溪镇西1.3公里，俗称画眉尖。海拔807.7米，整座山为一个等腰三角形，又似卓笔。峰名画眉，并非状其形，乃是欣赏峰尖之新月。清人孙锵鸣在《溪行望画眉尖》诗序中说：“顺溪西有峰，极高，如卓笔。土人谓初三四夜月生时，适当其尖，故呼为画眉尖。”这跟桂林的“明月澜”一般，比喻新颖。如在农历初三四的夜晚，在桥上望月初升，适当其尖，好像为少女轻轻描出一道秀丽长眉，就能领会李贺诗句“长眉对月斗弯环”之意境。

知音涧湖

在会音桥下至白云飞瀑一段，全长3公里。溪流曲折；水声强弱多变，或窃窃耳语，似与人倾诉衷肠；或激昂慷慨，若激励壮士出征；或淙淙作响，仿佛器乐奏鸣。游人可在会音桥上会“知音”。沿溪有三处深潭，水色如碧玉。沿潮旁小路攀登，听山歌鸟语，路尽处，便是“白云飞瀑”。

白云瀑

原名玉帘瀑，瀑泉缘崖喷散，类挂玉帘，最为奇胜。宋代武科状元蔡必胜诗云：“珠箔飞空涧布流，卷舒曾不用银钩，悬崖洒洒清涵雪，越壑溶溶冷涩秋。”此瀑主要集小白云山东坡之雨水，分为三叠，上叠 75 米，中叠 41 米，下叠 59 米，全长 175 米，宽 2～3 米。因汇水面积较大，每叠平面移差较少，山林植被良好，故瀑布长年不断；如巨龙从天而降，鳞瓜横飞，勇往直前。每叠瀑布之下各有一琴潭，响声如雷，四周环境幽深，更显出叠瀑之不同凡响。

白云山，方圆 20 余里，高插云汉，中有深涧，阔数十步，无通道，巨藤径数尺跨之，其长如涧，回绕水际若栏槛，游人援之以进，即古时之藤道。山上有仰明河洞、玉乳洞、乾洞等景观。

双阙峰

沿知音涧南行，可见位于北潦水电站东侧山上之双阙峰。两相邻之圆柱形山峰如古代宫殿之双阙，直耸云霄，托天而起，壮观无比。清乾隆《平阳县志》载：“两柱对屹，类天台双阙而高之。”

应潮潭

在白云山麓，是南雁众多的深潭中最深的一口，传说可通江海。远在宋代，范仲淹的曾孙范寅孙在平阳做县官，刚到南雁旅游，突然接到母亲病危的家信，几天内赶不到遥远的苏州老家，悲恸欲绝，结果在梦中由一位鱼翁引导，乘他的渔船通过应潮潭辗转，回去见到母亲，尽了自己的孝心。

朱公山

从五十丈公路右侧上岭，便是朱公山。朱公山因南来知名布衣朱文昭曾在山麓溪流独钓而得名。朱文昭原住水头三桥后迁南雁，是永嘉学者陈傅良的门生，其母榜氏颇有学识，常给朱文昭在学术上指点。朱文昭有《纪年备遗》等著作，受人赞赏。清人张綦毋在《船屯渔唱》峥有诗赞颂此事：“蛮烟藿雨暗江乡，南荡躬耕岁月长。谁似玉桥朱处士，白头有母教篇章。”朱公山主峰虎屏峰边百丈岩上有鹰洞，绝壁百丈只有雄鹰飞得上，相传朱文昭有秘笈藏此。

昔日，朱公山上建过茶寮寨，至今还留有“将军岭”“石仔城”等遗迹。昔时义军用以牵制官兵。

青　街

是青街畲族乡所在地，主街初建于元至正十八年(1358)。青溪的两条支流在此合流，长 210 米，宽约 3 米，全部由青石板铺就。街呈弧线，部分面溪见山，呈半边街形。建筑物多为清末民初遗风，一二层楼房出挑，出檐深远，两旁屋檐相距仅 2 米余。富有畲乡风格的古廊桥和桥旁直径达 1.6 米的樟抱梅古树，更为小街添景生色。小溪流经村中、村东，水清见底，游鱼可数。村口有跨度 31.9 米的单拱青石桥，造型古朴优美。邻近分布有约 10 棵古老香樟。

畲　村

青街西南 3 公里的王神洞村，是畲族聚居之地。古老的村庄，至今仍保持畲族固有的风情习俗，并有清代、民国时期留下的住宅、工场、公共活动场所等。拥有毛竹 7 万多株，盛产竹笋。附近有王神洞瀑布等景观。

竹林·笋市

青街畲族乡有各种各样的竹，圆的方的，黄的紫的，高的矮的。大的竹高耸入云，圆径有水桶那么粗，可以用来镌刻对联；小的竹只有一小丛，可以点缀盆景。全乡竹林一片连着一片，宛如绿色海洋。这里的流水特别洁净，空气特别清新，阳光特别明丽，看了顺溪的古屋，一定要看看青街的竹林。

“一天两潮水，一年四季笋”是流传在这里的两句古话。所谓“一天两潮水”，只有应潮潭曾有过渔舟出海的神话，在遥远的年代，东海的潮水是否经过鳌江涨到这里来，已无法考证。但“一年四季笋”却是千真万确的。不仅季季、月月有鲜笋，而且还有腌的、熏的、晒的笋制品。清明前后，是笋市，青街满街都是笋，卖笋的，买笋的，熙熙攘攘，热闹非凡。

青　溪

在青街禽族乡境内，源出白岩山，经睦源、王神洞、青街，与顺溪在矾岩大桥汇合，全长约 10.5 公里，平均宽度 20 米。溪流两岸风景秀丽，有浓郁的浙闽风土民情。畲、汉两族杂居，和睦相处，富有浓郁山野乡土气息。

龙　潭

在十五亩村东北约300米处，由山溪汇流冲击形成，潭面约1公顷，水清见底。潭边为花岗岩，四周杂以溪涧，流泉，山峦翠色，村野紫烟，组成多层次的空间立体风景。

十五亩大桥

在青街乡十五亩村，是座长28米、宽3.8米、造型美观的石拱桥。桥东有林木繁茂的十五亩山庄，桥下溪水清澈，环境优美。

矾岩大桥

矾岩大桥在矾岩乡，是顺溪、岳溪、青溪交汇处，建于1980年。桥长100米，宽8米，双曲混合结构拱桥。桥南桥北青山环抱，三面溪涧流水悠悠。南雁九溪百涧，水质都很好。钽水到此处显得格外碧绿，桥底流水，一望到底，清得特别透彻，跟这里盛产明矾石有关。明矾可以澄水。30年代曾对明矾石矿开采制炼过，停产已数十年了，但明矾还在起着澄水的作用。

畴溪景区

岳　溪

自矾岩大桥至南雁镇东门，全长6.2公里，溪宽40～100米，两岸山色空濛，树木繁茂。清代是顺溪至东西洞之阁水上游览线，又是顺溪至水头镇水主运输线。沿溪乘竹筏游览，两岸景色，目不暇接，不亚于武夷九曲。

王公溪瀑潭

在王公溪尽端，瀑高80米，呈龙须状洒落。瀑潭长6米，宽5米，三面是悬崖峭壁，杂树横生，藤萝摇曳。

竹　湖

在南雁镇八亩村，即竹林水库，建子1981年9月。坝高12米，长37米，水库容量10万立方米。可辟为竹湖风景点。

晦　溪

晦溪是南雁九条溪流中主要溪流之一，两岸景点多，景观好，《南雁荡山志》(1918 年出刊)专列为“晦溪路”景区。晦溪上至山门大桥，下至南雁镇东门，全长 3.1 公里，宽 60 米。

仰天池

在五十丈村隔溪的蒲扇坞上，是南雁荡山著名的山顶湖之一。池呈椭圆形，南北 30 余米，东西 20 米，深约 2 米，池水清澈，终年不涸。过去曾是鸿雁翔集之处，可以说是南雁荡山尚存的第二个雁荡，很值得前往观赏。

五十丈村・椤树的故乡

在山门至顺溪的公路旁，距南雁镇 2 公里。村子东临岳溪，背靠朱公山，竹树交映，古术参天，是个以珍贵古树为主要特点的古村落。村口有造型独特的路亭与古戏台。

该村是珍贵而稀有的椤树故乡。椤树学名为竹柏，有一株树龄约三百年，树干周长 1.6 米，高 16 来，枝叶茂密，寒暑不凋。半世纪前，林学家陈嵘发现了这稀世之宝，把它录入巨著《中国林木图谱》。后来人们慕名而来采集种子。有几株小椤树，50 年代被移植到杭州植物园，育苗椎广。公路旁有七株参天的古枫，深秋可欣赏“霜叶红于二月花”之景色。

碧海天城

在八亩村附近的狮子山上。山顶峰崖矗立，环抱如城，威严壮观，恰似天上石城。巨大山石如仙犬聚会，或蹲，或卧，或立，或奔跑，或嬉戏，恰似一幅百犬图，所以又有“石犬城”之称。邻近有“石翁姥”、“龙船石”等自然景规。石犬城前有一岩峰，峰壁下部有条又深又长的裂痕，如电锯切过一般。

银屏峰

在南雁镇西的后仓村。峰呈柱体，浑重庄严，峰顶有苍岩削壁如屏风，俗称炊桶山。峰壁是浅黄色的凝灰岩斑痕，每当阳光照射，泛出闪闪银光，故名。峰下有建于后晋天福年间(936～943)的惠安寺遗址和几处洞穴。苏伯衡《萧寿传》载：唐末已盛名，称为奇绝，明初，校尉萧寿曾“驻小龙银屏寨，以扼万松林”。

铁削峰

在银屏峰南。山峰险峻如削，似神工鬼斧劈成，深沉黝黑，宛如铁幕。与色彩斑斓之银屏峰形成鲜明对比。

王公溪

在铁削峰与银屏峰之间，溪涧曲折，全长 3.1 公里，其间有两处瀑布及“鸡母啄食”、“龟蛇会”等景观。溪口有宋代始建、清代重建的西山院，共五闻，后有一池。清人刘眉锡有赋景诗：“花溪鱼六六，竹坞径三三。”

小龙岭摩崖石刻

在王公溪口峭壁上，有元大德九年(1305)邵子所题五言律诗，约 5 尺见方，颜体。诗云：“鳌极初分立，天开画图看。荡深秋雁泊，湫静老龙蟠。淡月萝香永，苍崖瀑溅寒。因怀仙迹古，钟梵殷云端。”邵子为唐来温州刺史邵疆的后裔。邵疆卸任后挈家小在此隐居：诗上方有“小龙岭”三个大字，为元人所书。

怀　洲

山门大桥上游 200 米处，有一片绿洲，东西长 1100 米，南北宽 300 米，面积 33 公顷。洲上林木葱郁，野草丛生，有一条两米宽的小溪，蜿蜒穿插其间，形成“溪中有洲，洲中有溪”的景色。

怀　溪

指从山门大桥至联山这段溪流。宽阔秀丽，全长 11.5 公里，平均宽 60 米。溪滩布满鹅卵石，沿途有大小溪流汇集，四季景色迥异。

杭坑幽峪

在晓坑乡杭坑村之南。两山夹峙，幽峪曲折，修竹茂林，鸟语花香。

青隐界

在杭坑幽峪里步行，两旁山峰重重，流泉淙淙，林木苍翠，鸟语花香，宛如置身世外桃源。这就是青隐界。青隐界附近有三折瀑、鸡冠峰、莲花峰等景观。在此朝北眺望明王峰、石城景色，另有一种美的感受。幽峪尽端，有平屋五间，即青隐寺。

蔡家寨

乡土气息十分浓厚的村寨，地处南雁镇大岭脚。寨中有座出檐深远的古建筑四合院，面积有 1100 平方米，有古井一口。四周竹树繁茂，空气清新。

乌潭村

在晓坑乡羊头村北面。有村民 12 户 55 人。村舍初建于清乾隆年间，面积 980 平方米。该村石门山形石蟹，身长 100 米，背宽 80 米。村前是怀溪，风景优美。

卵石溪滩

怀溪流经杭坑山根岩和高堡，间有一段 2 公里长、250 米宽的卵石滩，卵石色彩纷呈。如在此筑起风景型拦水跌水坝，变旱卵石滩为溪滩地，沿岸再造起风景林，辅以亭榭，也是一处佳景。

石城景区

明王峰

俗名大尖。开发于五代，唐末吴畦曾赋七律《登明王峰》咏之："明王巀嵲与天齐，势压诸峰不可梯。霁雨孤钟云外度；叫霜群雁月中栖。仰观碧落星辰近；俯视红尘世界低。七尺灵光双蜡屐，石门金鼎漫留题。"峰高 1077.7 米，是南雁荡山最高峰，山上可观烟波浩渺的东海日出。

雁　荡

南雁的湖荡不在明王峰绝顶，与绝顶还有一点距离，处于右侧山凹之中。湖荡面积约 3000 平方米，内含雁荡面积 1000 平方米，现已积淤成滁田，芦苇丛生。湖荡中原有块大石，称仙人岩，旁有喷泉。雁荡周围产茶，色紫似笋。清人张纂毋在《渔屯船唱》中咏道："龙湫顶背雁湖边，采得盈篮紫笋鲜，争趁雨前好天气，竹鸡声里焙茶烟。"湖荡尚待疏浚，茶叶生产亦待恢复。

龙湫瀑

集明王峰之水，从石槽飞溅而下，长 300 余米，是南雁荡山最长的瀑布。唐代薛正明《游南雁荡》诗中有“半空高挂龙湫瀑，万仞宏开金石城”，可见这里唐代已经开发，留下不少名人游踪。

蒲田林场

在明王峰周围，面积 900 亩，分 12 个林点，1959 年开发。大多是柳杉林。中有 1 株柳杉高 22.5 米，胸围 8 米，有 300 多年树龄。

石水槽

龙湫瀑头有石堑，俗名石水槽。石堑分上下两级，下一级石堑最为奇绝，呈槽形，宽 5 米，长 60 米，从底到壁全是岩石，为湍急流水冲蚀而成。内壁高 8 米，依着山岩，外壁高 3 米，厚 0.8 米，槽沿外即为悬崖深涧。石水槽开发于唐末，历代皆有游人至此。崖壁上留有元代摩崖石刻。

石城街

在石堑西南。由流水冲蚀而成的奇异的高山石街。两边峭壁直立，高 150 米，长满参差的锯齿，如古代城墙的雉堞，相连 70 余米，阔 40 余米。云雾缭绕其上，恰似琼楼玉宇，充满神秘色彩，人称石城街。站在“街一头”可以看到由明王峰奔腾而来的大水沿着“城”根卷去，响声如雷，极其壮观。

雁 池

在明王峰山腰石堑之北 1.5 公里。雁池 6 米见方，深约 3 米，俗称龙井。据说井水遇到暴雨也清澈明亮，但一年中亦有几次忽然浑浊起来，几天后又恢复清莹澄碧。龙井时清时浊的原因，尚待考察。

越王岩

在石城之北，有岩似人安坐在山峰，叫越王岩。五代末，吴越王钱偏到南雁荡山朝圣时，曾特地为高僧愿齐师徒建立普照道场，又分建十八庵寺，故称越王。岩以示纪念。岩高 70 米，上身和头部为 30 米。附近有合掌岩，东边一掌高 30 米，西边一掌高 70 米，相距仅 10 米。岩门岭是山门镇通往文成县的高山古道，岩门由两块巨岩构成。进岩门，可窥见越王岩等几个景点。

高 堡

在晓坑乡北约 1 公里。山村沿溪而筑，有古村门、古戏台，别具一格。

村桥烟雨

在晓坑乡北约3公里的下潘村。登石城要从这里经过。村落依山傍水，村口保留着卵石垒砌的寨墙门，村头古树参天，石桥流水，岚光竹影，极富诗情画意。

白叶岭

位于下潘村与石牛岭之间。岭在峡谷中，行人稀少，一路溪流高低错落，曲折迂回，岭上有路亭数个。登岭，宛若置身太古时代。

郭岙寨

在土地公山麓，从山门镇往北走1.5公里可到。村寨始建于清乾隆年间，房舍外墙用卵石垒砌而成，高5.8米，长345米，墙上长青苔和羊齿类植物。寨内卵石路四通八达，路旁有小溪，游客初到如入迷宫，迂回往返，极富野趣。

石牛坑

从郭岙至石牛坑宫约2.5公里的郭溪溪床中，多巨大卵石，黑黝黝像一大群水牛，石牛坑由此得名。其中石牛坑宫附近一头石牛，形、色、态皆与水牛神似，长7.3米，宽4.2米，高3.5米。邻近诸景石坑宫、钓翁村、钓翁湖各有特色。

蛤蟆岩亭

从石牛坑往北走1公里，崖壁旁有巨岩形似蛤蟆，亭依崖而筑，面临深涧，曰蛤蟆岩亭。与龙须瀑、孔雀瀑相近，坐在亭中，风声、鸟声、瀑声，声声入耳。

龙井瀑

距蛤蟆岩亭约1公里，有龙井瀑。瀑有两层，上层瀑高40米，上瀑潭如井，井口3米，深4米，水呈蓝绿色。下层瀑高30米，由上而下逐渐加宽，水流冲向裂纹的岩壁，被撕成缕缕白丝，随风飘洒，遇斜阳照射，虹影斑斓，似神龙飞舞。

白岩洞

从龙井瀑北上约500米，到因整座石峰呈灰白色而得名的白岩洞。洞深25米，宽8米，高4～10米，清凉幽静，别有洞天。周围分布着30多个景物，如“仰天蛙节”、仙人朝拜”、“蛤蟆吞金钱”、“仙人织布”、“卧虎峰”、“狮子头”、“八仙过海”、“上山企鹅”等等，尤以“神剑峰”和“飞来金钟”最为奇观。“神剑峰”，高20

米，厚 2 米，宽 4 米，如一把倚天宝剑，灰白色岩斑在阳光照耀下寒光闪闪。“飞来金钟”岩，高 3.5 米，恰似一座金钟，孤悬于秘面凌空的石峰顶，山风浩荡，仿佛有钟声震荡云霄。

东屿景区

松林听涛

在梅岭有一片淞树密林，面积约 500 亩 1968～1970 年成林，放眼望去，满目苍翠，山风送来阵阵松海涛声。

田园秀色

梅岭脚有山地梯田各数百亩，遍植四季林木，周围重峦叠翠，好一派山乡田园秀色。

山门老街

长 300 米，宽 4 米，鹅卵石路面的老式街肆，约建于清末民初。街心有一棵香樟。一条小溪沿店铺阶前向东流去，终年不断。

山门大桥

初建于 1964 年，1986 年改建为 11 孔弯微板拱桥，长 193 米，宽 7.6 米，可通汽车。它跨越畴溪、郭溪、怀溪交汇处，是赏景乘凉胜地。

梅岭古道

水头镇通往山门镇三条古道之一，宽 1 米多，块石路面和磴道，两旁有参天古枫，枫间有小亭，是憩息和观景的好去处。

冠尖、马头岗——浙江省第一次党代会会址

在水头镇西北 3 公里的凤卧镇。中共浙江省第一次党代会会址，省级重点文物保护单位。

在凤卧镇凤林村，沿一条块石铺垫的山道上岭，便是冠尖村，村后群山叠翠，茂林修竹。会址前是个开阔庭院，围着矮墙垣。会场后五间新楼楼上，是个可坐

二三百人的会场。

马头岗在冠尖对面山上，村后山峦，似一匹骏马在奔跑，村子就在马头下面，故叫马头岗。村里有座七间平屋，侧二间，也是当年省党代会会场。

1939年7月21日，中共浙江省第一次党代会先后在冠尖、马头岗两村举行。省委书记刘英在会上致开幕词、作政治报告和两年来浙江工作总结，大会通过了《对目前形势与浙江党的任务决议》和《告金浙同胞书》，大会以无记名投票方式选出了刘英、林辉山、刘先等10位同志为出席党的第七次全国代表大会的代表。同时选出了7位省委委员，2位候补委员，刘英同志仍为省委书记。

闽浙边区抗日干校旧址

在山门镇凤岭山门小学（前身是畴溪小学）内，系省级重点文物保护单位。原有两幢七间木构楼房，建于1912年，其中一幢80年代拆建新楼。楼前场地上各有一棵大桂花树和柚子树，传系刘英、粟裕大将手植。粟裕部分骨灰也播撒于此，并立纪念碑。

1937年冬，闽浙边区临时省委为了培养抗日救亡运动的青年干部，决定并办抗日救亡干部学校。校址就在当时的畴溪小学里，粟裕任校长，何畏任副校长，黄耕夫任教务长，邓野农负责总务，连珍、林夫等负责校内外宣传等工作。粟裕讲授游击战术课。学员来自浙南各地及台州、宁绍一带，也有少数是外省来的，约160人，其中女学员20来人。1938年3月学习结束，粟裕带领红军开赴皖甫前线编入新四军，有二十四五个学员组成随军服务团北上，其余学员和干校干部由省委分派各地工作。

龙井禅寺

在山门镇凤岭，始建于宋，称龙井庵。清道光戊申（1848）僧立雍重建，改名为龙井寺。寺内外各有龙井一口，井水清洌，甘甜可口。东庑楼上曾是粟裕办公和居住处。

1982年龙井禅寺在当地群众的支持下，已修缮一新，“龙井禅寺”匾额由金石学家方介堪题写。原粟裕办公的小楼上，设立了小型的事迹展览室。

凤岭东南侧有革命烈士墓，颇具规模。

闽浙边区临时省委机关办公地址

县重点文物保护单位。在山门区东屿大屯村。

1937年冬，闽浙边区临时省委机关，从平阳凤翱乡凤林村移到山门乡大屯村，机关分散设在村内群众屋里，刘英办公室设在郑志进屋内。

临时省委机关在刘英、粟裕领导下，对部队进行整编、训练，增强部队战斗力。

新四军驻浙南后方留守处

县级重点文物保护单位。在水头镇三桥堂。原为木构建筑，已倒塌。

1938 年 5 月，新四军驻浙南后方留守处正式宣告成立。留守处继续公开进行党的各项活动。

1938 年 10 月 10 日，永嘉国民党当局和温台防守司令部封闭了新四军驻温州通讯处，为了避免损失，省委主动关闭留守处。

闹村景区

闹村，南宋以前，曾一度繁荣，街市人声嘈杂，故得名。当时游南雁主要景区——东西洞都要经过此处，且又是仙姑朱婵媛的故乡。"闹村八景"及其他景物，有待进一步开发。

报国寺・龙凤亭

报国寺，在闹村，是吴越王钱傲所建。当时颇具规模；游人不绝。清人黄云岫诗云："僻壤拥山门，当时号闹村，钱王兴土木，金界焕郊原……"如今在古寺废墟上建了学校，那两株高大的桂花树和那口古井也可激发怀古之幽思。

由金鸡峰东行至凤岭，有亭名龙凤，是五代僧愿齐的弟子法澄为祀吴越王驻节处而建，清乾隆里人陈士发重建，现存龙凤亭是清咸丰十一年(1861)再建的，共三间，木节构，两边有回廊，中间有神座。清人刘眉锡有诗："地驻钱王节，亭标龙凤名。江山留胜迹，风土倍生情。晓雨回栏润，苍烟古道平。客来游雁荡，先向此中行。"亭旁近处有石结构的龙凤桥。

将军守关

龙境村的出入关口。左右两侧有悬崖相对，各高 20 米，宽 5 米，呈圆形，状如将军，形象威武。该景开发于清，为"闹村八景"中的著名景点。当地《陈氏宗谱》中一对"闹村八景"各附首七律，其中四句是描写此景的："柳摇春日翻旗影，芦染秋霜耀剑锋。雷鼓震天排战阵，云兵出岫整军容。"

双仙探宝

在李岙山顶北端，有两根石柱各高 12 米，宽 5 米，相对而立，似在勘探宝物，称“双仙探宝”。“不染尘缘才是仙，如何探宝态依然?”“两下关心唯恐后，双上举手欲争先。”讥笑双仙凡尘未脱的贪婪心态。

丹凤朝阳

位于闹村李岙山，海拔 492 米处。凤头宽 20 米，凤身长约 1.5 公里，高 15 米，坐北朝南，是巨大的天然雕塑。每逢旭日初升，晨风习习，更显出丹凤形态、色彩之美。有诗云:“但见诸峰皆拱向，恍如群鸟自翱翔。风声入竹灵音奏，草色凝烟彩羽章。”

独鲤朝岗

北山村深溪中的石景。它长约 20 米，宽 20 米，深 10 米。有岩如鲤鱼，翘首远眺，当溪流湍急时，又似昂头优游。“闹村八景”中有首七律写道:“龙门河鲤自优游，此独朝岗弗转头。春日阴婧看交化，夏云聚散认沉浮。青萝滋蔓为罾网，绿竹斜弯作钓钩。未见冲波鳞六六，岩岩黛色拥山楼。”

半月腾光

在岗后山。山的上部呈半圆形，长 150 米，高 100 米，似满月半出海面，衬着蔚蓝的天际，苍翠的群山。有诗道:“山景如何半月名? 照秦好似一轮清。非缘雾散痕才缺，却待云归晚再盈。石色映来看仿佛，岚光腾处最分明。丁丁响度人寰里，休认吴刚伐木声。”

石磬东悬

“天然石磬自悬东，胜景何须问乐工。倘使襄来音莫接，严然卫过器相同。岩非击玉看疑似，风作鸣球响远空。料想当年来请籴，因留遗迹在山中。”该景在龙坑境内，群山环抱中东首山顶有峰，高 10 米，长 5 米，宽厚 5 米，形似磬，高悬在东边天际，故称“石磬东悬”。

龟蛇相会

景区面广，在埭头村。龟山长 120 米，宽 50 米，高 16 米，像只巨型海龟。蛇山高 420.9 米，蛇身蜿蜒曲折，蛇尾一直远伸泰顺县境，堪称盖世“巨蟒”。

凤岭古道

吴山沿雁溪、蒲溪的大路未修筑之前，来游东西洞的人都要经过凤岭古道。岭东起闹村里岙，西至小施村，全长约 1 公里，全用卵石铺就。不知名的花草从石隙中钻出，野趣横生。岭头有 24 平方米的古朴亭子。

赤岩、盖竹景区

赤岩山

俗名银坑山，在腾蛟区，上有龙湫，山产银矿，明永乐十一年(1413)开采，后封禁，如今还留有银矿遗迹。据说，山水诗人谢灵运任永嘉太守时，曾到此一游。清张綦毋诗云："谢公遗迹想追攀，何处堪乘兴往还？栀子花开楼石渡，甘蔗林满赤岩山。"

林景熙墓

在带溪青芝山上，有清乾隆时邑令徐恕所题"南宋忠义林彝山先生之墓"的墓碑。此墓曾经湮没，徐恕发现后另立碑记。1987 年重修。墓前建有"仰霁亭"，侧有"霁山碑林"。附近有林氏义井，水清如镜，终年不涸。

林景熙(1242—1310)，号霁山，世居亲仁乡坳中，由太学上舍生成进士，授泉州教授，后迁礼部架阁。当时元兵迫近，朝政日非，他弃官归隐，居于平阳县城白石巷。

南宋亡后，故帝骸骨被弃于草莽，严重损伤民族感情，林景熙与郑朴翁化妆采药者和乞丐，拾得高宗、孝宗骸骨共装成六函，并移植皇陵冬青树作为标志，葬于兰亭。林景熙作《叁音花》、《梦中作》，以隐晦的诗句记载其事。

林景熙是平阳第一位大诗人，又是一位爱国的大诗人，至大三年(1310)在平阳故里去世，死后葬于腾蛟带溪青芝山。著文 10 卷，诗 6 卷，题名《白石樵唱》。

鹤溪山

在今岳溪乡，旧名乐溪。山川秀丽、清幽，昔日山上有鹤翔舞，所以叫鹤溪山。附近还有不少景观尚待开发。宋驸马都尉杨正臣墓，占地面积 200 多平方米，就在麒麟山下。

古戏台

在带溪乡薛岙村。这是我县现有保存最完整、具有一定建筑艺术的古戏台。戏台宽 5.5 米，上有方形藻井，结构精致，有不少浮雕，造型优美。

大溪边石桥

从腾蛟街通往带溪途中，有一座石构长桥，长 200 米左右，系抗日战争时期苏步皋主持兴建。近年又重修，加宽了桥面。漫步桥上，可游览溪流两岸景色。

苏步青旧居

在带溪乡大溪边，背靠青芝山，也就是卧牛山。旧居木构，七间平屋，屋前有宽阔的庭院，屋后树木茂密，是典型的农家住屋。著名数学家、教育家苏步青就诞生在这里，度过了他的少年时代。

步青当年的住房在平屋左边第三间，一张古老的木床，床前左侧柜台上，放着一个高脚蜡烛台，一盏煤油灯。苏老是在暗淡的油灯下，读《幼学琼林》《资治通鉴》，攻几何、代数，读外文名著，撰写论文，逐步登上数学峻岭的一个个山峰。灯光，是苏老成才的见证人。

屋左边，有株小榕树寄生在离地面约 1 公尺的枇杷树干枝凹里，枝叶茂盛，"榕抱枇杷"是苏老旧居庭院里一景。

屋后树林下有口古井，三尺见方，苏老是饮这口井水长大的，用这口井的水磨墨练字的。他楷书的功底、源头应该说是来自这口井。

平屋右边是苏老的哥哥苏步皋的住房，他留学日本，对故乡公益事业有过贡献，92 岁高龄病逝于台北。

驷马山

在腾蛟。其水力发电站在 1958 年建成。山上有龙潭、绢机潭、马车潭、猪槽潭、灰潭。马车潭内有马足迹，灰潭旁有"仙人"迹。

白承恩墓

白承恩(18337—1862)腾蛟湖窦人，小名老三，出身贫苦，早年流落江湖，咸丰三年(1853)投奔太平军李世贤麾下。他熟悉三江两浙地理人情，结交三教九流，足智多谋，深得李世贤赏识重用，跟随他转战皖、赣、浙各地，晋爵为通天福。

后来，白承恩亲率右旗精锐自青田万山越白沙岭突入瑞安飞云江小港，随又率军从潮至出发，直攻瑞安县城，不幸在飞夺陶山西北三里许雷桥时，中清军埋伏，被抬枪击中胸膛，翻身落马。在桃花蛘牺牲，时年约三十岁。清末洪炳文曾撰《白桃花传奇》，敷演白承恩故事。

白死后，群众将遗骸葬于雷桥东首沙洲，称为"王坟"，并建庙供"通天福"以示怀念。后来遗骸由族人移葬于湖窦江南垟（大洋头），其坟列为县级重点文物保护单位。

盖竹山

在县西南25公里的麻步区树贤乡。山上有黑白两岩，极雄伟。华盖峰矗立山巅。过去这里也是南雁山的重要景点，朱熹、张天英等人都来游过，并留有题咏。张诗云："幽幽亭馆碧山中，老木寒泉一径通。"旷野乱石间有一巨石，镌"洞门锁钥"四字，径约10余厘米，即古盖竹洞天遗址。

醉翁岩

在盖竹山上。上有龙湫，烟雾缭绕；下有李家井、漱玉泉，水极清冽。据《方舆胜览》，王十朋曾写过七绝诗《醉翁岩》。据旧志，此地唐咸通年间建有感化院，现在遗址已找不到了。

浙南早期革命活动点——鳌峰小学

在麻步镇谢桥村。第一次国内革命战争时期，陈阜、朱程、吴毓、叶廷鹏、黄先河、卓鸣銮、梅康等，以鳌峰小学为据点，用教员、工友身份进行革命活动。

萧振读书处

在萧江山上白云寺。白云寺建于宋哲宗元祐间（1086—1093），近年集资重建，周围拟建公园。

萧江大鼓

在萧江镇顺懿庙里。用牛皮制作，鼓高2.5米，鼓面直径2.3米。这张牛皮是近年村民从安徽购来的。过去萧江有过大鼓，传说鼓面上可以置一张桌，一桌人围坐饮酒作乐，"击一声鼓，初一能响到十五"。

孙科题写的匾额

麻步镇树贤一所耶稣堂内，悬挂着孙科1948为杨锡勋牧师题写的匾额，长

185 厘米，阔 82 厘米，系单块樟木制作，四边饰以古色古香的花纹，题字刻明文。上款署“锡勋牧师七秩双庆”，当中是 40 厘米见方的正书“福怀满溢”，下款“孙科敬题”并镌有篆字的印章。字迹端庄古朴，笔力凝重，与孙科陪生母卢太夫人游北雁，在真济寿旁所题“幽泉”两字笔迹无异。

钱仓、荆溪景区

双 塔

在钱仓镇平阳水泥厂前，原有四座，现存两座，故名双塔。建于北宋乾德三年(965)，1963 年 3 月公布为省级重点文物保护单位。1980 年省文管会拨款修缮，恢复了古拙浑厚的风姿。

在修建过程中，当砍掉东塔塔顶榕树时，因塔的重心失去平衡，加速向东倾斜。为此，省文管会决定将东塔拆下三层，再按直线修上去。1984 年 6 月 19 日拆塔到三层时出土一石碑，碑长 48 厘米、宽 38 厘米、厚 4 厘米。碑文末尾有：

“乾德三年乙丑岁十月八日记。勾当造塔僧：师福、智荣、朋昱；寺主；赐紫智琮、赐紫庆晓、赐紫居奉。沙门：希皎元书。

旧塔记录已坏，天禧二年戊午夏，当寺宣教沙门从信重修塔并刊。元吉。……

□元甲子建炎二年戊申岁二月初十日重修。沙门希后重修。”

过去有关我省省重点文物保护单位“宝胜寺双塔”文章，都据民国志《古迹志·杂物》所载“光绪十六年，风坏塔尖(指双塔)，堕一铁镬，镬有靖康年号”而误认双塔是始建于北宋末年(1126～1127)。该碑出土，始知该双塔的始建时间是宋太祖乾德三年(965)，从而纠正了过去记述的错误。与此同时，还搞清该塔曾于北宋真宗天禧二年(1018)、南宋高宗建炎二年(1128)重修过两次。

宝胜寺

在双塔边，县志载：唐咸通年间建有子院二：一个是“律院”，宋大观年间(1107～1110)建；一个是“教院”，宋元祐间(1086～1093)僧德玉重建。咸丰季年金钱会起义时被战火所毁。清同治年间(1862～1874)僧广法重建，规模狭小。

现有宝胜寺是近几年新建，规模远不如昔日。传说五代吴越王钱徽去南雁荡山朝圣时路过这里曾在宝胜寺楼寄宿一夜，这座楼就被称为“钱王一宿楼”。此楼已不在，仅留下不少诗词与传说。

龙虎岩

在双塔后面凤山麓，是1858年赵起等人响应太平天国革命发动金钱会起义的纪念地。龙虎岩左右对峙，有长长的石阶通上去，有一个广场，广场后面有个北山庙，就是金钱会起义军聚会之处。庙已毁，但龙虎岩以及岩上明宣德九年(1434)的摩崖题词还在。该遗址及双岩已被列为省级重点文物保护单位。

摇动岩

在凤山西南山坡上，由两块上圆下尖的巨石组成。一块如陀螺般浑圆，约5米高。另一块却像河马的头，高7米，嘴鼻3米，颌下压着。块扁岩，却留下个大空隙，可供人避雨。游人躺在“河马”的鼻子上，双脚用力向“陀螺”推搡，那“陀螺”就能摇动发出声音。摇动岩上有“石乐”、“动静随缘”等明、清年代摩崖石刻10余处。岩侧有石亭，可览四周景色。

烟台岩·史伯璇墓

在凤山西南坡上，屏风般巍然耸立。在10来米见方的壁上没有一处皱襞，也没有小草或苔藓，仅有大字一行“元儒史先生墓”，是清乾隆年间平阳县令何子祥所题。墓地右侧有苍老的杂树，奇特的岩石，碧碧的小潭，仿佛是个小花园，似乎是为这个古墓设计的。

横虹石

从烟台岩往西南有两块巨岩对峙，中间搁着一块扁长的巨石，长7米，宽约2米，两端厚处1米，中央凹处不到1米，真像被刀剑磨损了的磨刀石。当地人称它是“杨文广磨剑石”或“关老爷磨刀石”。现在取名“横虹石”。

石鼓岩

在烟台岩附近的一排民房后面。基石长24米，宽12米，上面堆垛着两块岩石，一块长4米，宽2.5米，高1.7米；另一块长10米，高4米。两块巨石上又斜架一块更大的巨岩，长12米，宽、高各4米。岩石堆垛的空隙间，狭处可让童稚出入，宽处两三个大人同时进出。基石和叠石上面可同时坐卧数十人。石鼓岩上有摩崖题字，中有“来叩石鼓”四字，证明石鼓岩系取其声似。1984年为取石出售，险遭村民炸毁，幸得政府及时制止。至今岩上钻孔里还留有炸药，钻孔口已密封。

松台山

在石鼓岩前方农舍后面。由两块各长 24 米、宽 10 来米的巨岩斜倚叠成，上大下小，由一块称为“抱岩”的小石头顶住。南面岩壁下，有篆书“起相岩”三字，旁边有绍兴丁卯年(1147)“宋庭佑”等数人题名，可能是纪念南宋主战派名臣赵鼎的。绍兴初年赵鼎两度被起用为宰相，后来被秦桧流放于吉阳军(今广东崖县)，三年后——宋高宗绍兴十七年秋八月绝食而死。

松台山南面有巨岩名斑鸠，形象与石色酷似一只斑鸠欲高空飞去。山麓基座石坡上有刘恭失题的“松台”二字。

凤　山

钱仓景区在宋代享有盛名。凤山是钱仓风景荟萃之地，曾出刊《平阳钱仓凤山志》。乾隆《温州府志》里的《南雁荡山图》就包括了这些景区。

凤山上最早题字是“东洛赵羲之累游，熙宁改元清明日题”。熙宁乃宋神宗年号。山上宋代摩崖有 13 处。历代名人在钱仓景区记下凤凰台、来仪亭、石门洞、罗汉洞、悟公洞、望海坛、醉翁岩、麒麟石、凤雏石、喝开石、蟾蜍石、欲凤峰、石鼓、石凤等胜迹。许景衡、王十朋等均有题诗。

明代方鹏游记中说此山“多巨石，或覆如屋，或仰如舟，或比如栉，或伏如怒猊卧虎。其色皆如墨泼，间有纹理，如玉如雪，莹洁可爱。”凤山有许多洞，较有名的黄石公洞，是邑人黄本英栖隐处。此洞岩壑幽邃，层级萦纡，今已废。清代潘耒在游记中说：“山石零星辏泊，如堆叠而成，或顶附而腹离，或肩倚而股跨，中空处皆可盘旋。”近年有不少景观被破坏，如采取有效措施制止，并加以整修建设，这一景区仍然可以利用。

凤凰岩·凤山寺

凤凰岩雄踞于凤山之上，岩形如大鲸，全身黝黑，脊背上留下一条条白色的斑纹。游人由它尾端岩缝进入，宛如二条大回廊，凉风习习。折过回廊便是凤山寺。“凤凰岩”是宋代学士滕甫命名题字，清代赵端礼又在岩上篆文横书“栖凤之山”四字。寺后弥勒岩与寺里的弥勒菩萨相似。合掌岩的石缝里有很大的空间。还有鸡飞岩、卵石、“老虎搔痒”等怪石。寺侧有一硕大凤翅已遭破坏，被切成石板出售，令人痛惜。

东髻

出鳌江镇2公里许的下河，是荆溪山麓。荆溪山最高点440多米。从平阳化工厂后面上山，可以看到整座山都是奇形硅状的岩石，清人潘耒在《游南雁荡记》中形容它们“如笏拱，如剑削；如花簇萼，如芝承盖；炉鱼鼓鬣者，如鸟拂首者；钟卧者，鼓悬者，彝鼎敦盘错然陈列者，迤逦不绝。”路边有几处靠崖或依洞建筑的小寺院或居士林，有的寺旁流泉潺潺，有的洞里深井如镜。300米以上山坡古木参天，翠竹茂密，一片碧绿，好像梳得整齐而光亮的发髻，故称东髻。

荆山寺

嵌在东山悬崖削壁间，黄墙碧瓦，烟雾缭绕，如仙山琼楼。

寺旧名石室庵，奉的是许真君，现佛道共处。建于何时无考，清乾隆三十八年(1773)重建过，同治、光绪年间又陆续增建了一些殿宇，1986年毁于大火，1989年重建。在寺里凭栏远眺，鳌江两岸和东海的景色尽收眼底！

西山

从东往西行里许，有铁砧岩、桌儿岩、菜刀岩、扁担岩，不用人家指点，游客可以直呼出来。还有斑鸠岩，也叫鸳鸯岩，像一对鸳鸯相依相偎。近处有一座又高又大的南瓜岩，近看不大像，如从塘川乡上岭，可看出大南瓜的全貌。还有许许多多不知名的千奇百怪的岩石等待人们去赏识。

啸云寺

在西山平坦的山坡上。俗名西坑庵，又名香云寺，它的前身是清光绪年间建的一座小庵。小庵早圮，如今粘满青苔的一口古井，可能是昔日遗留下来的。此寺前面五间，两厢各有三间楼房接到正殿，正殿七间楼房，下层石建，上层木构。楹联颇多。

青山寺

约在山高200米处，荆溪山的西头。乾隆年间这一带有个瑞峰寺，俗名山外堂，后来废毁了。1973年僧西震新建了青山寺，寺依崖洞建筑，有好几进，全部青石结构，规模宏大。1980年，全国政协副主席、中国佛教会长赵朴初为此寺题匾额并写了对联：“秋色平分南北雁，高风遥接东西林。”此联是上海市佛教会副会长苏渊雷所撰。寺里有不少当代名人墨迹。西震圆寂后，各脱住持该寺。

仙岩水库

沿西塘乡潺潺溪涧上去，在一处两山夹峙间，有一个1958年兴建的小水库。水库四周景色秀丽，在水面泛舟如身入仙境。水库旁有生态农业实验场，系平阳低压电器厂八人合资创办。它把城镇生活垃圾的处理和农村资源的开发结合起来，以林果为主，同时发展水产业、畜牧业，现已粗具规模，可供参观。

塘川八景

以盛产橄榄闻名的塘川，过去叫山堂村。塘川背靠环山，面朝东海。昔日有紫芝畹、白莲峰、玉带水、苍雪林、洗马桥、伏虎岩、栖云谷等八景。县级重点文物保护单位——栖真寺石塔就在罗垟山上，它建于五代后周太祖广顺年间(951～953)，是县内年代最早的石塔群。明代南昌通判陈端曾撰有《山堂村八景记》，如今虽有一些景点改观，但仍有开发价值。

山堂村八景记

明・南昌通判陈糍

平阳去县治可四十里许，涉江东南，有村曰山堂小村。村之上陷者为谷，润含雨露而瑞发于芝草，此则紫芝畹也。畹之东突者为山，上薄云汉，而仙人种莲其上，此则白莲峰也。峰之下有溪，清流汩汩，静影沉碧，如曳练之不绝，则玉带水在焉。水之侧有竹，玉干金枝，萧萧瑟瑟，如积雪之初霁，则苍雪林在焉。自林南行数十步，有石粱焉，其下波明澄滩，可以濯锦鞍耀神骏，此则洗马桥也。岛桥西北林麓间有巨石焉，其状巉岩如虎蹲踞，率遇之胆港，则伏虎岩也。岩之四面充斥布满无非云者，而其地夷以衍，则栖云谷在焉。谷之左右联络直矗无非山者，而其屋高以登，则偕山楼在焉。一村，而村之居民凡故百家云。

岩庵景区

三叠白水漈

从钱仓镇到梅溪乡公路 3 公里处，就是白水村。沿山岭上，眼前呈现的是白花花光闪闪的水漈，顺着宽阔的坡度不是太大的溪床缓缓流下，约有数十米长，像银灰色的巨幅织锦从天上挂下来，这是最下叠的白水漈。上山坡是中叠白水涤，两旁还夹着杂树野花，溪床同样宽阔，倾斜度不大。最上叠的白水漈，气势磅礴。这三叠水漈的长长流道全部是白色的岩壁，好像汉白玉。在阳光照耀下，宛如刚开始溶化的冰川、积雪，此乃天下奇观也。

碧泉天湖

即 1958 年建的岩庵水库，水面有 82.5 亩。四周群山环抱，层林叠翠，峰奇石怪，鸟语花香。这天湖蓄的是纯净的碧泉，没有丝毫污染。乘一叶小舟在湖上漫游，游览四周山景，是一大乐事。

湖上有聚仙岛，面积约2200平方米，可建亭台楼阁。这里有人编起“龟鲤相斗”的故事。湖的西岸有龟山，湖中有“朝天龟头”，湖面隐约可见“鲤鱼背”，湖水排泄时就现出“鲤鱼山”了。

碧泉寺

在碧泉天湖一边，有个四殿三楼二堂大丛林，为唐代高僧幽谷初建，一名岩庵。清康熙年间僧慧济、嘉庆年间僧大德重修，光绪年间僧儒培、识住相继增修。“文革”后，由僧西震、各空师徒重建。整个建筑错落有致，层次分明，具有古代寺院的风格。全国佛教会常务理事、上海佛教协会副会长苏渊雷题写门联：“幽谷高僧，古刹岩庵欣重建；罗垟白水，有情国土此庄严。”寺内遗存千年石佛两尊。寺西涌泉亭旁有瀑布，溅珠飞玉。寺后有钟崖，如巨钟斜置。还有个观音洞，为寺僧静修之所。寺侧有舍利石塔四座，极其苍老古朴。

千亩林

碧泉寺四周群山有各种各样的灌木、乔木，一年四季颜色各异。面积约有千亩。是住持僧各空带领徒众栽种的，只十年工夫，满山葱茏青翠，生机盎然。《人民日报》《浙江日报》《法音》等报刊和电台都作了报道。该寺被评为县绿化先进单位。各空被选为县人民代表。

这千亩林是个山林公园。林间有雄伟的峰峦，幽深的崖洞，流水淙淙的溪涧，黄墙黑瓦的屋宇。较有名的自然景观有济公岩、双狮戏球岩、神仙门、海豚岩、山羊啃草、犀牛饮水、虎头山、迎宾桃、恐龙山、青蛙岩、三羊洞等等，这些峰岩巨大，形象逼真，不用导游指点，就能看出它像什么。耋龄老翁王建之撰联云：“灵气入文开两雁，江山胜概足千秋。”

棋盘宝台

碧泉天湖西边有座高山，高山绝顶有几根粗壮的石笋，托着硕大扁平的巨岩，人称棋盘宝台。登上山顶观察，可令人大吃一惊：这棋盘有数十平方米，那一颗“棋子”就有好几吨重。传说古时仙人常在此弈棋，并将精湛的棋艺、深奥的棋论传授给凡人，所以鳌江两岸出了一些著名的象棋家。海内外著名的“百岁棋王”谢侠逊就是出类拔萃的一位。他在国内象棋比赛中屡获冠军，誉为“棋王”；后初学国际象棋即连获胜局，上海“万国象棋会”董事长英人杰克逊不胜钦佩，破例应邀入会，成为“万国象棋会”中第一个中国会员。后又屡获国际象棋冠军，著有《象棋谱大全》《象棋指要》《象棋初步》《象棋心得》等。

栖真寺石塔

离碧泉天湖两里路，在塘川罗垟山上。栖真寺原来规模很大，现存的寺前放生池面积有160多平方米，外围石墙上有“南雁佛国”四字，每字一米见方。现存石塔四座，据《重建塔志》及塔的大部构件特点，认定它是五代后周太祖广顺年间(951～953)所建。现在列为县重点文物保护单位。

塔系青石构筑，高2.5米，底径1米，平面呈六角形。台基由二尊须弥座组成。塔形古朴，雕刻精致，是县内年代最早的石塔群。

栖真天湖

在栖真寺邻近，海拔400余米，前身是罗垟水库。湖水澄碧，湖面如镜。如遇天风怒吼，山洪暴发，湖面便波涛汹涌。

此湖与西边的碧泉天湖成为姐妹湖，人们称它“只池”。湖边山峦有雄伟的掌指峰、幽静的媛主洞、龙珠岩，叠，骆驼山，尤其是鸽立鳌鱼形态生动、逼真。

天师岩

在海拔575米的高山上，底层是一块块重叠着的巨大岩石，后面是石屏障，岩隙间有苍老的杂树，青翠的野草，身躯高大的“张天师”就端坐在石屏障前面的高台上，头顶蓝天，面朝东海。由一层层石台阶往上攀，直到张天师的肩头。黎明观景，红日从东海地平线上涌出，光芒万丈，十分壮观；傍晚望鳌江口的船只，乘风破浪进港，鳌江两岸灯光如繁星，映入眼帘。天师岩附近有观音洞、黄石公洞等。

马尾拂驴头·鳄鱼背海豚

山上多奇峰怪石类各种海陆动物。“马尾拂驴头”和“鳄鱼背海豚”更有动态感。马的臀部肌肉块块，拂过去尾巴很有力度，巨大的驴头巍然不动。“鳄鱼背海豚”，假如遇上骤变的天气，云烟滚滚，这景观如在海中浮沉、游动。“鹦鹉戏青蛙”、“鲸鱼过涧”、“睡狮”、“将军岩”、“雄鹰岩”、“众僧朝山”等在周围组成一幅幅石像群图。

大猪头·啼猿头

猪头岩重量有上千吨，嘴巴微启，鼻子高翘，下颌似在抖动，线条分明。

啼猿头，眼睛、鼻孔、耳朵都很像，岩隙杂草，像是胡须、眉毛。嘴巴像真的在啼叫。在山风浩荡、松涛怒号之时，似闻声声猿啼。

附近有“石天窗”、“天官帽”、“百斗缸岩”、“石蘑菇群”、“身手岩”、“百丈崖”等景观。

观音寨

因在观音山顶而得名。观音山海拔540多米，山顶一片平地，三面悬崖削壁，一面是条山路，地形险要。一百多年前，金钱会起义军曾在此立寨，四周筑有高大围墙，如小城。寨内原有观音堂，现留有遗迹。近旁有“金龟上山”、“千年古藤”等景观。这古藤盘根曲折，枝条苍劲，生机勃勃。

梅溪八景

从钱仓到梅溪不到5公里。梅溪古称梅源，南宋时隐士林尧民栽梅溪上，故名。此处昔有林处士读书处，郑昂诗云：山篱短短径斜斜，屋子三间竹半遮。岁馑无僧供菜把；天寒有鹤守梅花。武陵流水非秦世，姑孰青山落谢家，共约春晴草芽动，杖藜携酒踏青莎。梅溪发源于盖竹山，山明水秀，旧志载有八景可以开发。《东瓯诗存》载有元代张真梅溪八景诗：

林滩渔唱

依稀烟雨外，欸乃晚风清，
解和沧浪调，宁同扣角声？

曹堡书声

吾伊风雨夕，灯火隔林端，
每向琴中听，令人忆杏坛。

鸪岩夜月

月出鸪岩白，长空绝点埃，
乘风欲归去，犹待桂花开。

凤岗朝阳

阳乌倏东西，曙色红洒洒，
翩翩丹穴雏，览此德辉下。

龟溪晚笛

三弄龟溪晚，萧萧苇荻秋，
君山风月夜，沽酒浸停舟。

螺寺长钟

兰若山阴处，钟声云外鸣，
几回残梦觉，秋水满腔清。

瑞岩瀑布

天孙成素练，脱下挂晴川，
独对秋风里，尘襟一洒然。

镜井渊泉

谁断苍苔地，分明一镜开，
天光相洞彻，云影共徘徊。

西湾景区

西湾景区，东临东海，南濒鳌江口，西靠墨城乡，北近飞云江。县城有汽车直达。此地湾幽洞多，岛屿四布，峰奇崖峻，沙滩迤逦，具有海畔独特的风光。

杨屿岛

在西湾四沙，位于鳌江港口。全岛面积为0.28平方公里，状如橄榄，岛的四周岸边多陡岩与石柱，风景壮丽。岛上遍植杨梅与松树，郁郁葱葱，春夏之交，梅红松翠，十分美观。岛上有青龙道观一座，开设武馆，招收四方弟子习枪弄棒。四周有双龙幽洞、海狮上岸、守鸡洞、神龟洞等。

烽火台

四沙岭头有明代烽火台五座，台基为粗石砌成，从西向东排列。明代倭寇经常骚扰，地处东南沿海的烽火台，为报警而设。周围烽火台12座，为温州地区保留烽火台最多、最完整的地方。站在杨屿山顶眺望，烽火台屹立山巅，古风犹存。站在烽火台上远眺，东海浪涛滚滚，沿海山峦层层，山风阵阵，令人感到威武、自豪。

百亩礁

杨屿山东南有一巨礁，退潮时约有百亩面积，称百亩礁。这里闪电，必有雷雨，站在杨屿山也会感到脚底震荡。当地渔民传说，那是东海一颗珍珠，是双龙在抢珠引起震动。清人有诗：纵无百亩礁头闪，仙口须防挂破篷。

潮汐奇观

杨屿山如一座屏障挡住鳌江港口，潮涨时，潮水在山边回旋，里山与外山潮水从不同方向汇合，阳光之下，形成经纬交错五颜六色的胜景。鳌江涨潮时，潮水汹涌，白浪滔天，杨屿山在潮汐中沉浮，如巨鳌负山。站在山上观看涌潮中进港船队，别有情趣。

小石林

在西湾二沙黄岩头。此地沙滩广阔，落潮时沙滩晶莹清洁，遍布石笋，沿岸多奇峰怪洞，岩质变化层次多端，人移景换。有双石峰并立，正面看像两头公鸡在昂头啼叫，从左边看酷似将军佩剑，威严挺立在山崖之下。有一巨崖高七八十米，其色彩似山洪从山顶倾泻而下，横断面犹如瀑布。周围有形如金字塔的巨岩，平面如锦似绣的锦屏峰，经海浪浸蚀遍生贝类的千孔岩，身临其境，可领略石林秀色与海岸的爽气。

石廊・石长街

在二沙右侧，巨石重叠，幽岙深湾，形成了天然的长街长廊。巨崖下面有一处宽 2 米，长 30 米，顶部巨石封天，形成一条天然的石长廊。行至廊道当中，仰头望，天只一线。出长廊，前程宽畅，金黄色石壁矗立两旁，形成长街一条。金沙铺地，周围遍布石笋，有似紫金色冠冕、有朝霞辉映的映日崖等。

苍岩壁画

在二沙码头右侧，有一组长达百米的苍岩壁画，天然雕塑。画家们称它集黄山之峻，华山之险，庐山之秀，是多种景观的浓缩，为写生提供了很好的素材。壁画层次清晰又复杂多变，光泽随着天色推移而变换，有众多画家、摄影家前来写生与创作。

小洋山

小洋山，位于西湾头沙东面滩涂中，面积 0.23 平方公里，外形酷似馒头，岛上遍植黑松、马尾松，灌木丛生，松涛潮韵，景色宜人。可坐小拖板，登岛游览，沿岸岩石叠嶂。小洋山向阳处有一巨石像金鸡头，当地人说是从里山飞来的，千百年来一直为西湾人鸣唱祝福。南面有一礁石如万炮朝天，气势恢宏。站在小洋山，落潮时节，可以看到小拖板，单脚蹬在滩涂上穿梭如飞，是幅颇有情趣的捉小鸡的画图。

鳄鱼洞

在二沙第三个湾，洞口如鳄鱼张口，洞内可容百人，洞顶部有海鸟栖息，洞口水珠垂挂，四周长满灌木，阴森幽静。据说民国时期当地人为躲抓丁，来洞里避难。类似这样的洞在西湾不下百个，有潮声回荡的听潮洞，有似闻撞钟诵经之声的梵音洞，有气势如虎口的老虎洞，有越走越深的九曲洞等。

横舟观日

在头沙北首有一巨礁横卧海边，似巨舟停泊。礁上平坦，两个篮球场大，此处为观看日出最佳处，也是游者休息野餐的好地方。每到清晨，红霞满天，渔帆点点，海鸥掠过水面，人们在此地可看到日出的壮观景色。傍晚时，渔舟唱晚，渔歌号子与海潮交织一起，岸边青山倒映在海面上，使人流连忘返。周围还有石盆景、北山铁壁、蝙蝠洞等景点。

姐妹洞

在北山村左侧，洞高 15 米，两洞相依，似孪生姐妹并肩坐在沙滩上。此地沙滩长 200 米，宽 40 米，环境幽静。周围石笋密布，组成弯曲的沙径，曲道九转，如步礁林。此地依山面海，沙岙较长，是青少年野营游戏的好场所。

跳头渔火

在西湾跳头村，是平阳县重点渔区。有大小机动渔船 420 艘，占全县渔船总数百分之六十多，主要海鲜品有鲳鱼、带鱼、白鱼、梭子蟹、蛸蛑、蝼蝴、对虾等。跳头村是西湾主要渔村，每到夜幕降临，归帆唱晚，潮涌人沸，渔火闪烁，一片渔家丰收升平的景象。跳头村坐落在山坡上，望东海，迎飞云，是度假观海的好地方。

浮石望远

在跳头码头有一巨石，潮涨潮落好似可随之沉浮。站在巨石之上可远望齿头山、丁山、元宝山等。这几座山坐落在飞云江口，因酷似齿头、元丁、元宝而得名。如乘坐渔船去一日游，可尽赏这几座海中仙山的美丽风光。

在浮石岩旁边有几处景观；罾牌壁，长百米的陡壁矗立海滨，是观潮和落罾拗鱼的好处所。罾牌壁中央有一洞，深度莫测，当地人说可通往 5 公里外的榆垟镇，用掌击洞，发出闷雷般响声。在浮石岩后方，可看到一块丹心岩，一小片红彤彤的岩石嵌在巨壁之中，当地人说，村里若出现火情，丹心岩会显得更红。

石盆景·石壁画

跳头村沿海沙滩，沙质柔软洁净，奇形怪状的岩石矗立在沙滩上，构成许多石盆景。该村地处平阳至西湾公路的入口处，瑞安、平阳等地中小学生经常来此野餐、观海。金沙滩上有一块 3 米见方的玳帽石，酷似玳帽上山，骑坐龟头可取景拍照；金沙滩背后有一石壁，壁画图像十分明显，犹如维摩诘居士正襟危坐，前面对着一片珠帘岩；沙滩尽头有两座石笋，如造铁索牵引，可供游人沙滩飞渡。老虎头岩，也颇有特色。

南雁方物

观音茶

《瓯江逸志》云："浙东多茶，品雁山者称第一。"尤其南雁观音茶，香、色、味、形都属上乘。

香鱼

又名记月鱼。春初生，月长一寸，至冬月长尺余，故名。鱼细不腥，色若金鱼，风味超胜。南雁蒲潭水深且清，产鱼最盛，与北雁石门潭一样。刘绍宽咏南雁香鱼诗："竹桴来往若浮虚，净碧琉璃廿里余，深夜满潭渔火集，最饶风味是香鱼。"

观音竹

又名奇音竹。一丛数茎，形小叶长，如水中草状，翠润夺目，暮春叶下开花，红紫色，亦结实。植岩石上，经冬不凋。清代吴乃伊对它作了生动的描述："似知法界托根安，数尺苍苍也耐看。方丈声敲青玉细，短垣影罩绿云团。输他劲节凌霄汉，共此贞心遇岁寒。清供山房应不俗，赏怀何必定千竿。"

金星草

叶上有金如星，根中有黑筋如发，用以浸油，能染黑头发。

山乐官

形似金雀，声如箫管，群鸣而声相抑扬如作乐音，所以叫作山乐官。清代顺溪陈骧咏山乐官诗云："寂寞山中得古欢，天教奏乐鸟鸣宫，夜阑叫醒钧天梦，翻讶云平墩落枕间。”

以上总称为南雁五珍。

龙须草

生长在溪涧旁岩隙里，茎细而长，编为夏床席、夏枕席，性凉宜人。原为野生，后亦有人工栽培。据《南雁荡山志·方物》载：甲寅年(1914)顺溪商人陈克俊曾以此草席在巴拿马出品协会上得奖。

四季青

南雁竹类品种繁多，一年四季都能吃到竹笋，为他处少有。四季青又名四季竹，节长而圆，岩生者，音清亮，似观音竹，也是南雁竹类稀有品种。

秋海棠

花红色，生于山谷。海棠本无香，唯南雁海棠独具香韵。

兰

生山中阴地幽谷，白云山上至今还有多种兰花。城西廖锡龙曾约笔者一同考察白云山，未果。

竹　豚

又名竹鼬。状如小猪，小兔大小，在竹林土穴中食笋与竹根，肉肥脆多脂，味极美。徐衷在《南方记》中说：“竹豚，野生，长一尺三寸，在土穴中常食竹根，味如鸭肉。”清代瑞安孙锵鸣有《陈少文购竹豚一烹以事客诗以谢之》诗云：“昔闻竹豚今见之，腰腹励荐如小豕。托生自谓窟穴深，湛身竟以脂豪死。百钱供馔夸新鲜，万竹连山知肥美。异味急思染鼎尝，特杀何忍投箸起。”

香　狸

俗名山老鼠，体形似鼠，其味香美。昔日腊而卖之，现与竹豚一样，是南雁稀有特产，不应捕杀。

麂

似獐而小，牡者有短角，前足短，后足长。肉供食用，皮细坚韧，皮制品质量优秀。竹豚、香狸、麂等都属稀有动物，应加以保护。

溪　鳗

大的长数尺，味极鲜美，长在溪潭中，善穿深穴。有叫芦鳗者，比溪鳗大，有两耳，白天潜伏在溪涧岩穴中，晚间出游上山吃芦笋。

溪　虾

生长溪涧和深潭边，肉肥，烹熟色红，味极鲜。

白花蛇

俗称五步虎，龙头虎口，黄黑质白花，有剧毒，人被咬行五步即死。此蛇有南山北山之异，可药用。

蟋　蟀

雄者翅有龙纹，俗名蛟龙，形如土狗，鸣声清越，俊健善斗，有黄黑两种，暮春出，活动至秋深。

砚　石

产于东洞石门楼内，色白有紫纹，质坚润，能发墨，亦可作印章。游人常采集，清乾隆年间官府曾示禁。“文化大革命”时，也有人在洞内采砚石。此洞长期开采砚石，将危及东洞景观，应予严禁。

其　他

鞭笋、柚、胡荽、棉菜、五色杜鹃、赭魁、桂、棕榈；雁、杜宇、黄莺、山和尚鸳鸯；水獭、穿山甲、白花蛇（俗称五步虎）；陶土、明矾石、铁、银等都是这里的方物。

开发与管理

开发梗概

宋代沈括《梦溪笔谈》谓南雁较北雁先得名，而士大夫往来题咏则唯北雁称盛。明代蔡芳《南雁荡山记》载：“东瓯雁荡，为天下名山，山有二，其南在平阳者，出名尤蚤，第以地僻，游者难焉。”由此可见，与风景区旅游业的开发、发展与交通、信息等诸因素有关。

南雁荡山得名很早，但发展缓慢，它的被发现、开发，可以追溯到1570年之前。

西京谁修政，龚汲称良吏。
君子岂定所，清尘虑不嗣。
早莅建德乡，民怀虞诗意。
海岸常寥寥，空馆盈清思。
协以上冬月，晨游肆所喜。
千圻邈不同，万岭状皆异。
威摧三山峭，节汩两江驶。
渔舟（一作篙）岂安流，樵拾谢栖芘。
人生谁云乐，贵不屈所志。

这首《横阳还峤上》（集题作游岭门山诗），是我国第一个山水诗人谢灵运任温州太守时到平阳县岭门山写的。岭门山，乾隆《平阳县志》载："在平阳县治前，两山翼然，中阙为门，状如斗牛，两旁有溪……"其实他所描述的还有三山两江千圻万岭海岸空馆的景色，并且抒发了洁志隐居的感情。这位诗人还到过楼石渡（即今流石地方）和赤岩山（现腾蛟镇湖窦银坑），清代张綦毋有诗为证："谢公遗迹想追攀，何处堪乘兴往还。栀子花开楼石渡，甘蕉林满赤岩山。"应该说，南雁荡风景区境内已留下谢灵运的足迹。

到了唐代大历六年（771），温州李庭等人入山砍柴迷了路，遥见远处潦水下有人烟，听到鸡犬之声，于是寻声前往，踩过水，绕过山，忽然发现一处"桃花源"式村庄，风景人物与桃花源相仿佛。李庭等人砍树记道回家。后来沿着前踪寻找，始终找不到这个桃花源。此事，唐代诗人顾况在一篇《仙游记》中记述得十分详细、生动，而且说这桃花源"约在瓯闽之间"。宋代曹叔远在《永嘉谱》中，将《仙游记》附于乐清雁荡山之后，以所指为北雁。明代姜准举出"约在瓯闽之间"等句，说应以指南雁为是。不管南雁北雁，反正都属于雁荡山风景区的传说。说明当时的雁荡山，还是"莽然之墟"，是个待开发的处女地。昔日在茂密森林里，还发现过野人，为狩猎者所毙。清代张綦毋有诗云："荡山深处藏猿狖，鸟道盘云路转穷，遥遇野人披发立，莫教错认古毛公。"南雁荡山风景区游览应始于唐代中期，盛于五代至南宋。

唐末，由于战乱，不少士大夫弃官隐居，南雁荡山便成为他们最理想的去处。

唐末文房院使薛正明拒绝梁主征召，隐于白云山自云洞，在咏南雁荡中有“退僻深山自晦明”之句。吴越时，谏议大夫吴畦，辞去官职，全家迁居白云山左的库村(今属泰顺县)，留下诗篇《登明王峰》、游记《陪邵太守游南雁山记》。南唐建州节度使陈海及其子和州刺史陈德诚，都寓过南雁。温州别驾、代理太守邵瓘曾隐于银屏峰下，自称“小龙邵氏”，至今小龙岭尚留有大德九年(1305)邵氏后裔的摩崖诗。

南宋时，祝穆《方舆胜览》载：“初，吴越钱王(指钱镠孙钱俶)与僧愿齐同参韶国师于天台。愿齐还永嘉，礼智觉真身，闻平阳明王峰顶有雁荡，天晴则钟梵相闻杖锡往访，喜曰：‘此山水尽处，龙雁所居，岂非西域书所谓诺讵罗震旦雁荡龙湫者耶?’结茅其间。”钱俶并资助他在南雁荡山建造普照道场等十八座庵寺，还划出平阳一县的赋税，供其使用，至今尚留有奉祀吴越王的“越王台”和“龙凤亭”等。这便是历史记载中所见南雁最早的开发史。

到宋代，陈经邦、陈经正兄弟创办会文书院，文风大盛。同时南雁也逐渐成为儒、释、道三教荟萃之地，范旻、周行己、许景衡、张九成、王十朋、朱熹等名人都游过南雁景区，留下题咏。东西洞一带成为游览中心。南雁另一风景区钱仓，则从宋神宗朝学士滕甫“凤凰岩”题字后也声名大振，随后，赞颂钱仓山水的诗词与摩崖石刻不断出现。在宋代，雁荡山风景名胜在全国已有很大影响，宋诗人黄庭坚《到桂州》一诗中曾有“桂岭环城如雁荡”诗句，广西人民出版社《桂林山水诗选》中选了这首诗，并注明：“雁荡位于浙江省乐清、平阳二县境，山有百余峰，峭拔险怪……为游览胜地。”同时，宋诗人李纲在《桂林道中》七律诗中也有“雁荡武夷何足道，千岩元是小玲珑”诗句，可见此时雁荡已与武夷并驾齐驱了。

从元明至清初漫长的岁月里，由于战患、迁界等多种原因，南雁冷落了。直到清末，南雁又开始复兴，光绪年间，重建了会文书院，宣统年间重建了棣萼世辉楼，仙姑洞与观音洞寺观建筑也经过整修，还开辟了顺溪风景点二宜亭、招凉洞等。

民国7年(1918)，周喟编纂的《南雁荡山志》刊出，同年上海商务印书馆出版了《南雁荡山》一书，列在中国名胜第十种，刊有南雁风景名胜照片33帧。

新中国成立后，南雁山水才真正受到政府的重视和人民的爱护，到此旅游的人逐年增多，每逢大年初一或清明节，仅东西洞景区统计，就有旅客万人以上。1982年香港出版的画报刊登了南雁荡山风景区的游记和彩色照片。近年，风景区还接待了许多港澳台同胞和海外侨胞。

管理状况

历来人民群众把南雁荡山视如瑰宝，十分爱护。历代统治者和社会各界也比较重视。编修南雁山志先后达十余次之多，并撰有大量诗文碑记。当时没有专门管理机构，许多寺院道观却对周围自然景观和林木的保护起了良好作用。

清光绪年间始建有南雁荡山董事会，由社会各界人士组成，每年农历三月十五集会，商讨有关事宜，活动持续到民国时期，发起与主持人先后有陈少文、陈子蕃等。

新中国成立后，南雁荡山的管理与建设才提上各级人民政府的议事日程。1954年春，平阳县人民政府批准成立南雁荡山管理建设委员会，由副县长兼任主任。

1983年，建立南雁风景区管理处，县人民政府委托山门区公所代管。1985年2月更名为南雁荡山风景名胜区管理处，隶属于县城乡建设环境保护局。

1985年8月，浙江省人民政府浙政(1985)69号文件，将南雁荡山风景名胜区列为第一批省级风景名胜区，要求风景名胜区所在地(市)、县人民政府和省级主管部门，按国务院国发(1985)76号文件发布的《风景名胜管理暂行条例》，认真加强对风景名胜区的领导和管理，努力把风景名胜区保护好、利用好、规划好、建设好。以后又将南雁荡山作为第二批国家级风景名胜区推荐候选单位，上报国务院。

接着县人民政府也采取一系列措施。

1985年11月2日，县府办公室以92号文件，印发《南雁荡山风景名胜区总体规划方案讨论会纪要》。

同年，又以93号文件《关于要求将南雁荡山风景名胜区列为国家重点风景名胜区上报国务院审批的报告》上报省府：

1986年5月，聘请了全国人大常委会委员、复旦大学名誉校长、著名数学家苏步青教授为南雁荡山风景名胜区建设委员会名誉主任，中国园林学会顾问、美国贝聿铭建筑事务所顾问、著名园林与建筑专家陈从周为南雁荡山规划组顾问，同济大学建筑城规学院陈久昆副教授为规划组组长。县城乡建设环境保护局还请武汉城市建设学院风景园林系主任华幼秋教授勘察了南雁荡山主要景区，并对总体规划提出了建设性意见。

同年8月16日，县人大常委会以16号文件，颁布了《关于保护开发南雁风景区的决议》。9月3日，县府又以37号文件发布《关于加强保护南雁荡山风景名胜区通告》。

10月，南雁荡山旅游服务部成立，为管理处下属一个经济实体。

1987年5月4日，县府49号文件发出《关于坚决制止在南雁风景区域从事制革生产的通知》。同日，县城乡建设环境保护局、公安局、工商行政管理局、乡镇工业管理局发出《关于执行县通告禁止在南雁风景游览区等区域从事制革生产的联合通知》。

1989年，中华人民共和国建设部以(89)建城字第204号文件，告知浙江省人民政府雁荡山风景名胜区规划已经国务院原则同意，南雁荡山正式列为国家级风景名胜区，为雁荡山风景名胜区三大景区之一，景区面积97.68平方公里，外围保护地带，由省人民政府审定。根据规划要求，加强风景名胜资源的保护，坚持封山育林、涵养水源，保持生态平衡，做好护林防火、防治病虫害和环境卫生等工作。严禁乱占乱建、滥伐林木、开山采石、污染水体、乱修坟墓等破坏风景名胜资源的活动。

1989年温州市政府以温政发252号文件，批准成立平阳县南雁荡山风景区管理局。

1990年1月2日，南雁荡山风景区管理局筹建小组成立，随后正式成立南雁荡山风景区管理局。随后县政府明确规定南雁荡山风景区管理局，承担风景管理、全县旅游业务及管理等职能。

南雁山志

南雁荡山开发较早，南宋绍兴二十六年(1156)郡守张九成曾撰《南雁荡山图志》，随后历代皆遍修山志。现仅存嘉庆十六年(1811)李象坤本、民国7年(1918)周喟本两种，余皆散佚，或仅存志序。

南雁荡山图志

宋绍兴二十六年(1156)钱塘(今杭州)张九成编纂，为最早的南雁山志，已佚。

续南雁荡山图志

宋嘉定四年(1211)平阳县令广信洪季良编纂，已无传本。

重修南雁荡山志

元至正十八年(1358)邑人周嗣德编修,计六卷。周喟纂的《南雁荡山志》里载有本志自序及宋伯颜序,但已失传。

嘉靖南雁荡山志

明嘉靖二十六年(1547)平阳陈弛重修,陈文源纂。《千顷堂书目》卷八、雍正《浙江通志》卷二百五十三著录里皆曾述及,有上下两卷。该志久佚。修民国《平阳县志》时从日本东京图书馆抄得,计五卷。今也失传。

崇祯南雁荡山志

明崇祯十一年(1638)邑人郑思恭编纂,计五卷。乾隆《温州府志》卷二十七及《平阳县志》均有著录。民国时尚有刻本,现已失传。

顺治南雁荡志

清代顺治初年乐清李象坤编纂,也称《李氏南雁荡山志稿》。《温州经籍志》卷十二和刘眉锡《南雁荡山全志》均有记载。

嘉庆南雁荡志

清嘉庆三年(1798)永嘉曾熙编纂,二卷,未见传本本志阮元序文及自跋,并载于周喟纂《南雁荡志》。

南雁荡山全志

清嘉庆十六年(1811)平阳刘眉锡辑,道光十一年(1831)刘步衢增辑,共十六卷,民国间曾有抄本流传。

南雁荡山全志

清代人编,作者未详。瑞安玉海楼曾藏有抄本,眉上有孙诒让朱笔注。据该志所录孙衣言、蔡恒道光二十七年(1847)所作诗推测,此志当出于刘眉锡《志》之后。该志卷首有旧志各序、志书总目、凡例及钱仓山名胜、玉苍山名胜、白云山名胜等。

南雁荡山志

平阳水头人周喟编纂，十三卷首一卷，分订四册，民国7年(1918)刊本。

凤山志

明代人编纂，作者未详。在《千顷堂书目》《述古堂藏书目》《温州经籍志》里皆提及。凤山在平阳钱仓，过去是南雁荡山主要风景点，《凤山志》可谓是南雁荡山志的分志，但今已难找到抄本。

南雁荡山游记选

陪郜太守游南雁山记

唐·吴畦[①]

乾符甲午[②]，东嘉谷歉，暴民椎剽村落者，治莫之禁；且农植又苦旱，民忧皇如也。吾瓯刺史钱公铧去任。会浙招讨司副使郜公摄守兹土，出淹滞，施舍已，责凡前守政令不便于民者，悉更新之。立坛□以雩祷，至有所格；四月丙辰雨，戊子又雨，年卒获登。先时，群凶逼近，闻公至，皆破胆，巢穴远移于山。公方急农事，乃不穷追，至是悉解散。东土既平，而复大有年，百姓始尝生民之乐。明年乙未，期月，治也百废具举，政府无事，乃始行郊野，以至横阳。

去治西南二百里，有雁荡山，隐于榛莽，自前康乐谢公未之至也。公与僚属泛溪而上，至蒲潭。潭之水，青淳黛蓄，与天一色；鹈鹕往来可画。入里许，其水渐浅，沙石皆露。乃倚棹山根，溪花沿流而下，舟楫皆香。遂登而陆。夹道两峰相望，山之门南北有石华表，凌空而起者将二千丈。公竦观曰："屹哉若擎天然，怀柱国之心者思焉。"其南，峰连翼而立。北，山有峰若飞来者，如削如琢，奋举腾舞，势甚可怪。于是度石梁，攀援而上，鸟道隐见于石间。公曰："危哉若履艰然，抱扶颠之志者思焉。"力倦复下，从者曰："兹有洞。"视之，廓然一岩宇也。洞之内有石盂，容水一升，其水自上涓涓而下，增亦不溢，饮亦不减。由洞而入三百步，不可穷追而返。公命洗盏更酌于洞之门，各赋诗适志。日旰，宿于山下。

明日，复选胜，登明王峰，观梅雨瀑，凄霏砭肌，盛夏如秋。缘山而北，登石虎峰，历六十余，而银屏峰在雁荡之北，苍翠诡状，尤为奇绝。峰之下，废地十里，无烟火迹。从者曰："是山也，僻而隐，或逢不若，故观者鲜至，惟公览焉。"予曰："不

---

① 吴畦，字祯祥，山阴人，唐时为河南节度判官，督修黄河有功。后传他避隐安固厍村家（南雁邻近），卒葬南雁白云山麓。

② 唐僖宗乾符元年，公元874年。

然，兰亭不逢右军，则佳景湮没空山。以雁荡之胜，而隐于草莽，世未之识，惟公取焉。有其具也，然无其时，不可也。向者吾土骚扰，公忧也；继以岁凶，公忧也。今我公得与民同乐矣，有其地，有其具，有其时也，不可以不记。”

游雁山记

明·马性鲁①

予阅《一统志》，知东瓯之雁荡山二。继入谏院，闻诸浙士大夫，则知系乐清者，胜甲天下。迨迁平阳，闻昆乡士夫，又知系兹境者，其胜匹乐清。予素癖山水，邑进士蔡君茂之，尤嗜古好奇有是癖，谓乐清不可卒往，境内固可往也，屡约弗果者久矣。今年秋九月，会予举观省典，茂之来订旧约，且约佥挥冯君大纪，邑庠司训蔡君汝学，及库生徐生祺、周生虮为辅行。

时戊申，泛舟自南津出荆溪，过钱镇，湃北港，越翼日庚戌至焉。信矣夫形胜之奇胜，风景之佳丽，层见叠出，千态万状，殆未易以一二语模写。追忆向之所闻，奚翅倍蓰，不识乐清之胜为何如，以意逆之，此固其流匹云。惜乎终日之力，不能穷搜而遍观也。既而与诸君返憩于古精舍，将赋诗以记之。

说者曰：“兹山之胜，视乐相若也，而何声闻显晦有夯若欤？”予从而白之曰：“物有显晦，常也。若二山之弗齐者无他，所处.之地异，所遇之类殊故耳。自夫幸而据要会，介冲达，琳宫梵字之所点缀也，贵游巨公之所经往也，骚人墨客之所游历也，雄篇巨笔，缔章绘句为之铺张播扬也。

“相闻此地，宋阐文教，有育英才修诗书之业，怀致用之具以奋起后先者，固彬彬其盛。然而其处也为端士，其出也为名臣，亦惟其身之修与道之行，以达诸四方，是其胜曰以彰，名曰以显也，无足怪焉者。夫惟不幸而令坠荒远厄穷僻，外窒中阒，知之者盖寡矣，其晦也固宜。抑末矣，若夫山之本真，则自开辟以来至于今，不知其几千万年。‘厥形以赋，洪纤别矣；厥象以凝，高卑判矣。其所谓奇胜佳丽，盖一定而不变也，曾何以显晦少有增损也？岂惟是哉，吾道则亦有然者矣。孔子曰：‘不曰坚乎？磨而不磷；不曰白乎？涅而不缁。’孟子曰：‘虽大行不加焉，虽穷居不损焉，分定故也。’其殆此之谓乎？今日之游，予固知兹山者，知而白之，虽或不足为轻重，庸非兹山一遇乎？昔者琅琊，僻壤耳，磷翁一记，遂为胜概；赤壁战争区耳，坡仙一赋，卒成胜境，亦惟其遇而已。吾固非其人也，嗣是以往，有欧、苏其人者

① 马性鲁，字达之，号碧溪居士，溧阳人。会魁，官给事中。正德十二年谪平阳丞。

遇，必能表白兹山，以复显于世矣，夫宁终晦，使彼显者独擅于东瓯哉！”

诸君皆拜手曰：“至哉斯言，于山有光，请书以告来者。”于是乎书。正德戊寅[①]秋九月庚戌，碧溪居士记。

南雁荡山记

明·蔡芳[②]

东瓯雁荡，为天下名山。山有二，其南在平阳者出名尤早，第以地僻，游者难焉。游必秋杪冬初，是尤难乎其时。去年丁丑，邑大夫前给谏马君约往，今年重九，乃决子夜半放舟。抵城南，黎明出南津亭，西塘河十里外，山翠如泼。过荆溪，舍舟而陆，至前仓，看风山岩石，乃饷于宝胜寺。潮来发棹，抵詹家埠，乘月行二三里许至径川，憩智宽寺。明日鸡初号，钟声方尽，遂出寺。不数里，过水头，前见数岫远露，如抽乱笋，如架笔格，如横修眉，争献奇状。又前过一溪，流甚驶，多砥石，不可以舟。乘马以渡，凡历三溪，始达其境。

左畔山际有峙石陡绝，表里天光通透，人呼为石门楼。稍前，见三岩品列如屏风状，嵌于山腰。乃步循山麓，右折而行，有两岩相距当其前，高数十仞，如开两扉，人谓石华表，是为入荡门户。其岩石之小者，如芝房，如珊瑚，皆有玲珑孔窍可观。又盘旋涧道里许，抵石柱寺。山有洞四，其西洞尤胜，乃步自后草径，历磴而登。夹道篔簹万个，晴日筛光，钟声清远，响落翠微。又陟磴，凡再折抵洞前，遂穿草庵中坐。旁有木杠，横度可入洞口，侧又为栏以扶，乃缘之而进。其间谽谺虚敞，径数丈，而深倍之，可罗胡床数十，有仙姑像。石罅有泉，点滴坠槽中，俗谓仙姑漫苎盂，旱涝不盈涸。直后穴，稍仄，探之，黯暗莫辨物色，试作呜呜声。如盎缶中语。直前有高穴，光明为月牖，乃擎而出之，以观其外，复从月牖入洞中，将卸衫从左傍孔穴出，不果，复从故道出焉。洞前遥看僧穿岩上峰顶，合掌坐，众相顾以为危。既而僧引观所谓石梁者，践茅捷，迹僧武，可半里，得其所。两崖峙立，长亘数十仞，俨若城壁，上有石梁跨焉。仰视之，如飞虬驾空，雄兀可畏；倚崖底平望，苍翠遥遥自外入，俯临绝壑，有如万丈深井，神惊胆掉，不敢正视。遂走入石柱寺，马君已先在矣，出行厨共酌。乃出寺，度涧而东，观岩下湫水，淼沉凝湛。旁盼诸峰，或卓笔、或虎踞、或峨冠、或鳌头、或天马，步骤皆可状。独一峰上插霄汉，马君号之为最高峰。予欲访明王峰顶雁湖，不可得，潜步岭而

---

① 明武宗正德戊寅即十三年，公元1518年。

② 蔡芳，字茂之，号资静，居平阳榆拜。弘治戊午举于乡，官福建运判。

南求之，踞棋盘石坐。有一叟自林间出，顾问之，曰：“此坐者仙人岩也，西畔为道士岩，俱猿狖所居，不可以往，余非所知。”又南行数里，无所问途，乃回。

下山，晚色苍然，趋舆马疾行。度溪而北，改故道，缘大麓，历平原，返智觉寺。明日晓起，赋诗而别，坐埠头候潮平发舟，西折顺流而东。回顾昨所游山，渐小渐淡，宛在西南天际，若不能释然于怀。夫吾邦有此胜迹；而不使闻于世，是果谁之责哉？故游之，又复记之。

游南雁荡山记

明・方鹏[①]

今夫山高大则雄，孤绝则奇，阒静则幽，美丽则秀，四者有一焉，犹以为胜，兼之者其难乎！

嘉靖甲申三月己卯[②]，行县至平阳，令丞以下，各举其职，民亦淳谨。自公而退，有馀力焉，乃于壬午与客行野。晚至前仓，泛舟而南，篷窗听雨，殊阻人兴。癸未之晨，烟霭四塞，勉而升车，鼓吹前引。予曰：“将安用此？”左右曰：“以却虎也。”从之。出山入林，景象各殊，皆可人意。行二十里，所谓南雁荡在焉。南之云乎，对乐清者言耳。两崖之间，有堂三楹，樽俎罗列，庶人在官者，奔走供具，村氓野老，环而观之，以为仅见。

已而云薄雾开，日光穿漏，客喜甚，乃饮乃食，扶掖而登焉。纡徐屈曲，至仙姑岩，瞿然一僧，云自西湖近适至此。或曰：“自岩入洞，可通绝顶，唯僧为能。”僧遂摄衣攀援而上。小饮未竟，僧果自洞而出，据石而坐，如在天表。众仰视之，或笑或呼，予独为惧，亟命之下。乃循故道，使从者以蒋柱自随，每遇佳胜，辄少止，引满三酌，以助足力。如天柱、卓笔、华表诸峰，次第历览。若夫见其胜莫识其名，闻其名莫知其处，如龙雁所居，钟梵所聚者，势不能遍也。

盖尝评之：金城剑阁，如其雄也；神龙天马，如其奇也；桔禅嫠妇，不足喻其幽也；雪肤玉骨，不足喻其秀也，凡所谓胜，兹实兼之矣。且乐清之有雁荡，夫谁不知？其在平阳者，则未之前闻也。以其地僻而道远，非唯轩冕不至，虽缁黄不居，樵牧不入，惟竹树丛生，狐兔交迹而已。使在通都大郡，则品题鉴赏，岁无虚日，岂多让于乐清者哉？古之贤者，生丁叔世，迹寄穷壤，不有物色之访、弓旌之招，

---

① 方鹏，字时举，号矫亭，昆山县人。进士，官浙江布政司左参议，分守温洲。

② 明世宗嘉靖甲申即嘉靖三年，公元1524年。

则终无以自见，亦兹山之类欤？

客有未遇者，感叹久之。相与登舟夜归，明日大雨。

游南雁荡山记

明・陈玭[1]

雁荡山去邑南绝境，日慕奇胜而不克往。迩偕蔡君宾旸之水头，见风、日晴美，兴感，因访吴潭友荡滨，遂命季氏　斋道路。

过龙岩，上吴山，途遇洞僧玄广熟指，喜甚。凡三折，揭跣大溪上。夹路木樾竹箭葳蕤，倏见两峰离列，半山有怪岩空窦，果称异态。愈近，两崖辟峙，中虚敞，乱峰攒顶，曰："雁山门也。"从西麓由径履乱石数十步，听涧下泉，激越若鸣琴。乍前豁开，峭壁　岈，举首见右山石广呀然，曰："是为仙姑洞，面东为仙官洞。"榛秽久翳，即寻筱筏间，见古读书庵院遗础，断碑仆草。乃折登入西洞，仰窥方广四五丈，中抟仙姑像，洞后深邃窄黑不可入，左分架木阁，列胡床茶灶，前有月牖通明。相与偃坐其下，若游楼台空盎中。僧略诵洞上诸峰石，曰："古传此山斗抱，是两狮戏丸状。"时日已晡，僧燃拾竹代膏炬，竟假寐洞底，皆卷衾联榻坐，以为非有鬼物，则有戴虎。中夜闻滴点声，疑雨作，曰："洞上岩罅溜，垂仙姑浸苎盂，万古不溢也。"地入幻迹，阒寥过清，其心悄然，其神凝然；殆不知有天壤者，而况于世虑功名乎？僧爱谈禅，及指境上，石梁、施村、石仙，记可数。比晓欲与寻访，而烟霭四塞，雨如注矣。洞侧有小桔数株，累累苍黄悬霜，状类金桔而味甜，僧摘数枚赠别。霖淫下坡，盘旋不肯舍，恨不能尽穷。

出山得溪艇，可容二三人，放之浅濑、鱼梁，捣泻　　，碧岫影倒，浸水尽淀，沙石既远而四眺，雨霁空漯恍与世隔。予与宾旸似从仙化来，皆充然有得，祝各赋诗为志。然犹怅然，以来难去易，而人生游无几也。

吁！尝怪夫巨灵中，物有虚实，吾疑之，虽当、大都通衢，为好事者一赏而足，是特麴糵馀沥也。如其不当，又且终焉黯然。或曰：贤而不售者如之。曰：谓其瑰丽万状，而出于大海荒怪之渍，世固有知者，卒不秘夫千万古之真藏，乃雁山之类欤？故当咎已而不当咎人。为记之，于嘉靖己酉[2]。

孟冬七日也。

---

① 陈纰，平阳人。明嘉靖官会昌教谕，著有《南雁山志》。此文收入中国青年出版社版的《中国游记选》。

② 嘉靖己酉即明世宗嘉靖二十八年，公元1549年。

南雁荡山游记

明·郑思恭[①]

夫天下名山洞府，在通都孔道者，岁时君公大人，车骑冠剑，络绎往来，而又有贤地主同盟结社，卜夜之欢未已，占星之聚复来。故虎丘一卷石，武昌赤壁一部娄，而名流品题不绝，遂与五岳四渎，并蜚声于宇宙。如吾南雁荡者，胎而得瓯生，长而得昆之南鄙，僻在海陬，猱岩虎窟，即天青日白，入其境不免有性命之恐，非灵根夙具，谁敢游焉？况余老矣，方且安神闺房，保寿命之期，岂复有烟外之想，而漫言游哉？第徂岁有玉苍之游，决策于秋杪入雁荡，不自意病作，几不免。幸而有瘳，因搜敝箧，得《雁志》古本，僭为结集，且授梨矣，而目未一经见，倘一朝化去，有导吾神于月牖、云关之侧，山灵诧我生面客，其何以应之？

于是，以季春十日，挟舍弟空北、文学五六辈，放舟三十里，至前仓。空北辈往宝胜寺，问钱王一宿楼故址，余独坐客店以待，实司空见惯也。既而潮至，登舟顺流而上四十里，为麻埠，先大人所自卜兆域也，先妣蔡安人袝焉。不肖登拜，涕泗沾襟，谓老儿暮景，幸复至此，瞻恋久之。下数级为仰止亭，亭中之石，为应越山先生笔也。平坡结小庵，修竹老梅，环映左右，清芬凉影，先灵栖焉。从者寝，余推窗对墓独坐，人静山清，意甚凄楚。鸡初号，乘潮至詹家埠。舍舟而舆，过智觉寺，衰飒无足观。循溪行，凡历三溪，活活青驶，可烛须眉。旁午至吴山，寻故入吴雁潭舍，出行厨。茶饭毕，乘典相携，观石门楼。山颜献倩，树影浮葱，望见丛林中三岩品列，有二石对峙如两扉。循山麓折而行，为石华表。盘旋涧道，山气渐深，左顾右盼，如流云涌浪，转眼成幻。时晚色苍然，遂返雁潭舍，出酒肴大嚼。

越宿，雁潭袖饼饵数升，为余辈憩息供。余养足不能步，索小兜，舁过昨游处数里，为石柱庵。不入，径拍雁潭肩自庵后行，丛茅箐竹，寿木古藤，岑翳蔚然，雁谭以手左右排却而行。入仙姑洞，径数丈而深倍之，明爽洁净，空洞轩豁，如崇楼杰宇，中有仙姑像。水从岩溜滴声，潺潺然如摇环佩，如鼓瑟琴，如击钟该、拊辐磬可听，历春冬不涸不盈，下注石槽，名仙姑浸芒盂。余掬水灌手漱齿，向仙姑笑曰："庞婆百万，可掷湘流，姑胡为不休去歇去，亘古冷湫湫，去恋此浸芒？"为同游者共一噱。出洞入石柱。庵，饥甚，索饷一饱。步庵前，凝眸远睇，为大小石梁，

① 郑思恭，平阳人。著有《南雁荡山志》。

横石悬虹，如河畔鹊桥，有千尺驾空之势。又前一峰，巍然危立，耸入云表，昔马给谏标其名目最高峰。余以为无名天地毋，奈何哉以最高强名之也。问明王峰、雁湖、龙湫安在？恨不能缘藤萝、穿林木、走宿莽，屈诘而上。转折数武，得棋盘石，如生公说法处；遂解衣盘礴其上，眩目悦心，不似在人世中矣。命仆启巾笥，出所携南雁山旧《志》，将摹拟品　之。雁潭笑曰："毋庸毋庸，我少时，有尊官来游，檄乡民披棘荆甚厉。我顽如樵牧，捷如猿鸟，跳跃往役。凡夫栈腐梯残之区无不到，而在乐清者亦素相亲昵：请为先生错综而轩轾之。大抵北雁请胜，未必果愈于南雁。南雁唐洎五季名已著，北雁宋祥符间始出现，故论耆腊，则讵罗尊者卓锡，意必先南而后北。岩凡几：龙角、象牙，神迹撒水，酷肖矣，而玉女一岩，宛然淡扫蛾眉，缥缈乘青鸾向秦楼下也。北亦有玉女，恐未必似此婵妩？峰凡几：白云、天柱、玉笋、莲花，竞爽矣，而此峰最高，矗地特起，旁无附丽，峰头生蕊花，宛灵芝檠露其上。北雁天柱独秀，亦当在伯仲间。谷为清风，为朝阳，夹石隐窍，虚谷传响：何惭响岩与安然谷？洞为游云，为平安，为群仙观音，屈曲深黝，玲珑剔透矣，而仙姑不涸不盈之苎盂，可与罗汉洞涴心池之水比肩；玉乳洞旁窍滴乳，声趟趟应人足迹，亦可与水帘洞玉丝珠颗者争先也。大龙湫绝顶有讵那台、看不足亭，而我雁明王峰头龙湫、雁池，亦讵那宴坐处，巀嶪闳瑰，流沫喷空，岂多让焉？第为鸟道峻塞，危不可攀。况有钱库、绵坳、盐亭、茶亭，钱王俶令民输钱帛茶盐于此以给僧人，规模宏远，尤非彼雁所能，甲乙。彼亦有十八刹，不堪廉贞作祟，今剩其三，能仁固了公应谶地，亦仅以达官驻节，甫留椽瓦。我雁有书院，为会文，为毓秀，为聚英、聚奎，为棣萼世辉楼，而普照、宝山诸寺，皆先哲陈公经正辈读书处，为程、朱高弟，得闽洛正传，此岂彼雁所敢望者！试令昆人与乐人樗蒲，当一掷百万，即彼雁闻之，亦自避三舍。"

余听其言，慨然起吊古怀贤之思。谓："诸先生去此山，已数百年，骨杉矣，犹可令山灵增重，系游人遐思。嗟夫，人世不朽果何物哉？虽然，南金东箭，各自为宝，况两雁同一胎息，同一祖父，第生长两地，气数不齐，显晦亦异，君未可强生分别，作南北歧观也。"时日已将晡，取所携柱酒共一酌。山深索火不得，各啜寒酒数杯，尽晷而起。油云四合，恐山雨且来，遄归客邸。

诘旦，雁潭送至水涯，揖谓余曰："兹游也，先生乐矣，而《山志》镘工未竣，宜亟图之。令卧游者见成书也。"余曰："诺。"崇丰贞戊寅春日[①]。

① 明思宗崇祯戊寅即崇祯十一年，公元1638年。

游南雁荡记

清·潘耒[①]

南雁荡在平阳西南，去瓯郡治可二百里，僻远荒塞，游人无至者。余披志乘，言其奇胜与北雁荡等，复鼓锐往游焉。以六月十日出郡南门，登舟再过仙岩，观梅雨潭瀑布，雨后壮大十倍，遂尽其奇。至瑞安，过飞云渡，易舟抵平阳，肩舆至坡南，复舟行过荆溪。见一山横亘十余里，怪石骈列，其巅如笏拱，如剑削，如花簇萼，如芝承盖；如鱼鼓鬣者，鸟拂首者，钟卧者，鼓悬者，彝鼎敦盘错然陈列者，迤逦不绝。至前仓之凤岩，休于西寺，从寺后登山。山石零星铸泊，如堆叠而成，或顶附而腹离，或肩倚而股跨，中空处皆可盘谀。人行石背，水鸣石底。山半两巨石相倚，微撼之辄开，徐而自合，铿然作声，是名动石。其他磊碣者，悉不知名。此山别为一格，与天台、雁荡都不类，类兖州之峄山、惜在僻壤，人见者希，土人亦不甚赏誉也。

由前仓复易舟候潮长，溯北港而上六十里，至水头。行未半，望见连山峭投有豸蓦凤翥之势，不问知为南雁山矣。一峰绝高而锐，曰蒲尖，石[illegible]禅院在其麓，趋就宿焉。清溪数折，平畴百颂，居民十数家，藏深篁茂树中，鸡犬声绝，钟梵出焉。梧竹空阴，净不可唾，禹门禅师主之。扫石烹泉，萧然相对，令人有遗世之想。讯山中诸名胜，则寺僧皆云："路封闭挝一二百年，悉不知所在，唯仙姑洞可游，亦须裹粮以往。

乃觅肩舆行，僧彻庵为导，沿溪而前。溪旁斩崖千丈，寸寸作劈斧皴，丹碧相间如古锦，危栈一线，下临奔湍，令人目赏而股栗。前毒霎山。溪益阔，水益驶，枳雨暴涨，飞流直埽，箭激雷轰，假筏以济，习流者难之。又前二三里，得稍平处，乃渡。隔淫刃. 峰峦多奇状，僧指之，曰白岩，曰火焰。坐筏上，见峰高处，有洞通明，不知于志乘何名也。既渡溪，见石笋三五骈立，中高而旁杀，一穴中通，名石屏风，殊不称，岛以篁霁，或差肖耳。稍前，一柱矗立，端圆削成，为石华表。又前，削壁临涧，飞泉迸下如露珠，名撒水岩。自是奇峰夹涧林立，涧东为仙官峰，为观音洞，为龙角、象牙诸岩；涧西为天柱、狮子、鳌头、犀角诸峰，为仙姑洞，为大、小石梁。仙姑盖宋时朱氏女子，辟谷居此者。洞高广如夏屋，屋隅有泉一泓，不盈不涸。洞左衰有一洞如曲室，室后窈黑处，如入牛角，深不可穷。前临断崖，

---

① 潘耒，字次耕，号稼堂，吴江人。康熙己未举博学宏词官检讨，纂修明电，有《遂初堂集》三十九卷。

见涧东诸峰，无名而秀异者甚众。旁有月牖，才容一人，引首外望，伛偻自牖出，梯石攀藤数百步，出小石梁下。登大石梁之巅，则诸峰如一林春笋，皆在足下矣。石梁两峰，千寻对峙，下开上合，宛如天桥，空明广阔，俯临无际。天台之石梁，正以瀑为雄以狭为奇耳，壮丽故不逮此也。洞栖一僧，曰幻临，讯之，乃吾邑人，饱参诸方，遁迹来此，趺坐不出。访以梅雨潭、玉帘瀑、大小龙湫、藤道、悬楼诸胜，茫然不知，仅指西南一峰曰玉女，亦不知是否也。

南雁山连绵三四十里，诸奇胜皆在深奥处，此仅得十之一二。余初意欲穷搜幽讨，直登明王峰顶一观雁荡，如北雁故事。乃问诸士人，士人不知；问诸山僧，山僧不晓；问诸村民，村民莫余告者。岂天之未欲发露此山耶，何錮之深也？然自吴山至仙姑洞，三四里间，秀岩巧石，鬼划神　实不减北雁。浅者既尔，深者可知，图志具在，往哲不诬。因一脔而思全鼎，因一斑而求全豹，世岂无勇健过我，资力过我，剪秽芟荒，一洗此山真面目者？余幸未老，此生或能再至，清泉白石，实闻斯言。

游南雁荡记

清・林必锦[1]

康熙戊戌[2]，余馆于昆阳南湖，距南雁仅三十里。及门有以游请者，余曰："春夏之交，非其时也。"迨仲冬望日，始与黄子维谟、增元，王子锡组，郑子锡璋，宗侄应化、应元六七人，裹候粮以抒夙志。所经之道有二，一曲闹村，岭路峻绝；一由吴山，道里平夷。

余避险就易，自玛瑚过渡，历蒲潭至吴山。有亭翼然，临于溪上，面峙一岩，上雄下锐，其圆如规，颇可人意。循行溪侧，居人济以竹筏。不数武，而石屏风卓然品立，东望华表、仙官、鳌头、卓笔诸峰，干云耸汉，而撒水岩、钓矶石即在其下。盘旋曲折，由石栈而登，至仙姑洞，洞深五六丈许，广过之，高可十寻。后有浸苎盂，其水自上滴下，旱不涸而潦不盈。左侧一洞如屋，正房阔，半于外，深不可测，昔有人入者，不得出；今窒其后，《志》称铁瓮洞，意在斯乎？洞前左侧，有窦透天，名日月牖，仅足容身，梯而出之，则崇山广阜，累累层层，不知洞之在下也。从牖而上，最高者峨冠峰也，明月洞在焉。攀藤缘木，始至其所，登高长啸，山鸣谷

① 林必锦，字织文，号华岩，永嘉诸生。

② 清圣祖康熙五十七年，公元1718年。

应，豪情逸兴，勃勃焉，洋洋焉，恍置身于云霄之上也。自仙姑洞而右，俗名连环洞，其石如锦簇花团；仰观其上，又如嵌璧缀珠，光耀夺目。左观大小石梁，巉岩险仄，清气往来，松涛竹浪，垮琮入耳，又增入一段佳致矣。下山观普陀峰、玉女峰。涉涧而东，则有余公洞，即俗所称进士洞，深邃奥窔，登击以石，顺势而下，镗鞳有声。入石门楼，昔日会文遗址犹在。出洞再寻龙湫、梅雨诸胜。南行一二里，第见雁影翔空，流泉下泻，砯崖喷石，随风而飞，不冻而寒，无云而雨，庐山、石门不是过也。最高为雁池，岩巃险峻，游者罕至。他或有游其处而不知其名，有志其名而不知其处，既乏山人为之指引，又无高僧与之谈问，良可慨耳。

夫昆阳固多佳山水：而南雁之奇峰怪石，峭壁悬崖，玲珑透辟，迥异群山。释典所谓灵鹫一峰从天外飞来者，岂谓是欤？名区胜境，固非一日所能尽，而余与诸生得假一日之游，无负山灵之约，亦可畅叙幽情矣。爰命黑松使者，偕管城子、楮先生为之记。

游南雁荡山记

清·施元孚[①]

南雁山在平阳北港，僻处瓯南，洞壑类雁荡，故名。已未[②]秋，余偕族侄岑往游。

群峰峭崿，瞻顾不暇。自仙姑洞东眺前叱，有峰巍然而彩者，曰凌霞峰；峰脚有洞，曰观音洞；洞嵴有锐峰，曰小卓笔；洞下百余步，有峰孤起如柱者，曰毡表；峰旁有巨岩，中空上透者，曰仙甑岩；其间怪石，鹅不可数；此前山之胜概也。自观音洞西顾后山，有峰环电为门，曰石城阙；往西二百步，有障翼然而长，曰旋风睢；障间中豁为门，曰玉楼门；其上秀石嵯峨者，曰朝天起；其南曰伏狮峰；由此而下则仙姑洞也；此后山之胜概也。两山峰峦，距涧争胜，乍入见之，如造仙境焉。

噫！横阳之山，自县治西抵泰顺数百里峋，别求一奇峰怪石而莫之有，而兹山峰岩洞壑，若巧匠起能，群相献异，亦独何哉？岂造物者故聚奇胜以资人之探取耶？余不能穷其状，书于石以志之。

---

① 施元孚，字德交，号六洲，乐清诸生。著有《北雁山志》十三卷，《释耒集》四卷。

② 乾隆四年，公元1739年。

石楼洞记

施元孚

石楼洞，即仙姑洞也。余之游也，久无八居，拄筇杖，蹭蹬荆莽间，见者皆余笑焉。

洞在山半，方广六丈有奇，朗然明爽，轴临堂字。其内左壁，豁如重门，跻而上，是谓上洞，广得下洞之半，而深倍之。洞口方耸，下临绝壁，而群峰献巧挚前，居之如御高楼之上，披闼而观，而不可出。洞口之造，有窍大如斗，圆明如镜，日月牖。余穿牖而上，跨于桐背，怪石林立，不可名状，心乐之，啸歌不肯去。

嗟夫！以兹洞之胜，宜其获助于人，而增华不已。今乃缁羽弗居，游人落落，隐迹于棘荆榛莽中，而名不出于瓯。惜夫，以兹洞而犹如是，固知宽闲自在之境，淡远无华之物，大抵皆人世所弃掷也，不亦可慨也哉！

玉楼门记

施元孚

石楼之左有障焉，绵亘百余仞，抵于涧浒，壁立如高城。中开一门，阔丈许，其上石梁天成，若门楣然。游客初来，遥见门外天光及山木鸟兽之属，疑若别露仙境者。走至门，仰睹高空，若登阊阖，倚瞰绝壁，若御敌楼；而门外石城闽，环拱于下，又若砦城犄角而峙，以助其势，奇险之状，可喜可愕。余既爱之，坐门下，清风微来，飞鸟声滑，穆然有蓬莱仙阙之思焉。

大抵兹山卷石为门者六七处，此其尤奇者，故志之以资卧游。

仙甑岩记

施元孚

仙甑岩，屹立涧边，中空而外削，下有洞门，望若黔突。余渡涧入洞，仰见青天如明镜，玲珑圆卷，宛然一巨甑也。甑口四五步，有孤峰起如悬针，窍其根为门，状如针孔，天光透彻，与甑口相映，射居甑中。轻云上浮，白茅下拂，俯仰瞻眺，莫测端倪。山风自穴入，逼至甑中，如冷水骤至，寒峭凄切，令人不可留。急上甑口，高立峰下，黄叶纷从甑中起，如炉丹跳脱，瑟瑟有声，不可迫视。因穿峰孔，环眺群峦。风息，仍甑中下。

游南雁荡记

清·秦鸣雷①

南雁之名，亚于北雁，余艳心久矣。嘉庆庚申②，霁峰嵇君，招余同赴平阳，窃喜借此可偿宿愿。至邑之日，值夏初，天气日益炎热，兼之暑雨不常，海风多厉，不宜山行。未几，九月至矣，风自晴和，游兴勃发，而霁峰适以公事赴郡，欲行无伴。因思杨明府署中或有同志者，往约之，而宁波周君谓南雁不足游，心窃疑其言，而兴不可遏，遂于初七日，偕嵇氏二生以往。

至钱仓，挈杖入山，所见石甚粗犷，大小皆成卵，累累相接，弥望如一，欲求旧《志》所云如玉如雪，莹洁可爱者，了不可得。几疑周君之言为不谬，行自悔矣。勉力前进，崎岖彳亍数里许，始得所谓摇动石者。盖二巨石相倚而立，一人陟其巅，以足徐徐引之，可开五六寸许。石虽巨，作卵形圆转，易于动摇，亦无甚异，而世俗特诧为神奇耳。余足力已疲，石上小憩。二生及数仆，一奋勇更进，以求所谓黄公洞者。至则石梁已颓，为涧所阻，望之但杳然深黑而已，兴尽乃下。

潮长，乘江船夜发，五鼓至水头，入旅舍，俟舆人。时天已将晓，倚楼遥见云容山色，树影溪光，交相掩映，颇足悦目，不觉市廛之喧杂。舆行十余里，山容始异。舆人前指曰："历尽此山，到仙姑洞矣。"自此渐入佳境，夹道诸峰，横列倒竖，如乱笋争发；又纹理缜密，如茧丝，如牛毛，与前石卵形大异。盖钱仓石大抵多圆，至此则片片皆侧立，始知山灵之巧，各具一心手如此。又十余里，始造仙姑洞。洞平广，纵横各数丈，中设仙姑像。群峰星拱，环集左右，形势实擅一山嚏胜。左有一穴，大仅容身，舆人云："从此可入，直透峰顶。"人皆错愕，莫敢进。有童子者，瞥然奋身而入，如鼠之匿于穴；顷之，腾跃绝壁之腰，如鹘之翔于空；既又旋出旋入于石隙之中，如蜂之游于房；然后翘首跂足，高踞于层崖之上。方为之惊骇欲绝，须臾回顾，则依然侍立于傍矣。一愿童子耳，不意其矫捷如此，深为叹异。洞前有小屋数椽，邑人黄君寓砚其中，投刺谒之。话毕，因引余左行。约里许，忽见连峰中断，划然如截，透出天光一片。仰视绝顶，巨石横焉，所谓大石梁

① 秦鸣雷，常州人。

② 清仁宗嘉庆五年，公元1800年。

也。其穴上广下削，自峰顶至地，不知几十百丈，意巨灵神力所一挥截断者。既又导余历览玉女、玉笋、卓笔、华表、锦屏诸峰，又引余渡水而西，观玉女峰正面，娟秀媚好，亭亭欲下。又折而东，上余公洞，其洞后轩前轾，如覆夏屋。洞尽复有石凭空而起，若门阙然，为石门楼。入之，隙地数弓，云是会文书院遗址，南宋时有陈氏子孙读书其中，朱子尝往访之。时余疲甚，坐卧于此，移时日已向西，始出登舆，别黄君而返。黄昏至水头，仍宿前寓。初九日晡，方乘潮返棹，二鼓达前仓。初十亭午抵署。是行也有二幸焉。余性畏风，而海滨多风雨，半裁欲求数日睛和不可得。自初七日发轫，天气清澄，纤尘不动，岚光云影，淡宕冲融，返署后，天又阴册欲雨矣。岂山灵鉴予之诚默为保护耶？囊中虽携旧《志》，按图索骥，仅可仿佛，幸遇黄君为地主，一一指示，始得识真面目。盖天与人殆交助焉，岂偶然欤？向使过信周君之官，几乎交臂失之。实则周君未尝至南雁，误以钱仓为南雁，故有是语。或云：钱仓原有佳境，特人迹未能到耳。姑存此说，为山灵解嘲可也。

仰天湖记

民国・陈振椒[①]

雁荡以饶水草，雁多翔泊，故名南雁山。荡湖所在，久无觅处，好事者辄引以为憾。余亦尝访求之而未得也。既而闻溪南山有仰天湖，询之村人，或言有水，或言已涸，以其地绝幽僻，人迹罕至，故莫能详也。今岁初夏，偕蔡君义西、族子明权往游焉。

溪南，盖顺溪之南，由小龙里西南行，取道河头山，过木桥，抵其地，约二里。自溪南村上岭，至仰夭湖，约五里。山径仄逼，问道于樵者，指老鸳尖下大枫树为识。丸逾冈垄三，始至焉。老鸳尖者，余所居山门村有四尖山：奔蒲尖、西虎尖、北莲花尖，而南则为老鹰尖。环村诸山，以此四尖为最高，皆南雁荡之山也。仰天湖在老鹰尖下，蜖起一峰，其上方广约十余亩，四面如削，中潴为湖。湖粥椭圆，南北距六七丈，东西二丈余，水深者可本七尺，淼暑迈寒不涸，清莹澄澈，掬而饮之，甘冽异常。南有口。泻于涧。涧旁有田一亩许，泥深数尺，似垫淤而成者。

日将暮，乃西行下山。遇野叟，年八十余，云仰天湖昔阔而深，今渐狭浅，旧观矣。窃疑此为雁湖，庶门拼之。遂予山麓渡溪至五十丈村，循河头山湾而归。宣鳞靡戌[②]四月二十日记。

---

① 陈振椒，原名慕琳，字子蕃，宣统庚戌恩贡，居山门。

② 宣统二年，公元 1910 年。

南雁荡山诗选

全景山水诗

游南雁荡

唐·李皋[①]

雁荡诸奇不可穷，石梁华表远凌空。
乾坤谁道洞中小，日月曾从牖里通。
词客墨苔观照耀，飞仙环佩听玲珑。
何当借得缑山鹤，驾入嶙峋翠几重。

游南雁荡

唐·路应[②]

雁荡峰高岂易梯，筇鞋极处与天齐。
蟾宫隐隐步将到，日驾亭亭手可提。
织女支机堪索石，仙翁花雨不沾泥。
诗怀到此清如许，欲向银河蘸笔题。

游南雁荡

唐·吴璋[③]

碧桃花暖洞门开，遥向春山举一杯。
洒墨几人镌月牖，乘风两度到蓬莱。
绿阴窗户长疑雨，自石林泉半杂苔。
王事贤劳闲未得，趣归猿鹤莫相猜。

---

① 李皋，字子兰。唐上元间除温州长史，行刺史事，升秩少府，与平袁、晁之乱，徙秘书兼州别驾。

② 路应，字从众。唐代宗大历间授温州刺史，筑堤攒阳乐成界中，二邑得上田，除水害。

③ 吴璋，唐哀帝天韬间任温州制置使。

游南雁荡

唐·薛正明[①]

遐僻山深自晦明，峨峨千态画难成。
半空高挂龙湫瀑，万仞宏开金石城。
日射岚光轻锁黛，泉飞竹径细鸣筝。
隐山无路停骖问，拂拂清风两腋生。

游南雁荡山

五代·钱宏环[②]

十年曾辛乍雁山期，今日来看似故知。
好鸟隔林歌侑酒，飞花绕笔索题诗。
云霞眼底原无物，丘壑胸中似有奇。
萝月松风清似水，何妨游衍咏归迟。

游南雁荡山

五代·陈德诚[③]

雁山遥与白云连，六十奇峰半倚天。
金鼎雨花猿听偈，石门迎月鹤参禅。
戏龙高跃青霄上，群凤齐飞赤日边。
诗思凭空吟不了，那堪夙驾入星躔。

游南雁荡

宋·周行己[④]

避喧习静入仙家，历尽荒榛见丽华。
地杰一方灵洞谷，天垂万象在烟霞。
峰峦对屹东西画，桃李临波上下花，
久坐广严精舍塔，三关攻破是生涯。

---

① 薛正明，温州人。唐哀帝天祐丙寅进士，官文房院使，后梁主征之不就，隐于白云山。

② 钱宏环，字智仁，文穆王第二子。显德中静海军节度使，久之改彰武军，知福州，温人皆行啼巷哭，亦有携家以从者，谓之随使百辟。

③ 陈德诚，字仲德，建安人。南唐保大中为池州刺史、歙州刺史，历官威卫大将军，充左右静江都军使，转光禄大夫检校太尉。

④ 周行己，字恭叔，永嘉人。元祐辛未进士，官秘书省正字。为程门高弟，著有《浮址集》。

南雁山

宋·陈经正①

雨晴华表插天孤，雾散丹霞落雁湖。
洞窈不知红日过，峰危常倩白云扶。
人间谁道无蓬岛，天地分明有画图。
山鸟罔知人未醒，隔林款款唤提壶。

游南雁荡

宋·徐泳②

碧桃春暖洞中辉，方外乾坤与世违。
松径回环群鹤舞，茶亭缭绕片云飞。
抵艰近日登巍嶔，履险乘风上翠微。
僻胜禅关人不到，苍岩雨湿长苔衣。

游南雁荡

宋·徐谊③

青霄卓笔蘸银河，欲向云天书太和。
潇洒竹坡终待凤，孤高华表半牵萝。
连屏雨霁新开画，夹涧莺声巧弄歌。
并驾仙游多少客，琅琅珠玉响岩阿。

游南雁荡

宋·陈可书④

重来乘兴蹑龙湫，玉笋银屏世莫俦。
欲跨双鸾高着步，旁观群雁尽低头。
人行不到尘俱寂，鸟倦知还我独留。
吟倚松关分石磴，恍然身在画中游。

游南雁荡

宋·许景衡⑤

层崖何代已悬钟，暖翠来青淡复浓。
天地有图供罨窗，山林无处着尘踪。

---

① 陈经正为经邦之弟。
② 徐泳，字荐伯，居东郭。绍兴廿七年右科进士，官兴化巡检。诗有《横槊醉稿》。
③ 徐谊，字子宜，居沙冈。乾道八年进士，官工部侍郎。
④ 陈可书，初名敦书，释褐进士，里居未详。
⑤ 许景衡，字少伊，瑞安人。绍圣甲戌进士，著有《横塘集》。

风泉韵合桐丝细，石洞门深花影重。
酌罢溪磐红日落，更看明月白千峰。

游南雁荡

宋·张九成[①]

瑶台三岛无消息，踏遍红芳又绿阴。
药径未能医白发，峨冠向不改丹心。
清风谢屐忘劳力，寒瀑牙弦忆赏音。
形胜尽收归画笔，何消他日再登临。

游南雁荡山

宋·林湜[②]

养静山僧卓锡随，跻攀绝顶共寻奇。
鸟歌花笑如曾识，天霁风清似有期。
乾洞夜明通日月，灵湫春暖起云霓。
投簪归老还忧国，药径前头采紫芝。

游南雁荡

宋·彭龟年[③]

奔驰仕路久劳神，忽睹仙居觉思新。
踞虎峰头蟠怪石，卧龙潭表绝纤尘。
清声应谷鸟湫瀑，秀色浮空玉洞春。
个里蓬莱应不异，何须海上更寻真。

游南雁荡

宋·汪季良[④]

钱王无复还天柱，灵迹千年宏廓存。
普照应非尘世界，平安别是一乾坤。
庵前菘滴研珠露，岩上苔封神迹痕。
策蹇穷幽频采择，森罗万象混元元。

---

① 张九成，字子韶，别号无垢居士。其先开封人，徙居钱塘。

② 林湜，字正甫，长溪人，徙居平阳松山。绍兴庚辰进士，历官太府司农，进直龙阁致仕。

③ 彭龟年，字子寿，临平军清江人。乾道五年近士，且蛩罩啜同待制。

④ 汪季良，广信人。宋宁宗开禧三年知平阳县。

南雁山

宋·陈经邦[①]

老从神武挂尘冠，要与傍人分碧山。
阵落风前排集雁，影翻日下舞双鸾。
云关隔断尘寰杳，月牖光通宇宙宽。
安得此身生羽翼，朗吟飞过万山间。

游南雁荡

元·陈勉[②]

苎盂滴水不知年，丹灶荒凉草似烟。
采药有人寻旧径，乘鸾无处觅飞仙。
空林花落鹃声老，远荡云开雁影翩。
今古游人同一叹，坐听流水写幽弦。

游南雁荡

明·刘谦[③]

骢马追风到浙东，偷闲览胜万山重。
雁拖云影晴虹涧，翠湿征袍削玉峰。
精舍荒凉秋草合，梵宫冷落暮云封。
此间道学渊源远，今昔令人感慨中。

游南雁荡

明·何文渊[④]

五马寻云雁荡南，洞中天地异包含。
丹霞光映朝阳谷，碎玉清分撒水岩。
野兴欲招华表鹤，春衣半湿石门岚。
径中草盛交黎少，缅想飞腾何所堪。

游南雁荡

明·桑瑜[⑤]

催科铁冶思悠悠，雁荡夙便乐胜游。
一壑灵光神暝合，千岩奇秀翠交流。

---

① 陈经邦，平阳县人。禾破希大观进士。

② 陈勉，江西宁都人。官至御史。

③ 刘谦，字自牧，祥符人。明永乐辛丑进士，官山西道御史，宣德时按视平阳银冶。

④ 何文渊，字巨川，江西广昌人。宣德五年知温州府。

⑤ 桑瑜，苏州人。成化十年温州通判，为催铁课至雁山。

桃花不解仙郎醉，野鹿犹眠草径幽。
扫却洞门餐石火，白云飞驾乱峰头。

题雁荡山

明·马性鲁

几年浪说雁荡名，于今始识雁荡真。
峰峦秀耸插天际，洞窟幽深彻地垠。
岩岩气象泰山匹，壮哉形胜侪齐秦。
叠重曾见百千重，怪怪奇奇难指陈。
仙风引我凌绝顶，一览吴楚并越闽。
不知混沌化分始，许大物事谁陶钧。
回首问山山默默，我却知山山有神。
岩谷高视万形表，大都不与诸山伦。
虎蟠虎踞镇南服，海不扬波边不尘。
鸾停鹄峙拱辰极，接引遐迩咸来宾。
钟为神气降申甫，发为祯祥生凤麟。
养为奇才梁栋具，兴为宝藏作国珍。
融为云雨润群类，沛为膏泽苏兆民。
神幼大用妙难悉，奇形怪象何庸论。

夏日约陪观察陈虹州游南雁荡

明·王叔果[①]

海上灵区雁荡稀，排空飞瞅更崔嵬。
紫崖中划藏丹灶，石壁斜穿入翠微。
藉荫冷然消暑气，剪荒幸尔借霜威。
咏归漫记津头渡，再到天台路已非。

南雁荡

明·吴谷[②]

洞口丹霞别有天，石梁斜日挂晴川。
萧萧雁入黄芦荡，恻恻猿啼锦树烟。
流水桃花疑去路，麻姑石髓信长年。

---

① 王叔果，字阳德，号呖谷，永嘉人。嘉靖壬戌进士，擢苏松兵备宪副，改福建参政，不赴彳以循吏称。著有《玉介园稿》。

② 吴谷，字以颖，居夏口。洪武二十三年由儒士荐授常熟训导。

结巢正拟云林伴，何处能招李谪仙。

游南雁荡

明・陈宣①

独上高峰望眼青，八方金磬落松声。
好山拱立几千状，灵鸟飞来时一鸣。
水奏管弦尘气爽，天开轮圈暮云平。
悟窑欲坐生公石，试向龙湫一濯缨。

集南雁山次马给谏韵

明・蔡芳

山头流水出前溪，岩畔云停压抑低。
野鸟也知游子兴，双双飞过洞门啼。

游南雁荡

明・黄叔良②

踏破苍苍一径苔，幽寻仿佛入天台。
岩泉鸣涧笙簧奏，壁树撑空剑戟排。
宾雁重来芦荡在，仙姑已去洞门开。
不须九节仙人杖，也向云巅走一回。

游南雁荡

明・薛见龙

藤道能容飞鸟过，萦纡百折到岩阿。
洞房寥廓桃花在，书屋荒凉秋草多。
药径归迟还步月，石梁度险更扳萝。
穷探不尽山中景，倦眼惟看两屐磨。

游南雁山

明・陈澜③

偶因便道一攀跻，路绕丛条险复夷。
古洞通天时有窦，枯松撑月半无枝。
崖悬石笋疑将堕，瀑挂珠帘势欲离。
佳景满前看未尽，徘徊不觉下山迟。

---

① 陈宣，字文德，世居江南之柘园。成化辛丑进士，历官河南知府转云南参政，致仕归，徙居坡南。

② 作者爵里未详。

③ 陈澜，居仙居。正德时选贡，任教授。

游南雁荡

明·杜德基[①]

吾家象山隈，青翠滴檐外。
今日到雁山，何事须斋戒。
天柱挺崔嵬，龙湫舞奇怪。
兹游似有缘，松风扫宿靄。
从来登山人，不欲留钱买。
嵩岳重欧公，九华重李白。
不似韩昌黎，痛哭真无赖。
为我谢山灵，殷勤下一拜。
须忧天下忧；方快山中快。
他时细品题，一一偿诗债。
结亭住此山，自喜非生客。

游南雁荡

明·陈彦生[②]

试问先天无极翁，谁将神斧辟鸿濛。
金鳌出地驾三岛，天马行空动八风。
洞府生光通日月，潭云吹气伏蛟龙。
登临未尽狂夫兴，万仞山头一柱筇。

游南雁荡

清·张超英[③]

东瓯两雁荡，南者名先获。
钱氏有国时，其地重经画。
越今千百年，谁不探幽赜。
清风吹我衣，裹粮行杖策。
攀援至洞天，果是神仙宅。
玲珑石中空，可坐人盈百。
且堪列胡床，不宽亦不窄。
斯洞本名西，东洞一水隔。

① 杜德基，字万年，号海南。诸生，以孝友称。
② 陈彦生，字良弼，号雨岩，居仙居。嘉靖间典教漳库，升楚府教授。寿一百五岁。
③ 张超英，字晋锡，居桃湖。康熙庚子举人，授秀水教谕。

有女来学仙，洞名因之易。
循径而南行，盈眸多奇石。
簇簇锦屏峰，双鸾竖舒翮。
矗矗华表柱，玉笋森列戟。
壮哉石门楼，元龙同百尺。
门楣端正好，俨似大坊额。
不识当何时，鬼斧神工擘。
乃想宋诗人，啸傲恣搜索。
恭叔少伊辈，声名犹籍籍。
厥后晦翁至，游览寻三益。
陈氏书楼中，相与数晨夕。
能知造化心，不忘赏奇僻。
自有此溪山，不可无此客。

游南雁荡

清·朱泰曾①

北港乘潮泛夜航，轻兜趁晓历崇冈。
春阴漠漠桃花放，岚气霏霏柳线长。
三涉碧溪流水浅，两穿幽径鸟声忙。
渐看山骨棱棱出，怪石奇峰色正苍。

屹立门楼透碧穹，锦屏高插翠微中。
洞藏擘苎仙姑迹，峰现髻丝玉女躬。
偶渡东流寻石室，谁忘内翰召余公。
琼关自有云封护，不许凡间烟火通。

大石梁兼小石梁，岩扉通彻漏天光。
芝房呈瑞千峰丽，竹坞生风满径添。
白水晴虹分脉络，青霄卓笔焕文章。
灵旗百尺仙官展，恍若飘飞有异香。

半日游行山水遥，红尘隔断叶萧萧。

---

① 朱泰曾，号履堂，苏州人。乾隆丙午知平阳县。

千层芦荡居龙雁，万派松涛洗孽妖。
身世奔忙皆是累，襟怀郁抑此时超。
电光石火浮生事，愿酌仙灵玉液消。

南雁荡

清·陈永龄[①]

夙闻南雁山，幽奇胜于北。
兹来正重阳，秋露涤山色。
岚光媚向人，好景环相逼。
洞窗到转危，岩欹看欲踣。
千峰削芙蓉，形肖如雕刻。
窈窕驾空青，天然鄙粉饰。
风高帽不禁，云深酒无力。
松根讫少休，苍翠纷如织。
坐惜偏僻区，游踪罕登陟。
人云深复深，泉石更奇特。
藤道樵牧慷，可望不可即。
试上最高巅，一窥仙真域。
鼓兴勉攀跻，扶筇凌主勃劣。
众容杳霭间，半见还半匿。
开凿疑鬼神，画图穷笔墨。
游行鹤鹿驯，异境谁能测。
落日返茅庵，重惭烟火食。
詹然洗心胸，身世寻鸡肋。
唐宿尚淹留，长吟恍有得。
寄语北山灵，勿矜多赏识。

偕朱义壶游南雁荡

清·林滋秀[②]

茫茫我欲问太古，帝遣何神运巨斧。
擘此雁山石戴土，巧于天半拓岩户。
哆口谽谺势踞虎，百人容之与吞吐。

---

① 陈永龄，号鹤沙，永嘉人。乾隆癸酉优贡。

② 林滋秀，字兰友，号纫秋，福鼎人。著有《双柱堂文集》《快轩诗存》《快轩诗则》等。

其旁有洞亦环堵，洞喉深窨遁狐蛊。
巇罅窥天漏一缕，倚空欲学娲皇补。
以手支石面内睹，以趾纳石踵外俯。
十步般辟九栗股，性命拼与名山赌。
野蔓秋藤肯我辅，会当上诣群真府。
明王峰顶天尺五，飞鸟不到猿猱苦。
上界星辰若可取，下界峰峦差可数。
卓笔峨冠华表柱，一一儿孙拜祖父。
毒龙洞底掉尾怒，天瀑斜飞碎雷鼓。
长啸一声鸾凤舞，随风吹去落何许。
我闻蓬洲朱仙姥，前五百年湖山主。
自从蕊珠擘麟脯，夜夜灵谢溪霓羽。
夫何叫阍叩帝宇，不见黄冠白玉尘。
五色杜鹃为谁树，万朵绛云空复聚。
惴惴上山气塞阻，岌岌下山心怪怃。
肌骨微尘强撑拄，客曰馀勇吾可贾。
平日笑煞韩吏部，蹑足华巅泪如雨。

南雁山歌

清·汤肇熙[①]

北雁山，南雁山，北雁名在南雁后，南雁奇与北雁班。扶舆灵秀气，乃孕深僻间，主人自夸腰脚健，竹炉砖魏相跻攀。上有仙姑洞如斗，四时苍翠封洞口，华表一峰矗其前，石梁千尺压其后。辟天门，窥月牖，神工鬼斧尔，列宿众星摘在手。万千变态不可棼，视之四面皆玲珑，一声欺笑层空落，落下片云衣袖中，遂乃脱我衣，卸我笠，有客有客留我宿，高楼彻夜天风吹，斜倚寒檠灯一粟。作诗聊以当长歌，从此名山眼看足。香茶香鱼风味佳，前游后游良缘续。

人南雁山

清·戴启文[②]

安稳篮舆尽卧游，最深僻处最清幽。
争奇景色偏宜雨，洗净踞妆欲送秋。
怪石键天平地起，奔泉倒峡出山流。

① 汤肇熙，字绍卿，万载人。进士，光绪八年知平阳县，著有《出山草谱》。
② 戴启文，字子开，丹徒人。光绪己亥知温州府，有《三雁纪游诗》。

缘溪水涨难徒涉，接引还须借渡舟。

游南雁荡

清·顾兰丰[①]

策杖攀跻雁荡巅，仰观俯察任盘旋。
锦屏突兀耸青霭，华表高擎近碧天。
事到久传多是迹，人非绝品不能仙。
得来片刻跏趺坐，聊适清幽意爽然。

有怀南雁

郑经生[②]

卅载名山忆钓游，如今白发已盈头。
难忘携酒清宵夜，对月临风寄客愁。

南雁荡寄怀

苏步青

一别名山四十春，有时归思寄南云。
仙姑何幸馨香火，孙老无端榜会文。
牛背笛横斜日渡，羊肠径逐故园门。
秋来处处堪留恋，朱桔黄柑又几村。

南雁寄怀次步老韵

苏渊雷

南雁回翔六十春，辅仁会友气凌云。
木樨淡放知无隐，华表斜看有逸文。
野渡半篙真罨画，青灯一味足玄门。
珂乡未觉灵山远，起凤腾蛟别有村。

东西洞景区山水诗

仙姑洞

宋代·林逊[③]

神女何年入此山，遗踪幻化异人寰。

---

① 作者爵里未详。

② 郑经生，平阳凤卧人。曾出诗文专集二十来种，在台湾出席过国际诗人集会。

③ 作者爵里未详。

春风不醒还疑梦，流水行云日月间。

夜明洞[①]

宋·徐宏[②]

玉窟由来窈窕中，石门无锁借云封。
虚含奎壁斗来大，自有清光昼夜同。

施　岩[③]

宋·郑隆祖[④]

行上施岩石洞间，分明著脚白云端。
算来月窟无多路，便好乘风上广寒。

铁瓮洞[⑤]

宋·陈唐佐[⑥]

云端象鼻通，一瓮自冲融。
岂是乾坤小，当知造化工。
灵泉猿不饮，丹气鹤常充。
仙子拳鸾去，何年返故宫。

天柱峰

宋·陈桃[⑦]

峰危高耸与天偕，不假公输斧撕裁。
赖有坚牢雄砥柱，杞人知此放忧怀。

石室[⑧]

宋·孔履常[⑨]

怪石东西室，无劳斧凿工。
生成轮奂美，兴废与天同。

---

① 在群雁峰旁，石天窗下。

② 徐宏，字蕴之。淳熙辛丑进士，主古田簿，调潭州教授，嘉定五年，除起居郎，兼侍讲，又兼国史院编修，实录院检讨等。

③ 也称小施山，在梅雨潭上游。

④ 郑隆祖，居水心。官教授。

⑤ 在西洞内，又称十八进士洞。

⑥ 陈唐佐，字尧臣，居新洋，淳熙甲辰进士，官礼部郎中。

⑦ 陈桃，字寿翁，居陈营。宝庆丙戌进士，官至广东提刑。

⑧ 即东西洞。

⑨ 孔履常，字复之，居坊郭。宣圣五十世孙。绍兴间上书，授常山尉，补浦城令。

乘鸾峰[①]

宋·朱元升[②]

乘鸾向何处，年年飞不去，
会看毛羽成，直上云霄路。

照胆潭[③]

宋·叶味道[④]

一水磨铜镜面寒，人心蔽锢谁相观。
请君顾影清潭里，私曲分明见肺肝。

龙角岩[⑤]

元·陈梦高[⑥]

潜龙将启蛰，双角露峥嵘。
自是天时到，非关霹雳惊。
超群回首出，触石见云行。
要润苍生耳，何能与物争。

龙角岩

宋·朱元升

本是一顽石，偶如龙角象。
至今瞻仰人，便作风雷想。

清风谷[⑦]

宋·朱元升

一谷有清风，此山无酷暑。
见说向炎地，人人汗如雨。

清风谷

宋·朱公似[⑧]

世尘吹不到，足可散闲襟。
老竹生虚籁，高人留醉吟。

---

① 在东洞山上，玉女峰旁。
② 朱元升，平阳县人。宋嘉定右科进士，著有《三易备遗》。
③ 在西洞山脚钓矶前。
④ 叶味道，永嘉人。嘉定庚辰进士，授太学博士，迁秘书著作郎。
⑤ 在会文书院后山，又名化龙岩。
⑥ 陈梦高，元初为县学教谕。
⑦ 西洞与云关之间有峡谷，曰清风谷。
⑧ 朱公似，居三桥，隐居不仕。

云开苍石洞，径扫入松阴。
六月人间暑，清寒独不禁。

晓云峰①

宋·朱元升

旱天无觅处，晓云此无数。
只消一缕飞，亦可作甘露。

晓云峰

宋·顾冈②

一夜乾坤雨乍晴，归云无数宿苍屏。
白衣已晒青山晓，茅屋主人犹未醒。

天马峰③

宋·范郁④

惆怅孙阳世久无，纷纷驽骥逐齐驱。
不教神物俱湮灭，犹幸深山天马图。

天马峰

宋·朱元升

塞上风尘高，处处寻天马。
只在此山中，无人到图写。

晴虹涧

宋·徐任⑤

云收雨霁涧流长，花片浮来湿更香。
眼底虹霓横碧落，四时曾不有冬藏。

玉女峰

宋·薛光远⑥

玉女谁知化石年，望夫不是此山前。
朝云暮雨无消息，秋月春花自斗妍。

---

① 晓云峰在石天窗上方。
② 顾冈，字德凤，居下涝。绍兴乙丑进士，授钱塘簿。
③ 天马峰在群雁峰旁，石天窗上。
④ 范郁，宋嘉禧三年平阳县令。
⑤ 徐任，居坊郭。绍兴壬戌进士，官宁德令。
⑥ 薛光远，字原明，居薛桥。官台州录事。

蝙蝠洞

宋·倪梦龙[①]

悬崖多蝙蝠，往往寿千年。
自古人难到，如今尔得先。
所餐岩上乳，不出瓮中天。
尚有扳援者，曾看抱朴篇。

石梁

宋·朱公似

洞前行半里，游子在长虹。
济世宁无用，擎天自有功。
往来当要路，今古阅英雄。
从此寻光景，芒鞋处处通。

石华表

宋·朱公似

不见令威至，松深鹤卧苔。
齐云高柱壮，迎日两扉开。
况有山灵守，宁无俗驾回。
仙家从此入，几叠翠楼台。

钓　矶

宋·朱公似

片石著吟身，盘桓不记春。
几年安钓具，于此阅高人。
野艇闲横水，汀鸥远卜邻。
自怜香饵别，应解得金鳞。

月　牖

宋·朱公似

牖开明月样，圆缺岂无常。
收尽千崖耸，归于一隙光。
广寒如许大，造化亦难量。
岁岁秋风起，山高桂子香。

---

① 倪梦龙，字公翼，居金舟。淳祐丁未进士，知缙云县。

云　关

宋・朱公似

更无扃与钥，一任白云通。
宝盖惊空远，云坛对面雄。
往还萝径月，开闽竹坡风。
极羡渔樵者，经行缥缈中。

鳌头峰[①]

宋・王惟修[②]

海上鳌来此，云霄紫翠间。
蹲身安四极，举手驾三山。
巨力天应赋，高名世莫攀。
除非上方看，始知压尘寰。

三台峰

宋・彭仲刚[③]

雁荡奇峰绝比伦，巍然森列应天文。
光联奎壁宜公辅，名显瑶阶欲致君。
峻极冷擎中夜月，峥嵘突出半空云。
朝廷正尔需贤佐，光岳钟灵气未分。

钓　矶

宋・陈国乔[④]

一片崔嵬石，渔翁坐不禁。
非熊何日兆，六合霈甘霖。

月　牖

宋・朱元升

谁将造化手，开此混沌窍。
每夜吐月时，九州同。

① 在西洞上，旁为犀角峰。
② 王惟修，学谕，里居未详。
③ 彭仲刚，字子复，居彭堡。乾道丙戌进士，官至浙东提举。
④ 陈国乔，居莲池。嘉定癸未进士。

竹坡[①]

宋·林管[②]

潇洒山隈处，交加尽此君。

平安终报，晚节凤来群。

采药径

宋·朱元升

黄芝与钩吻，貌同性相反。

寄语径中人，采时高着眼。

杜鹃林

宋·池圣夫[③]

花笑群峰景，鸟啼千壑春。

满林声色好，何事亦愁人。

采药径

宋·赵师秀[④]

十载仙家采药心，春风过了得幽寻。

如今纵有相逢处，不是桃花是绿荫。

踞虎峰[⑤]

元·叶公坦[⑥]

天产山君石，威陵百兽先。

只愁逢李广，射杀向谁怜。

天柱峰[⑦]

元·史伯璇[⑧]

一气分两仪，断鳌立四极。

不知此山中，犹有天柱石。

---

① 在西洞清风谷下，昔道士林守静居此，后废以种竹。

② 林管，居林坳。绍兴癸丑右科第一。

③ 池圣夫，字景先，居池巷。嘉定辛未进士，绍定四年为著作佐郎。

④ 赵师秀，字紫芝，永嘉人。绍兴元年进士，有《清苑斋集》。

⑤ 在东山玉女峰下。

⑥ 叶公坦，居东魁。延占闻荐授应州推官，广西副使。

⑦ 在云关左侧。

⑧ 史伯璇，字文玑，号牖岩，居钱仓。隐居不仕，精究四书，深得朱子之旨，著有《四书管窥内外编》又《杂文二卷》。

倒插花岩

明·陈应元[①]

植物本乎地，胡为花倒开。
云根分种异，假手自天栽。

清风谷

明·王宗远[②]

幽谷清风亦快哉，炎威不敢逼岩隈。
愿将一种同人世，扫荡乾坤绝点埃。

滴水岩

明·黄秉仁[③]

一沫穿云下翠峦，堕盂点点雪花寒。
却从细溜通银汉；相贯明珠落玉盘。
仙子渺茫空有迹，山灵呵护未曾干。
泓澄不出桃花洞，莫作胡麻流水看。

玉笛岩[④]

清·吴之陛[⑤]

鹦哥岩畔留仙迹，冷露深山人不识。
坐听松声与竹声，疑是空中吹玉笛。

游仙姑洞

清·钱琦[⑥]

忽悚造化炉锤别，铸出奇形各不群。
怒石倒垂千马饮，灵旗斜展一军分。
采薪人去肩挑火，带雨僧归脚踏云。
不用烧丹成九转，已教心地净尘氛。

---

① 陈应元，例贡，授河南布政都事。
② 王宗远，名症，居象冈。洪武十一年荐授光禄寺丞，终都察院有副都御史。
③ 作者爵里未详。
④ 在东山观音洞侧。
⑤ 吴之陛，字天尺，居万全潭头。康熙丙子岁贡。
⑥ 钱琦，字相人，号珂沙，仁和人。乾隆丁巳进士，历官福建币政便，著《澄碧斋诗钞》十二卷。

陪钱太史游仙姑洞

清·张元观①

烟髻云鬟黛色多，此山原自属仙娥。
缘岩艳发奇花草，怪石危缠古薜萝。
人在半空阐佛号，客来千载困诗魔。
名峰数遍应编就，樵子山中一段歌。

群雁峰②

清·李用光③

肃肃者羽，群焉兹戢。
眷彼流离，何时安集。

流涧晴虹

清·谢青扬④

骤雨势初歇，淙淙涧水流。
断虹下饮处，霁色暮山秋。

浸苎盂

清·卢镐⑤

宁可废粮食，不可废纺绩。
冷冷一盂水，中有十指迹。
寄语世上人，神仙岂安逸。

夜深见对山观音洞佛灯

清·戴启文⑥

奇峰耸天半，上有大士洞。
远火一星明，照人醒尘梦。

西　洞

宋·邵梦龙

古迹蓬莱绝比伦，回风难夺此中春。
未逢玉乳长生术，空想当年驾鹤人。

---

① 张元观，字肇，号颛斋，永嘉人。雍正乙卯选贡，乾隆甲子举人，官至刑部主事。
② 在石天窗边。
③ 李用光，字于宾，临川人。中乙科，顺治十五年知平阳县。
④ 谢青扬，字光猛，居矾山。著《愈愚斋诗文集》。
⑤ 卢镐，字配京，别号月船，鄞州人。乾隆癸酉举人，官平阳教谕，著有《月船居士诗稿》。
⑥ 戴启文，字子开，丹徒人。光绪己亥知温州府，有《三雁纪游冀》

云 关

清·黄青霄①

芙蓉千朵倚云栽，怪石玲珑海上来。

堪爱云关接天路，奚须蹑跻访蓬莱。

听诗叟

清·黄青霄

云情霞想发天聪，深识源流属此翁。

汉魏六朝冠千古，独传李杜继高风。

锦屏峰

清·黄青霄

拔地嶙峋列画屏，潆洄水抱数峰青。

好乘银烛秋光冷，仰看云间牛斗星。

石华衰

清·陈永龄

孤高俯群峰，拔地擎天柱。

鸟道纡回通，空山表门户。

渺茫眩青苍，斑驳蚀风雨。

兀峙惊飞禽，倒悬薜荔古。

谁携吴猛筇，一认巨灵斧。

云动岩扉开，清虚见洞府。

翁仲杳无踪，远蜕已成土。

语鹤不归来，烟霞几易主。

峨冠峰②

清·黄青霄

雾罩千峰苍翠滴，月明万壑白云封。

峨冠大带寻常事，不若登临策短筇。

鲤鱼滩

清·卢镐

冷冷清溪水，中有蛟龙姿。

凌风可飞去，乃恋水石奇。

---

① 黄青霄，字云谷，邑诸生，居丰山。有《吟午舫诗稿》。

② 在西洞上，天柱峰旁，与天冠峰、道士峰相近。

长留一片园，时动鳞之而。

进士洞

清・黄青霄

入洞玲珑芝草香，别开境界水云乡。
当年学士瀛洲数，溪水松风听草堂。

采药径

清・卢镐

携锄寻蒙密，我岂求延龄。
不忍空山秀，凡草同飘零。
采之贯蕙带，弥觉添芳馨。

题阐韵楼[①]

清・孙锵鸣[②]

风流张太守，笠杖昔曾游。
我亦偕良友，题诗最上头。
溪声宵绕枕，竹色昼当楼。
还望后来者，添教韵事留。

大石梁[③]

清・芦镐

架竹风袅袅，度杠石凿凿。
天半白虹梁，倏尔达寥廓。
既可高着眼，何时大着脚。

大石梁

清・秦鸣雷[④]

群蜂亘东南，幽壑无春阳。
谁凿混沌天，透此一隙光。
绝壁列屏障，中断如颓墙。
豁然开朗处，鸡犬通何乡。

---

① 原序：洞中楼三层，旧无名，去岁张春陔太守来游，与同行者赋诗于此，因题“阐韵楼”三字壁间。今予偕宋少泉及其二子燕生中铭来，信宿楼中，日则縋险凿幽，夜则倡和迭作。则太守之名斯楼也，其不虚乎，诗以张之。

② 孙锵鸣，字韶甫，号蕖田，瑞安人。进士，官侍读学士，广西学政。晚号止园老人。

③ 大石梁横架云关之上。

④ 秦鸣雷，常州无锡人。

两崖屹相对，直下千尺强。
仰望青冥上，一线垂虹长。
天风吹嵊岘，横跨凌穹苍。
羲和停日车，欲度犹彷徨。
王良策天驷，踢蹐如跛羊。
何况猿与猱，目眩愁先僵。
奇险自天设，神功谁能量。
鞭石究何成，诞妄嗤秦皇。

大石梁

清·陈永龄

造物亦好奇，嵌空出神技。
两崖耸重霄，一水涌九地。
飞桥驾鸿潦，天路回鸟翅。
凝望渺悬悬，拔风吹欲坠。
仿佛形蜿蜒，凌空抛揽屃。
层峦多可惊，回顾莫相生。
安得蹑云梯，何因追鹤骑。
策杖俯仰间，股栗心为悸。
胜境难穷探，石梁应寡二。
天台更何如，悄焉动遥思。

游雁山至仙姑洞（二首录一）

清·谢青扬

峰峦如削就，晨策快登攀，
微径云中出，溪流碧数湾。
闲赏怀灵迹，缘源一叩关，
明绪渺何处，想象翠微间。

仙姑浸苎

清·谢青扬

石窦长年滴水加，相传取用自仙家。
试看玉女犹沤苎，那得村庄不绩麻。

囊会文书院

清・孙衣言[①]

兄弟同讨奋薜萝，北方千里就磨磋。
遂为浙学文斯在，直到横阳士尚峨。
伊洛微言持敬始，永嘉先辈读书多。
荆榛重辟崇风远，莫但比邻听酒歌。

将军岩

清・黄光[②]

仿佛登坛将拜韩，古藤挂甲剑花寒。
玄黄天地酣龙战，忍作关东壁上看。

天柱峰

清・黄光

千寻拔地诸峰表，落落高踪霄汉闲。
见说东南天欲圮，缘何一柱尚空山。

游仙姑洞

刘绍宽[③]

积雨欣晴上笋舆，共寻古洞访仙姑，
盈盈一水难褰涉，稳载轻舟过笠湖。

东洞

刘绍宽

华表凌云远在望，入门中有读书堂，
世人艳说科名贵，我为先生祝瓣香。

吴山景区山水诗

天聪洞[④]

宋・朱元升

云开岩玲珑，一窍入虚空。

① 孙衣言，字劭闻，瑞安人。道光庚戌翰林，历官至太仆寺卿。
② 黄光，原名益谦，字梅生，居城东。即用训导，宣统初举孝廉方正。
③ 刘绍宽，清末拔贡，民国《平阳县志》副总纂。
④ 在朝阳谷。

亦有面阁事，何当叩上穹。

卧龙峰[①]

宋·程棱

敛爪龙眠翠壁湾，游云不雨宿云关。

起腾绝顶烟霄外，一滴天瓢满世间。

龙隐岩[②]

宋·朱元升

岩根岚雾深，神龙隐其所。

莫恃云霄近，容易兴云雨。

龙隐岩

宋·冯文契[③]

神斧何年凿，蟠泥体自成。

不忧东海旱，独卧此山灵。

日弄珠光灿，春嘘云气生。

奚当假诗笔，早为点双睛！

龙隐岩

宋·黄云龙[④]

乾坤卷石生灵物，蟠向山中未欲伸。

待看雷声高奋迅，大施霖雨跃天津。

龙隐岩

明·周拱式[⑤]

偃蹇原非斧凿痕，崭然头角峙乾坤。

苍生正望为霖雨，何不凌霄久自蟠。

南雁泛溪

明·顾华[⑥]

黄帽棹船溪水清，船行溪树远相迎。

雁归泽国菰蒲晓，鸦噪峰峦烟雨晴。

---

① 在朝阳谷，北宋元祐间(1086—1094)有题诗，现题字漫灭。

② 龙隐岩在朝阳谷山上。

③ 作者爵里未详。

④ 黄云龙，居径头。嘉定庚辰右科进士。

⑤ 作者爵里未详。

⑥ 顾华，居下涝。洪武四年由秀才荐授崇阳令，转乐安判，升太常寺丞。

瀑布悬崖界山色，浪花穿石激滩声。
渔郎欲识桃源路，只恐前村鸡犬鸣。

出山乘箄数里至吴山吴天伦留饮其家

清・卢镐

溪流荡漾春雨余，沿溪直到幽人居。
山光层层围屋角，水声潺潺坞阶除。
盏注冬酿陈老酒，盘登晓网新鲜鱼。
结邻往来可许否，我欲洞中来著书。

翠壁卧龙[①]

清・冯瑞元[②]

松化苍龙云化烟，岩阿寄迹任高眠。
料应他日为霖雨，也许飞腾上九天。

小龙星夜观药鱼

清・张元启[③]

凉秋水落木叶黄，长溪处处驾鱼梁。
小鱼响沫大鱼跃，窟蚌沙鱿俱张皇。
山中取鱼更有术，流药上流鱼自出。
长叉惯使老渔手，远掷近抛无一失。
夜来灯火何煌煌，两岸星繁明月光。
颠强蹶弱争喧闹，倾箱雪片乱银花。
我时兀立为动魄，暴殄天物真堪惜。
百尺澄潭一夕枯，游鳞纤介无踪迹。
古皇历禁非弁髦，鱼不及尺尚能逃。
何如薄俗竞饕餮，沮洳之水穷爬捞。
井谷涸辙迭相遭，断罟脱钩宁尔曹。
鱼兮更于何处潜波涛，呜呼鱼兮更于何处潜波涛。

二仙对弈

民国・姜会明[④]

天外双峰劫外仙，一枰相对意倏然。

① 即龙隐岩。
② 冯瑞元，字杏村，平阳巡检。
③ 张元启，字已可，邑诸生，有《兰畦诗钞》。
④ 姜会明，字啸樵，居城杀。宣统己酉拔贡。

山中甲子浑忘却，谁道长安有变迁。

顺溪景区山水诗

佥熙峰[①]

宋·潘旻[②]

于今方夏德，应物象金铉。
铸就何须匠，生成却自天。
未闻伊尹负，岂待武王迁。
贡举朝廷去，调和大有年。

三级瀑

宋·方蒙[③]

神龙在何级，夹嶂皆峭壁。
既是有威灵，防身更周密。

玉帘瀑

宋·蔡必胜[④]

珠箔飞空涧布流：卷舒曾不用银钩。
悬崖洒洒清涵雪，越壑溶溶冷涩秋。
势动羽鳞应若是，韵谐宫徵亦相侔。
水晶不碍晴峰月，分付山灵夜莫收。

游白云山

宋·林待聘[⑤]

上白云山溪径斜，霏霏仿佛载仙槎。
盘旋藤道锁深霭，葱郁春林带落霞。
神迹峰灵非俗地，仙踪洞杳别人家。
蜿蜒变态无穷趣，倏尔浮岚眼底花。

---

① 在双挂漂上，左破瓮潭，右鱼仓潭。

② 潘旻，字子文，瑞安人。程门高弟。

③ 方蒙，字子功，宋洋人，分唐双牌山。嘉定癸未进士，授嘉州判。

④ 蔡必胜，字直之，居步廊。乾道丙辰武科第一，擢知闪事。

⑤ 林待聘，字绍伊，居四溪。政和乙未进士，为湖南提举，擢太学博士，历知处州、衢州、婺州，终敷文阁学士。

寒　瀑[①]

宋·陈栩[②]

玄冥布令雨成雪，白瀑倾崖玉作花。
坐爱奔声空谷窖，幽深方觉是仙家。

双挂漂[③]

宋·林仲彝[④]

石幽通细涧，一脉泻双流。
万斛明珠乱，飞空夜不收。

破瓮潭[⑤]

宋·方蒙

岩下窟玲珑，直如破瓮样。
安见水源头，通流深万丈。

藤　道

宋·范寅孙[⑥]

峻极藤为道，盘旋百转多。
悬崖枯树杪，涧手斤怪岩阿。
雁入云霄去，猿从荆棘过。
谁云西蜀险，较此更如何。

乌湫瀑

宋·蔡士铎[⑦]

溜从险出时依壁，源自高通半隔岩。
昨夜雨添新水涨，天公又放旧珠帘。

龙湫

宋·王倍[⑧]

奇岩相对屹，泉沫注其巅。
中有龙藏久，为霖便上天。

---

① 在招贤峰下。两柱对屹，泉注其巅，飞瀑溅沫，常如梅雨。
② 陈栩，字良遇，居金舟。淳祐辛丑进士，授朝散大夫，吏部侍郎，前知漳州军事。
③ 水从岩溜而下，金鼎峰歧之为双挂漂。
④ 林仲彝，字清叟。淳熙丁未进士，宁德主簿，由吏部郎出知台州。
⑤ 在金鼎峰左，双挂漂下。
⑥ 范寅孙，姑苏人，范仲淹曾孙。宋绍兴十七年为平阳县丞。
⑦ 蔡士铎，咸淳戊辰进士。
⑧ 作者里居未详。

应潮潭[①]

宋·朱元升

群山虽叠嶂，大海暗来通。

气类偶相应，寸心千里同。

应潮潭

宋·缪次袭[②]

群秀西山万叠多，溶溶潭水滀岩阿。

脉通渊海源流远，潮汐随期定不蹉。

停骖谷[③]

宋·彭有来[④]

弈谷后如壁，行行马不前。

若能高着步，咫尺是青天。

游白云山

元·陈高[⑤]

青山引幽兴，携朋来放歌。

攀援径边树，逶迤上坡陀。

山空林无鸟，天阔北风多。

黄菊余秋英，红叶辞霜柯。

入深得禅宇，结构依岩阿。

幽僧具茗馔，似喜人相过。

淹留竟日暮，谈笑仍婆娑。

人生苦物役，适意能几何。

乘数教登眺，勿用悲蹉跎。

停骖谷

明·吴韫中[⑥]

云外仙踪蔼雁山，岩前钟磬出禅关。

停骖窈谷留残醉，辕鹤松阴抱梦间。

---

① 在白云山麓，系南雁最深的一口潭。

② 缪次袭，字应通，居睦程。淳熙辛丑进士，授庐州判。

③ 停骖谷在白云山下。

④ 彭有来，居鹏山，龟年孙，学究科。

⑤ 陈高，字子上，居陈库。至正甲午进士，授庆元录事，转慈溪尹。有《不系舟渔集》。

⑥ 吴韫中，南直隶徽州人。洪武十八年任平阳主簿。

自北雁荡逾南雁荡观龙湫瀑布七律

明・朱国祚[1]

灵域岩阙隐不知，中藏七十二峰奇。
披衣正在烟深处，到面初无雨歇时。
谢客何曾经蜡屐，贯休已后少题诗。
洞天只恨流传晚，莫睹虫书鸟篆碑。

玉笋峰[2]

清・秦鸣雷

石峰夹如笋，恰合笋名峰。
瘦为秋光冷，肥因露气浓。
入云犹袅娜，映水更葱茏。
砍柱斧堪借。裁来当短筇。

卓笔峰

清・黄青霄

仰看奇峰拥翠鬟，琪花瑶草在人寰。
安能携得如椽笔，诗赋清新继子山。

同叶去病游白云山

清・吴乃伊

寺外通幽径，中疑别有天。
环山欹古木，落涧响飞泉。
缓步还携手，归程笑拍肩。
松涛兼竹韵，重访订何年。

溪行塑画眉峰

清・孙锵鸣

顺溪西有峰，极高如卓笔。土人谓初三四夜月生时，适当其尖，故呼为画眉峰。

千流落涧春雷响，缚竹为舟逆流上。
铁篙戛玉声丁丁，顷刻挽过五十丈。
连山毛竹青到天，隔林处处闻秋蝉。
夕阳红上竹梢顶，溪傍茅屋生炊烟。

---

① 朱国祚，号养淳，秀水人。万历癸未进士第一，官至武英殿大学士，加少傅。

② 在睦源山。

此来不逢初三月，可惜闲却画眉笔。

招凉洞[①]

清·孙锵鸣

一石怆然作狮吼，一石僵立鞭不走。
游人六月来此间，凄栗顿忘火云厚。
却道严冬转奇温，冰雪不入土囊口。
土人告我互惊诧，阴阳二气理难剖。
我闻唯唯日否否，万山深处别一天，
人世炎凉此何有。

将至顺溪

清·孙锵鸣

清溪曲曲抱山来，万竹丛中叫画眉。
不减桐江好山色，一竿秋水最相宜。

龙窟泉

清·孙锵鸣

高田临深溪，灌溉颇非易。
恃有源头水，诘曲引之至。
二石忽当道，乃与水争地。
岂知中有穴，穿札如口鼻。
水由穴中行，不与沟渠异。
出口复入口，吞吐无弗利。
尚乃伛偻入，讵容沙砾积。
圆窦剖岩腹，天光烛幽閟。
从此拾石投，声与鸣钲类。
剜凿岂人工，必非斧斤试。
疑是蛰龙居，鳞甲痕犹渍。
我来锡嘉名，为泉添故事。
年年碧玉溪，长我田禾穗。

① 旧名凉风洞，亦名石室，土人谓此中冬燠夏寒。

白云山

清·刘眉锡[①]

雁荡远相连，白云峰插天。
周遭只卅里，名胜亦千年。
潭未征潮应，溪频看瀑悬。
我来游有意，为信永宁编。

白云洞

清·刘眉锡

俗唤穿山洞，须知是白云。
明河今证昔，藤道见符闻。
镜影方员异，人窥远近分。
寄言寻胜者，莒水问同群。

龙窟泉歌

清·陈骠[②]

南雁灵秀钟西偏，群山如龙出蜿蜒。
一龙最后类伏潜，蟠屈水源不计年。
水泉巨石腹中穿，阴晴隐隐吐龙涎。
下溉村庄千顷田，岁丰报赛鼓渊渊。
争祝神龙飞上天，喷沫如雨苏颠连。
嘉名勒锡自名贤，龙兮龙兮奋重泉。
慎无终屈如蟠蜩，为霖须慰民望延。

玉帘飞瀑

清·谢青扬

名山瀑水各殊状，飞烟喷雪斯为上。
才见冰纨映日张，旋惊晶箔随风膨。
记昔青田几度游，石门观瀑常勾留。
故山此日还登览，恍惚旧观在两眸。

龙湫墩玉

清·谢青扬

夙闻大龙湫，奇幻出入意。

① 刘眉锡，字扬之，号呖斋，居莒溪。邑诸生。
② 陈骠，原名常，字子临，居顺溪。邑诸生。

浙东三瀑布，合让此称最。
南雁逊其奇，乃以多为贵。
悬流非一处，都作天花坠。
就中白云山，山上蓊云气。
水作玉帘垂，似较他处异。
何时能遍观，一一为轩轾。

白云山

清・陈升廷[①]

十里玉芙蓉，翠微半绵亘。
坠马骇危峰，盘蛇穿细径。
跨涧小垂虹，涧水镜磨莹。
古寺寂无人，啼鸟一声应。
俯瞰众山小，白云出红磴。
只可寄诗情，不堪相持赠。
薄暮游屐归，舒啸发清兴。

玉帘瀑

清・陈升廷

飞泉万丈白云尖，玉屑随风挂洞檐。
洞里琪花洞外月，分明不碍水晶帘。

画眉尖

清・姜会明

峰尖高插碧霄间，画出眉痕月一弯。
何似凌云留健笔，好传诗赋满江关。

画眉尖

清・黄光

倒着笔尖插海隅，肯随时俗去糊涂。
一弯眉月还堪画，莫认凭空咄咄书。

---

① 陈升廷，字振冈，居顺溪。

石城景区山水诗

登明主峰

唐・吴畦[①]

明王鞋藁与天齐，势压诸峰不可梯。
霁雨孤钟云外度，叫霜群雁月中栖。
仰观碧落星辰近，俯视红尘世界低。
七尺灵光双蜡屐，石门金鼎漫留题。

谒吴越王庙[②]

宋・徐起滨[③]

天晴四塞霭苍苍，古殿秋阴下夕阳。
急管尚传流水咽，残碑空覆落花香。
绵坳钱库遗千载，涧藻溪毛祀一乡。
玉辇不游芳草合，屯云翠盖寄寒螯。

明王峰

明・彭修[④]

明王高倚碧霄间，俯视游云脚底看。
莫道仙都遗迹杳，去天尺五到何难。

登清隐庵[⑤]

明・吴任[⑥]

曲径燃溪东，幽林山寺通。
孤筇松影里，乱石水声中。
鸟啄残花片，鸡鸣苦竹丛。
悠然清兴动，尘境一时空。

---

① 吴畦，字祯祥，山阴人。为河南节度判官，督修黄河有功。
② 遗址在明王峰下，庙祀吴越王钱俶。
③ 徐起滨，字子节，平阳坊郭人。宋宝祐间进士，授福建推官。
④ 彭修，居彭堡。洪武时府学岁贡，官御史。
⑤ 又称清隐寺，在晓杭黄坑，上有瀑流。
⑥ 吴任，字以仁，居夏口。洪武庚午由明经授福建都事，升雎州同知。

闹村景区山水诗

白水瀑①

宋·蔡必胜

飞桌一派下岩阿，散乱玉花湿薜萝。
雨后珠帘收不得，奔腾万丈似银河。

白水瀑

宋·林梓②

银潢一脉泻天关，分破巍巍万古山。
日暮欲寻云路去，雨花飞下玉梯间。

报国寺③

清·黄云岫④

僻壤拥山门，当时号闹村。
钱王兴土木，金界焕郊原。
梵呗晨昏咏，游踪来往喧。
时移难保国，留得一霞园。

闹村观瀑

清·黄光

为访龙湫过闹村，墨云催送雨倾盆。
天公美意良难得，喷薄飞泉借我看。

闹村阻雨晓起观瀑

清·姜会明

村中一夜雨，林表响奔泉。
早起观飞瀑，迂回过小川。
驾空虹饮胡，霏屑玉生烟。
意外逢奇赏，名山信有缘。

赤岩、盖竹景区山水诗。

---

① 白水瀑在闹村，也称小龙湫。
② 作者里居未详。
③ 在闹村，为五代时吴越王钱俶所建。现仍有古树古井，寺宇在重修。
④ 黄云岫，字逸青，居平阳城南。著有《静观楼诗集》。

过盖竹作二首

宋·朱熹[1]

二月春风特地寒，江楼独自倚栏干，
个中讵有行藏意，且把前峰细数看。
浩荡鸥盟久未寒，征骖聊此驻江干。
何时买得渔船就，乞与人间画里看。

醉翁岩[2]

宋·王十朋[3]

两石如醉翁格清，兀然相待坐岩扃。
啼春山鸟自相劝，满地落花犹未醒。

游盖竹山

元·张天英[4]

幽幽亭馆碧山中，老木寒泉一径通。
华盖影高千古月，竹林香远半天风。
佩鸣晓洞逢仙子，酒洒芳樽忆醉翁。
明日游人各南北，琼楼清宴几时同。

钱仓、荆溪景区山水诗

泛舟人前仓

宋·陈与义

曾鼓盐田棹，前仓不足言？
尽行江左路，初过浙东村。
春去花无迹，潮归岸有痕。
百年都几日，聊复信乾坤。

---

① 朱熹，字仲晦，婺源人。绍兴进士，曾提举浙东。
② 在盖竹山上。
③ 王十朋，字龟龄，乐清人。绍兴丁丑廷对第一，官龙图阁学士。
④ 张天英，字羲上，永嘉人。自号石渠居士，有《石渠集》。

平阳驿舍梅花

宋・陆游①

江路阴阴未成雨，梅花欲落半沾泥。
远来不负东君意，一绝清诗手自题。

摇动岩

明・柳楷

谁将巨灵斧，斫破昆仑洞。
有石亘古存，岂止千钧重。
万众挽不回，一人却推动。
安得海上槎，载向朝天贡。

摇动岩

清・袁枚②

两石相倚眠，隆隆万钧重。
十手推不摇，一足蹴乃动。
其事实可骇，其理不可求。
莫怪李青莲，踢翻鹦鹉洲。

钱仓山

清・李銮室

县南二十里，其地名钱仓。
一塔影寒流，石骨黝以苍。
一塔半倾圮，偃卧山之冈。
谁筑一丸城，捍卫周以详。
居民数百家，比屋如连樯。
西北峙峻岭，东西俯长江。
潮平水不渡，鼓挂呼拍郎。
精蓝隐丛薄，秋林绚丹黄。
巨石何累累，崪屼遥相望。
或覆如屋宇，或仰如舟航。
或危如累卵，或亘如面墙。
眈眈卧虎豹，凿凿驱牛羊。

---

① 陆游，字务观，号放翁，绍兴人。官至宝章阁待制，为南宋四大家之一。

② 袁枚，字子才，号简斋，钱塘人。著有《小仓山房诗文集》《随园诗话》等。

突起立石仆，失势是且僵。
上有摇动岩，撼之声雷张。
又有黄公洞，嵌空石为梁。
醉翁及挟仙，逦迤至难量。
此地接闽海，巍巍真岩疆。
昔年婆留儿，立马筹边防。
至今宝胜寺，楼犹号钱王。
我欲事幽讨，未裹十日粮。
青山应笑人，夙愿何时偿。

钱　仓

清·项霁

载酒此登眺，萧萧落木多。
断崖粉杵臼，乱石蹋鼋鼍。
野气沉军垒，江光动女萝。
平生丘壑志，独往竟如何。

钱王楼怀古

清·张元启

钱王遗迹至今存，犹见层楼绕断垣。
千乘旌旗空想象，万家烟火自朝昏。
添州未补英雄恨，废寺徒留寂寞魂。
闲立西风残照里，霸图销歇不堪论。

游荆山

清·鲍台

万树松风夹道迎，芒鞋才着觉身轻。
溪花顾我忽相笑，山鸟无人时一鸣。
淡淡云峰遥入画，冷冷石溜泻余清。
凭高且学孙登啸，飘去何天鸾凤声。

荆山八咏

民国·叶蘅

花雨灵钟不竭泉，天然石室隐神仙。
风穿竹径屏铺翠，日落松台树锁烟。
佛顶云开生面幻，峰头月戴大魁圆。

七星拱照辰居北，山外清源断诵弦。

游荆山鬟

民国·叶蘅

忆昔旌阻令，探奇化舄来。
虎踪从此灭，狮口豁然开。
石室依山创，岩泉滴漏猜。
攀援穷绝顶，拜雨访高台。

文　献

建设部文件

(89)建城字第204号

关于雁荡山风景名胜区规划的批复浙江省人民政府：

你省一九八七年四月二十九日《关于上报雁荡山风景名胜区总体规划的报告》和你省城乡建设厅一九八八年六月二十四日《关于要求扩大雁荡山风景名胜区范围的请示》均悉。经国务院原则同意，现批复如下：

一、雁荡山风景名胜区由北雁荡、中雁荡和南雁荡三大景区组成，是以奇峰、岩洞、潭瀑、溪滩等自然景观为主要特色，供游览观光、度假休养和开展科学文化活动的山岳型国家重点风景名胜区。三大景区各具特色，要因地制宜地进行风景名胜资源的保护和管理，使之发挥各自特色，形成一个风采多姿的风景区组合体。

二、雁荡山风景名胜区三大景区总面积为二百八十九点九一平方公里。其中北雁荡景区面积一百五十平方公里；中雁荡景区面积四十二点二三平方公里；南雁荡景区面积九十七点六八平方公里（四至范围界限附后），按此范围分别标界立碑，建立档案，加强管理。按照《风景名胜区管理暂行条例》要求，三大景区外围要划出保护地带，由省人民政府审定。

三、要根据规划要求加强风景名胜资源的保护工作，坚持封山育林，涵养水源，维护生态平衡。要做好护林防火、防治病虫害和环境卫生工作。严禁乱占乱建、滥伐林木、开山采石、污染水体、乱修坟墓等破坏风景名胜资源的活动。

四、抓紧编制各景区和近期建设小区的详细规划，由省风景名胜区主管部门亨批。乐清、平阳等县城规划要与风景名胜区规划相协调。风景区内村镇规划要按照风景名胜区总体规划的要求进行编制，把村镇建设和风景名胜区的保护利用结合起来。要加强风景区内旅游村和小村镇的给排水、通讯、供电、环卫等基础设施的规划与建设。

五、要按照规划严格控制风景名胜区内接待服务设施的建设，充分利用现有城镇建筑和民居进行改建，予以利用。要对景区内已建的项目进行认真清理。"响岭头"桥至"灵岩"一带影响景观的建筑和商业摊点等要逐步搬迁。

六、浙江省和温州市人民政府要加强对雁荡山风景名胜区的领导和业务指导，三大景区都要健全管理机构，实行景、区统一管理，调动各方面积极性，共同把雁荡山风景名胜区保护好，建设好。

附件；雁荡山风景名胜区四至范围界限

中华人民共和国建设部(印)

附件：

雁荡山风景名胜区四至范围界限

雁荡山风景名胜区由北雁荡、中雁荡和南雁荡三大景区组成，总面积二百八十九点九一平方公里。其中，北雁荡景区范围界限：东起蒲溪、石门潭，西至西石梁、散水岩，南起经行峡、芙蓉，北到百将岩、西屏峰以琴仙桥、羊角洞两个独立景区，面积一百五十平方公里；中雁荡景区范围界限为规划确定的一、二级保护区范围，面积四十二点二三平方公里；南雁荡景区范围界限：东起蒲潭墙，西至白云山，南始白岩山，北到双尖山，面积为九十七点六八平方公里。

南麂列岛自然概貌

海洋概况

南麂国家级海洋类型自然保护区范围为北纬 27°24′30″～27°30′00″，东经 120°56′30″～121°08′30″之间，总面积 196 平方公里，在南麂渔场内。南麂渔场总面积 1080 平方海里，东与温州渔场为邻，南与闽东渔场衔接，西靠平阳、苍南两县大陆沿岸，北与北麂渔场相连。地理位置与地域环境十分优越。

南麂列岛周围一般水深 14～29 米，最深处 47 米，海底由西北向东南倾斜，坡度南大于北，渔场东南方在北纬 27°东经 123°以外，水深超过 100 米，海区底系泥质或沙泥质。

据 1960～1969 年统计，年平均表层水温为 18.9℃，8 月最高为 27.7℃，2 月最低为 9.6℃，日最高值 32.1℃，日最低值 5.7℃。据 1971～1980 年统计，年平均海水盐度为 30.46‰，月平均最高 33.07‰，月平均最低 29.07‰。1988 年 7 月平均盐度高达 33.69‰。

潮汐：属正规半日潮区，每天潮候推迟 48 分钟，平均潮高 3.19 米，平均高潮，高 5.8 米，平均低潮，高 1.32 米，最大潮差 6.13 米，平均潮差 3.75 米，是逆时针方向的八卦流，从东南方向起涨向逆时针方向转，流速为一节。

海流：立春后，台湾暖流由南而北经过渔场东部，观测资料表明台湾暖流侵入最早时间在 2 月初（1974 年 2 月 6 日），水温日升高 2.3℃，透明度骤增至 4 米以上，并逐步伸向浙中浙北渔场。11 月～12 月，暖流从北而南退缩，小寒或大寒之间已退过该渔场。12 月下旬至翌年 2 月，北方黄海冷水团（寒流）在北方强冷空气连续南下过程中，影响该渔场，水温明显下降。1966 年 1 月下旬黄海冷水团抵达该海区，水温骤降至 6.8℃。

独特的是，大雪或冬至到翌年立春前后在北纬 27°30′附近，水深 35 米左右，出现一条东西向的流隔，先窄短，后逐步伸向 80 米水深以外的海域，南北宽度逐步扩大至数千米，并相对稳定在南麂列岛北纬度的中心线即北纬 27°27′附近的海域。

南麂渔场连接浙南的鳌江、飞云江、瓯江口，年平均大陆径流量达 228.9 亿立方米的淡水进入渔场，带来大量的有机质和无机质，使水质肥沃、饵料丰富。南麂渔场附近列岛周围的海区基本上终年水质清澈，透明度大于 2 米，最大可达 7 米。如遇强大风暴，水质一时浑浊，风暴过后，浑水也很快变清。渔场曾有“赤潮”进入，只有短时间对鱼虾贝藻造成危害。

海水一年四季：PH 值在 8.0～8.4 之间，完全适合海洋动物和海水养殖的要求。冬季 PH 值，表层底层均在 8.2～8.3 之间，春季 PH 值 8.4，夏季 PH 值比春季约下降 0.1～0.2，秋季 PH 值的分布较复杂，出现 8.1 低值现象。

海水中营养盐：南麂列岛海域像浙江省其他海岸带一样，是全国和世界营养盐最丰富的海区之一。春夏两季因浮游生物大量繁殖，对营养盐的消耗一度较低，秋冬两季营养盐含量均远远超过浮游植物生长的需要，是少有的海水肥沃度最高的海区，有利于海水养殖业的发展。

海水中溶解氧：全年均在 4.4 毫升以上，超过了海洋渔业和海水养殖溶解氧含量的需要标准。

列岛概况

南麂列岛地处东海亚热带地区，它的中心点在东经 121°05′，北纬 27°27′，由 23 个岛屿、14 个暗礁、2 个适淹礁、55 个明礁与干出礁、4 个人造鱼礁组成。分布在 162 平方公里的海面上，陆地总面积为 12 平方公里。

南麂列岛地形以丘陵为主，高于 100 米的山峰有 15 座，最高峰 229.1 米。主岛南麂岛陆上面积 7 平方公里，海岸线曲折长 24.8 公里，除主要港湾南麂港外，周围有龙咀头、白岩头咀、后隆咀、大山咀、东咀头等五个岬角和国姓澳、马祖澳、火妮澳三个海湾。南麂主岛西北距平阳县 24 海里，鳌江镇 30 海里；北距北麂岛 10 海里，洞头岛 40 海里，温州市 50 海里；东南至台北基隆港 140 海里。

南麂岛处在东海大陆架上，外形似鹿，头朝西北，尾向东南，为上朱罗统高坞区地层构成。岩性主要悬流纹质晶屑熔结凝灰岩。海岸线基本上是岩岸，由于长期受海浪、潮汐的侵蚀冲击，基岩裸露。常见陡崖峭壁，以海蚀地貌为主，形成海蚀崖、海蚀柱、海蚀穴、海蚀平台等和不同的海滩，如沙滩、泥滩、砾石滩。

南麂列岛的土壤以复盐基红壤亚类为主，面积 16866.04 亩，占土壤总面积的 93.37%；其次为石质土亚类，即岩秃，面积 889.02 亩，占土壤总面积的 4.92%；潮滩盐土亚类的面积 307.17 亩，占土壤总面积的 1.71%。南麂岛陆域土壤深厚，表层土壤厚 4.19～24.6 厘米，全土层一般在 1 米以上，质地疏松，以中壤土和重壤土为主。土壤有机质和氮素含量中等偏低，磷素缺，钾素较丰富；钙、镁较高。适宜于林、果、豆、麦、薯类和瓜菜种植。

南麂岛属亚热带海洋性季风气候，温暖而湿润。春夏多雨雾，夏秋多台风，冬多大风，气候转干燥。年平均气温 16.5℃，极端最低气温零下 2.7℃，极端最高气温 34.1℃，无霜期 363 天，四季比大陆推迟 40 天左右。年平均雨量 1164.2 毫米，主要集中在夏季。年平均相对湿度 80%。年平均风速 6.7 米/秒。台风影响严重，平均每年 2.5 次，最多可达 6 次，每次持续 3～4 天，最长 6～8 天。台风时降水量一般在 200 毫米以下，暴雨日降水量 50～100 毫米，最大可达 150 毫米。

岛上除两个水塘外，没有其他自然水面，降水均顺山沟流走。但岛上泉水及地下裂隙水储量比较丰富，现有水井 40 口，坑道水池 13 口，机井 3 口，足够岛上居民和外来渔民饮用。岛上淡水除细菌总数和大肠杆菌外，其余未超过标准，作为饮用水，进行消毒处理即可。

大气环境质量，二氧化硫（SO_2）的一日平均值为 0.005～0.007 毫克/立方米；氮氧化物（NOX）的日平均值为 0.003～0.009 毫克/立方米；总悬浮颗粒（TSP）的日平均值为 0.01～0.09 毫克/立方米。三项指标远远低于国家大气环境质量（GB3095—82）一级标准。

海洋生物

贝　类

南麂列岛的贝类已鉴定出403种，占全国海洋贝类总数的20%以上，分隶5纲15目188科。其中，多极纲11种，腹足纲203种，掘足纲2种，瓣鳃纲168种，头足纲19种。经济种类100余种403种中，14种为国内首次新记录，22种在全国沿海仅见于南麂海域。从全国各海区贝类分布情况看，南麂列岛贝类可分为：

沿海广温性广分布种

101种，其中瓣鳃纲49种，腹足纲41种，头足纲7种，多板纲4种，占总数的25.06%。主要有嫁碱、单齿螺、锈凹螺、短滨螺、疣荔枝螺、红带织纹螺、珠带拟蟹守螺、毛蚶、菲律宾蛤仔、等边浅蛤、僧帽牡蛎、带偏顶蛤、大竹蛏、红条毛肤石鳖、曼氏无针乌贼、火枪乌贼等。是重要的经济种类。

东海和南海的亚热带种

206种，其中瓣鳃纲62种，腹足纲124种，头足纲12种，多板纲6种，掘足纲2种，占总数的51.2%。主要有条色鲍、拟蜒单齿螺、黑凹螺、角蝾螺、渔舟蜒螺、塔结节滨螺、棒锥螺，复瓦小蛇螺、爪哇窦螺、粒神螺、习见蛙螺、浅缝骨螺、瘤荔枝螺、泥东风螺、管角螺、伶鼬捱螺、白龙骨乐飞螺、青蚶、结蚶、条纹隔贻贝、短石蛏、棘刺牡蛎、异纹心蛤、紫斑海菊蛤、扭曲猿头蛤、波纹巴非蛤、歧脊加夫蛤、巧楔形蛤、紫藤斧蛤、日本花棘石鳖、平濑锦石鳖、拟目乌贼、中国枪乌贼、东蛸等。本类群有些种类生物量大，是岛民的主要赶海对象。有些种类则是底栖生物群落构成的优势种。

主要分布于南海的热带种

80种，其中瓣鳃纲45种，腹足纲35种，占总数的19.85%。该类群的种类分布于广东大陆沿岸和海南岛，少数种类可向北分布到厦门一带，但多数种类在福建沿海尚未见到，而在南麂列岛均有出现。如眼球贝、琵琶螺、毛螺、乌咀尖帽螺、纯洁嵌线螺、莫利加螺、粒帽蚶、细须蚶；舟蚶、菲律宾偏顶蛤、光石蛏、丁蛎、短翼珍珠贝、中华牡蛎、鹅掌牡蛎、马尼拉卵蛤、面具美女蛤、不等蛤蜊、楔形斧蛤、美女白樱蛤等。南麂列岛海域出现了典型的热带种，如肩棰螺、古蚶、美丽珍珠贝、扁平窦螺等，这些种类原仅分布于海南岛南端和西沙群岛。

主要分布于渤海、黄海，能延伸到东海北部的暖温带种

共 16 种，其中瓣鳃纲 12 种，腹足纲 3 种，多板纲 1 种，占总数的 3.97%。如厚壳贻贝、偏顶蛤、栉孔扇贝、线目蛤、蓝天壳侧鳃、网纹鬃毛石鳖等。

藻　类

南麂列岛底栖海藻为 82 属 174 种。其中，蓝藻类 3 属 3 种，红藻类 51 属 105 种，褐藻类 20 属 36 种，绿藻类 9 属 31 种，占全国海藻总数的 20%左右。其繁生量及分布，有优势种、常见种等 107 种，作区系分析依据为 3 区：

温水性种类

77 种，占总数的 72%，其中可分暖温带性种 71 种和冷温带性种 6 种。暖温带性种是重要的组成者和经济类，如苔垢菜、园紫菜、石花菜、鸡毛菜、蜈蚣藻、叉枝藻、角叉菜、小杉藻、节荚藻、日本多管藻、囊藻、宣藻、羊栖菜、鼠，尾藻、软丝藻、羽藻、海柏等。人工养殖的主要紫菜品种坛紫菜，是浙闽沿海特有的暖温带性种。黑叶马尾藻又是近年在南麂列岛发现的新种，分布于浙南闽北。冷温带性种类在南麂列岛有海膜、水云、肠浒苔等，养殖生长茧为繁茂。

暖水性种类

29 种，占总数的 27.1%。这些种类往南分布至福建、广东大陆沿海，在浙江的是柔细爬管藻、褐舌藻、裂片石莼、布氏藻等。

冷水性种类

仅多管藻 1 类，占总数的 0.9%，出现于冬、春季。南麂列岛海藻资源中，经济种类占相当大的比例，主要用途分食用、药用和藻胶工业原料三大类，很多种

类兼二种或三种用途。

我国南北不同海域的一些生物种类在南麂列岛并存和繁衍，贝、藻类中尤为明显，如在黄、渤海常见的厚壳贻贝、偏顶蛤、栉孔扇贝、裙带菜等贝、藻类在该区可以正常生长。生长在海南岛的肩棰螺、古蚶、美丽珍珠贝、扁平窦蛤和清澜新那藻等典型的热带贝、藻，也可在南麂列岛海区正常生长。这些温度性质截然不同的贝、藻类，在南麂列岛海区并存，并不断向南或北扩张，说明南麂列岛海区在我国海洋生物研究方面，具有独特的科学地位和学术价值，是海洋贝藻类的种质资源库。

鱼　类

南麂海区饵料生物丰富，水质良好，原是大黄鱼、小黄鱼、带鱼、乌贼四大鱼类的主要渔场之一。80 年代，带鱼、鳓鱼、鲳鱼、马鲛、鳓鱼、海鳗、石斑鱼等仍保持一定的优势和质量。同时，龙头鱼、梅童、黄鲫、白姑、叫姑等小型鱼类迅速繁殖生长，保持很大优势。南麂渔区已查明鱼类 397 种，隶属于 2 纲、30 目、134 科、245 属。经济鱼类 100 多种，约占南麂海区鱼类总数的三分之一。其中名贵的和重要经济鱼类有石斑鱼、鲥鱼、黄唇鱼、大黄鱼、小黄鱼、带鱼、鳓鱼、鲳鱼、海鳗、马鲛、鲷类、鲨类、鳐类、鲆鲽类、舌鳎、鲚、凤鲚、斑室祭、白姑鱼、银鱼、小公鱼、七星鱼等 20 多种。南麂海区主要受到台湾暖流消长的影响，同时也受到北方冷水团消长和浙闽沿岸水系的影响，因此，鱼类种类繁多，区系较为复杂，有特点。大部分为热带和亚热带的暖水性种和暖温性种，其中暖水性种 163 种，占鱼类总数的 44.3%；暖温性种 142 种，占 36.8%，温水性种 44 种，占 12%；冷温性种 19 种，占 5.1%；冷水性种没有发现。就种类而论，南麂海区与福建海区的相同种类有 291 种，占鱼类总数的 79.1%；与东海相同的有 298 种，占总数的 81%；与南海相同的有 245 种，占总数的 66.6%；与黄海、渤海相同的有 112 种，占总数的 30.4%。就地理分布情况，南麂海区广泛分布于印度洋和太平洋热带海域的鱼种类，约占全部种类的 51.6%；分布于太平洋一带的热带、亚热带种类，占 45.7%；太平洋、印度洋、大西洋均有分布的种类，仅占 2.7%。南麂海区鱼类大部分属于印度洋—太平洋热带、亚热带动物区系。

大宗产品

南麂渔场是浙江省主要渔场之一。大宗产品有：

中国毛虾,年产量一万吨左右(鲜品);三疣梭子蟹,年产近万吨;马鲛,年产近2000吨;带鱼,年产3000～5000吨;海蜒,年产500吨左右(鲜品),质量在全省称优;大黄鱼在50至70年代,年产1000吨左右。1957年由于普遍采用敲骷作业,年产量高达2万吨左右。滥捕结果,大黄鱼逐年骤减,到80年代中后期,几乎绝迹;小黄鱼,50年代,年产500吨左右,60年代以后至今亦属罕见;东海区曼氏无针乌贼(墨鱼),年产2000吨左右,捕捞技术的改进,超负荷捕捞,资源逐年衰减,80年代后期,年产不到500吨;海蜇,50年代之前,旺发时满海皆是,1960年和1966年为新中国成立后高产年份,年产达200万对(一个海蜇头和皮为一对)。1966年县水产公司收购三矾提干品1600吨(重量占鲜品8%),1974年产量大为减少,以后近乎绝迹。

产量比较可观的有鲳鱼(银鲳、乌鲳、沙鲳)、棘头梅童鱼(梅鱼)、龙头鱼(水锯)、红虾(多为管鞭虾)、七星鱼、疑鱼,年产几百吨至上千吨,黄姑鱼(又名黄山)年产上百吨。

稀有名贵品种

除了上述常见的品种以外,还有许多稀有名贵品种。如石斑鱼,属暖水性中下层鱼类,雌雄同体,营养价值很高。主要品种是青石斑鱼,栖息在海水深层的礁崖间,采用垂钓等方法捕获,年产30～50吨,为出口创汇产品。虽免鱼,暖温性底层鱼类(鱼鳔是滋补药材,味甘、咸,性平,有养血、止血、补肾、固精、消炎之功),年产10～20吨左右。黄唇鱼(俗称黄甘鱼),新中国成立后,捕到20多条,条重80～150市斤。鳔为稀有的特等补品。黄唇鱼肝亦有极高营养,但多食出现满脸脱皮,原因不明,渔民均弃之不食。鲟鳇鲨,实为鲟鱼、鳇鱼二个品种,形状相似,统称“龙鲨”,亦称“城隍鲨”。古代为贡品。肉味甘,性平,利五脏,肥美人,肝主治恶血、疥癣。国家列为一级保护动物,少有捕获,条重10～300市斤。大鲨鱼,一般条重3～5吨,皮、鳍、软骨加工后为鱼皮、鱼翅、鱼脑,均为“海八珍”。肝可提炼正品鱼肝油。50年代最高年产30～50条,60年代最高产10～20条,70年代最高年产5～10条,80年代后期只能捕到1～3条。

不同季节的渔汛

南麂渔场处于浙江省南端,与浙中、浙北渔场有所不同,各种鱼、虾、蟹等随着水温、盐度的变化,生理的要求,都有深浅或南北回游的习性而形成不同季节的渔汛。

大黄鱼,一为早春黄鱼,立春至春分前,鱼群集中,网头大;二为春汛黄鱼,谷雨至小满是生产盛期，鱼群集中，网头大；三为桂花黄鱼，中秋节前后，鱼群分散，产最较少；四为老港黄鱼，一年四季都有，因鱼群分散，产量较少。由于酷渔滥捕，今已形不成渔汛。

小黄鱼，春分至谷雨，旺汛为清明前后。年产量500吨左右，由于自然海况变化和酷渔滥捕，50年代后期已很少见，今近绝迹。

墨鱼，清明至夏至，旺汛在立夏前后。五六十年代，几乎年年旺发，年产量约2000吨。70年代捕捞过度，产量逐年减少。80年代中期已形不成渔汛。

带鱼，冬汛为11月1日开捕，到立春前止。春汛立春后又紧接着捕“回头带”，一般到惊蛰止。70年代前，冬至前后开始旺发。70年代后期，小雪前后就开始旺发，随着当年天气、海况的变化，鱼发期亦有先后。70年代以前，渔船先到嵊山，逐步南下洋鞍、大陈等渔场捕捞，冬至前后回到南麂渔场。70年代后期，浙北渔场渔况转差，南北麂渔场和洞头—披山渔场成为带鱼汛中心渔场之一。各地渔船齐集捕捞，超过了渔场承受能力，带鱼资源下降，1980年产量32840吨，1981年后，年产量在630吨至1700吨之间。

银鲳，为暖温性的中下层鱼类，回游情况和鳓鱼相同。渔期在清明到夏至，旺汛为小满到芒种。产卵时间较长，主要在立夏左右。

龙头鱼，为暖温近岸性常见的小型经济鱼类，性残贪食，繁殖能力强。全年都在浅海水域，渔期全年，旺汛期从清明至立冬，春季最好。产卵期在5月～6月。

黄鲫，分布广，繁殖力强，生长快。分布移动都在近岸浅海区，渔期全年，旺汛期5～8月。产卵期5～6月。

棘头梅童鱼，为暖温近岸性常见的小型经济鱼类，分布广，较分散，繁殖力强。渔期全年，产卵期5～6月。

海鳗，栖息于海流较缓的黄色软泥海底，性残贪食。每年春季由外海向沿岸浅海区生殖回游，冬季游回外海越冬。渔期为谷雨至立冬，旺汛是谷雨到芒种、秋季8～11月，产卵期为小满到芒种。

石斑鱼，为贵重鱼类，喜清水，分布在南麂岛岸边，渔期在春、夏、秋三季。

马鲛，为近海暖温性中上层鱼类，性凶猛。每年初春水温回升，从深海向沿岸浅海区生殖回游，产卵后鱼群分散索饵，入秋后水温下降，逐渐向外海移动越冬，渔期在5～6月。80年代为对网机帆船捕捞的主要鱼类，年产量1000吨以上。

虾 类

南麂渔场的虾类有79种，分别隶属18科39属（包括岛上纯淡水种2种，隶属1科2属)。其中浙江省首次记录14种。79种虾类中,经济类64种,占虾类总种数的81%。其中重要经济虾类有:中国对虾、日本对虾、长毛对虾、中国毛虾、细螯虾、哈氏仿对虾、刀额仿对虾、周氏新对虾、刀额新对虾、高脊管鞭虾、中华管鞭虾、长缝拟对虾、鹰爪虾、戴氏赤虾、须赤虾、脊尾白虾、安氏白虾、中国龙虾和锦绣龙虾等33种,占总数的41.8%,占经济类的51.6%。经济虾类中以中国毛虾最多,其产量占虾产量的三分之一强。其他优势种有:高脊管鞭虾、长缝拟对虾、哈氏仿对虾、须赤虾、戴氏赤虾、周氏新对虾、脊尾白虾、日本对虾、细螯虾等25种、占总数的31.6%。南麂海区虾类以热带、亚热带的暖水性种类占绝对优势,其中热带虾类26种,占虾总数的32.9%;亚热带虾类43种,占54.4%;温水性虾类6种,占7.6%;冷水性虾类4种,占5.1%。对虾类中,热带种占58.1%。南麂海区虾的种类与渤海相同的有25种,与黄海相同的有35种,与东海相同的有73种,另有4种为东海首次记录,与南海相同的有57种。

主要种类:

中国毛虾,主要分布在岛内外水深40米以内,春夏季集中20米深以内的海岛附近,冬季向外移动,属浙南闽北群系。12月至翌年5月为生产盛期,7~9月也有相当产量,繁殖期为芒种前后。年产约2万吨。

高脊管鞭虾,分布于南麂岛外侧海区,随季节变化而移动,栖息于60~90米深的水域。产量占拖虾产量的25%左右,高时可达48%。

长缝拟对虾,主要分布在南麂岛外侧水深60~100米海区,产量约占筢虾产量的30%。

须赤虾,主要分布在南麂岛外侧60~90米水深的泥沙底海区,产量约占拖虾产量的33%。

中华管鞭虾,主要分布在南麂岛20~80米水深的海区,春季为张网捕捞,秋冬季为拖虾网捕捞,年产量约5000吨。

蟹 类

南麂海区蟹类有128种,分别隶属17种68属。其中浙江省首次记录30种,东海首次记录12种。在128种蟹类中,经济种占39种,占蟹类总数的30.5%。其中,主要经济蟹类有三疣梭子蟹、锯缘青蟹、红星梭子蟹、远海梭子蟹、日本蟹、绣斑蟹和中华绒螯蟹等12种,占经济种的30.8%,占总种数的9.4%,它们种类虽不多,但数量却占绝对优势,仅三疣梭子蟹、锯缘青蟹、中华绒螯蟹的产量就占南麂渔场蟹类总产量的90%左右。三疣梭子蟹是出口的主要产品。南麂海区蟹类，暖水性种类有 123 种，占总数的 96%；北温带冷水性种类 5 种，占总数的 4%。出现在南麂海区北温带冷水性种类，如草窄额互爱蟹、四齿矶蟹和小型矶餐，南海未出现。出现在南麂海区的热带性暖水种类，大部分不能越过长江，仅分布在舟山群岛以南或其附近，如绵蟹、干练平壳蟹、逼行长臂蟹，沌刺栗壳蟹、斜方玉蟹、逍遥馒头蟹、卷折馒头蟹、双角互敬蟹、红星梭子蟹、拥剑梭子蟹、纤手梭子蟹、锯缘青蟹、红斑斗蟹等。其中一些强暖水性种类，仅分布到南麂海区的北缘地带，如小区阴绵蟹、钩突鬼蟹、葛氏六角蟹、太平洋大眼蟹、疣面关公蟹、银光梭子蟹、少刺短浆蟹、桑椹蟹、红斑瓢蟹、字纹弓蟹、韦氏毛带蟹等。以上情况表明南麂海区是北温带冷水性蟹类分布的南缘临近界，同时也是一部分较强的暖水性蟹类分布的北缘临近界，蟹类区系有着明显的种类交替。南麂海蟹的种类较为复杂，既有世界广布性种类，如细点圆趾蟹；又有分布局限于浙南和福建的特有的地方性种类，如彩建佘氏蟹、沈氏长方蟹。但绝大部分种类是热带、亚热带的暖水性种和北温带冷水性种及大海区的地方性种，如乌渺海相同种有 32 种，与黄海相同种有 52 种，与东海相同种有 116 种，与南海相同种有 96 种，与日本海相同种有 91 种。南麂是浙江沿海蟹的种类最多的海区，比浙北 90 种多 38 种。与其他海区比较，比黄海 90 种多 38 种，比渤海 32 种多 96 种，比南海的 450 种少 222 种。

主要种类：

三疣梭子蟹，浙江南部沿海全年都有分布，其种群基本上属浙南地方种，但混有少数闽中渔场的种群。繁殖期为春夏二季，以春季为主。活动力和繁殖力都很强，适应性也较强，生长又快，资源易于恢复，全年均可捕捞，以冬至前后一个月最肥，俗称“膏蟹”。年产量 1 万吨左右。

锯缘青蟹，浙江南部(包括南麂岛和其海区)所有泥滩上都有分布，繁殖期为 10 月交配，翌年；月抱卵，4～5 月产仔，7～8 月进行第二次产仔，全年可捕，最肥在冬季。

其他海洋生物

海绵动物 2 种，腔肠动物 48 种，栉水母动物 2 种，扁形动物 1 种，多毛动物 36 种，节肢动物 1 种，外肛动物 31 种，腑足动物 4 种和棘皮动物 27 种，共计 152 种，其中 9 种为全省新记录，另外，有爬行动物 3 种。南麂海区的蔓足类动物有 28 种，分属 7 科 15 属。优势种类是日本笠藤壶、鳞笠蘸孝(俗称触咀)、龟足、三角藤壶和纹藤壶等，这些都有食用经济价值。

岛上动物植物

陆生脊椎动物

两栖纲:1 目 5 科 11 种。爬行纲:3 目 5 科 13 种。鸟纲:7 目 15 科 23 种。哺乳纲:6 目 7 科 8 种。共有 4 纲 17 目 32 科 55 种。南麂岛原与大陆相连,岛上所有陆生脊椎动物与大陆所共有,后因海陆变迁而形成岛屿,动物留居岛上。但因岛屿面积不大,生境简单,动物能长期生存者不多。除较大鸟类以外,其他动物渡海上岛的可能性极小。因此,岛屿上动物种数远不如大陆上的多。

植物

南麂列岛上有种子植物 89 科 253 属 317 种。其中裸子植物 3 科 7 属 7 种(其中 6 种栽培),被子植物 86 科 246 属 310 种(其中 45 种栽培)。

双子叶植物占 72 科 178 属 222 种(其中 36 种栽培),单子叶植物 14 科 68 属 84 种(其中 9 种栽培)。

在 317 种种子植物中,有木本植物 69 种(其中常绿灌木 32 种,落叶乔灌木 37 种),草本植物 206 种,各类藤本植物 42 种。

南麂列岛的植物具有较多的新分布记录种和丰富的滨海岛屿植物区系的特有成分,属亚热带针阔混交林区域。但由于海岛特殊的地理环境,其植物区系的热带、亚热带特征显著,既具有我国东南大陆华东中亚热带区系特点,又具有明显的华南、南亚热带区系的特色,同时与日本滨海植物区系有着密切亲缘。其代表植物有松类、木麻黄、台湾相思、桉树、竹类、香蕉、滨海的绒草、独穗飘拂草等。

风景名胜

南麂列岛旅游资源丰富，环境优美，特别是花岗岩类基岩，受到海浪侵蚀，风化崩塌，形成了岩滩、港湾、岬角、水道、沙滩、砾石、海浪、气象、生物等 50 多种景观，还有不少人文景观。

大沙澳景区

山巅观日

南麂本岛有两座山，一座叫南麂山，高 192 米，另一座叫大山，高 229 米。这两山蟠踞在一起，东南面形成了大沙澳，西北面形成了马祖澳，站在山巅可望东海万顷云涛。尤其是看日出，一轮红日，跃出在海平线上；红日西沉，则满天彩霞，逐步消失于苍茫的暮色之中，尤为壮观！

天然浴场

大沙澳在南麂本岛的南部，面对东海，三面环山，形成一个冬暖夏凉的大海澳。澳里有大面积的沙丘地，海沙又细又干净，漫步在沙滩上，一直走到潮水边缘，脚步不会下陷。躺在沙上，身上不沾沙子，是天然的日光浴场地。大沙澳口宽 461 米，海水碧蓝澄澈，由浅到深，沙滩一直延伸到海，是海水浴的理想场所。起风时，海浪有节奏地拍击沙滩，发出巨响，卷起千堆雪。但此时不能游泳，也不宜在临近海水处步行，因为有被浪涛卷去的危险。

海带养殖场

在大沙澳，1957 年省海洋水产研究所在南麂岛试养海带 6 台，获得成功。1958 年 4 月，浙江省在南麂岛成立浙江省浅海试验总场，当年养殖海带 1500 台。1959 年，改为国营南麂海水养殖场，为温州地区直属县级建制单位。1965 年迄今改称国营平阳县海带养殖场，已具有相当规模。养殖的海带本世纪50年代、60年代主要供碘厂做原料，以后碘厂转产，所产海带大量供应市场。近年，场内设立海洋自然保护区贝藻类标本室，有贝类标本6种，藻类标本46种。

虎　屿

大沙澳口就是南麂港，海港中有一个岛屿像一头庞大的老虎，正搏击在海浪间，或刚从深山密林中冲向大海。虎屿后面，靠近海岸这边有一黑色礁石，叫"虎子"或"虎粪礁"。此自然景观的特点是"海中有岛，岛中有港，港中又有岛"。

美龄居

昔日宋美龄在南麂岛的寓所。位于大沙澳东北面的山坳里，背山面海，有公路相通。建于1954年。当时南麂岛与大陈岛都驻有国民党残部。宋美龄率歌舞团来两岛慰问，寓所专为宋氏到来特建。采用大石块、钢筋、水泥结构。三间平房，约80平方米。中堂作会客室、活动室，两边是卧室。屋后两厢一为卫生间，一为厨房，如一座坚实的碉堡。当时屋顶还有小树、杂草等掩蔽物，卧室窗户安上防弹铁丝网。站美龄居门口，可远眺前方岛屿风光。

蜡烛峰

南麂本岛门屿尾村东北面有一处海礁，悬崖峭壁的外侧有一对石柱矗立海上，约5米高，看上去如一对蜡烛，也叫蜡烛垄礁。

青蛇与白蛇

大山两侧邻海滩有一个大岩洞，其深莫测。有一块又粗又长的大青石，从洞中弯弯曲曲伸向海滩头，像一条大青蛇在觅食鱼虾。另一块白色岩石也从洞中潜出，经过滩头，伸向海底。其头成为海底暗礁，天风刮来，白花花的，看去，宛如大白蛇在海上兴风作浪，这就是"白蛇礁"。"蛇"头所成暗礁，危险圈面积达0.061平方公里。过去曾多次发生触礁事故。

国姓澳景区

避风港、军港

国姓澳在南麂本岛偏北部，澳口宽1000米，澳长1900米，三面环山，是南麂列岛唯一良好的避风港，也是重要军港，不论是东南风、西南风、东北风，船只泊在港里都很安全（只怕西北大风）。民族英雄郑成功，封为延平王，起兵海上，谋复明室，曾驻营此地，操练水军，会集各部，扬帆挥戈，渡海东征，赶走荷兰殖民者，收复祖国领土台湾。

国姓澳摩崖石刻

郑成功曾被明朝皇帝赐姓朱，即所谓国姓，郑氏在这里练兵，这个南麂西澳也就是国姓澳了。澳口北面有个小山丘，叫作国姓少。人们称郑成功为国姓爷。走到澳口海边，可见峭壁上刻有“官澳”两个大字，每字 40 厘米见方。岙下角有“虎林”两字，题镌者姓氏履历待考。从这个荒岛开发历史推测，这摩崖石刻系郑成功驻军此岛时所镌。

国姓庙

明末清初为纪念郑成功所建，在南麂国姓澳底部小山坡上。据云，当时有屋数椽，庙貌颇雄伟，庙里供有国姓爷塑像。到南麂的渔民、客商，无不前往瞻仰。王理孚开垦南麂时，“延平之庙在黟”，后圮。近年台湾渔民到此避风，登岸后都以一睹国姓庙为快，找到遗址者，往往献上一炷香，聊表心意。当地居民亦有意重建国姓庙。

斩断尾门

在国姓山与龙头屿之间有一水道，长阔各 100 米左右，如被仙人宝剑斩断一般。潮落时，行人可涉水而过，潮平时，船只可以航行，通过大门。传说，原先两个山屿连在一起。郑成功部被清兵围困在国姓澳内，澳口严密封锁，船只无法通过。为了突围，郑成功一怒之下，抽出宝剑向龙头屿尾部斩下去，顿时山崩地裂，出现斩断尾门这条大水道，战船冲出重围，顺利航行到福建，继续坚持抗清。

三盘尾景区

三盘美景

南麂山向东南延伸有头屿、二屿、三屿，按山丘高低层级来分，有头盘、二盘、三盘，一直延伸到南麂岛东南之尾部，三盘尾之名称由此而来。它是南麂岛自行景观中，观望海景最佳之处。春夏秋冬，晴雨晨昏，景物迥异。

叠夫石

三盘尾的后村东北向山背上，矗立着一尊大岩石，像一个渔妇，披着长发，朝向南方，聚精会神地凝望大海，月明星稀时，望夫石又成为老母亲召唤儿子形象。

猴子拜观音

三盘尾南部东侧海滨，从北向南看，在大大小小不规则的岩群中，有一巨岩像南海观世音站立在那里。相对方向，矗立着的岩峰上叠着一块形似猴子正在拱手下拜的石头，这就是猴子拜观音。从南边往北看，观世音变成老公公。

海马岩、石青蛙

三盘尾南部东侧山上，有一处状似海马的岩石，昂首摆尾，非常威武地挺立着，酷似南麂渔场名贵药材海马。三盘尾南部的山顶上，有一只石青蛙，体态肥壮，头朝东海，四脚作势，似欲跃向浩淼的碧波。

试剑石

三盘尾南部东侧山上，一块巨崖，平平整整地被切成三块，这是大自然的杰作！

天然壁画

三盘尾南部东侧海滨，群崖错落，浊浪排空。迎面有一块巨石壁立如屏风，酷似一幅山水画，构图、色彩、线条、层次都很自然。壁画中还有一尾大虾的图形，十分逼真。

天然草坪

三盘尾山上，两峰间山坡都向中间倾斜，形成一个盎亩芊喜的大草地，上面长满细软碧绿的青草。草坪东西两面朝着海，海风阵阵，空气新鲜，是游戏、谈心、野餐的好去处。

狮子、大象、海

天然草坪西侧，山上，有一巨崖，横卧地上，像二头俯伏的雄狮。从北看，又似伸长鼻子的大象。东侧山上岩群中，还有一只本枣的头，长鼻子向下延伸，一双眼睛向游客凝望。附近一石，像一头海龟，翘首蓝天，似在仰望着翱翔的茜马。

五指岩

二盘北面的山坡上，有岩石高 10 米左右，长约 25 米，跟手掌的枣长比例相似，大拇指在上，其他四指清晰可辨。

风动岩

在三盘尾的第二盘东首海滨石门旁，有一块状似铜鼓箩曼岩，高约 5.5 米，直径 4 米。遇到 5 级以上的海风，会微警竺动，摇动幅度约 30 厘米。其他地方的摇动岩都是靠人力摇动的，此处用风力就能摇动，也算奇观。

大檑山、竹屿景区

大檑山

在南麂岛北面，由西北向西南走向，如大檑网张开之状。这个岛屿不大，动植物众多，水仙花与地鳖虫尤具特色。水仙花遍地皆是，冬春之间，含苞待放，以朝东南的岙口里开得最盛。地鳖虫是金边的，为别处所无。

笔架山

在大檑山与小檑山之间。山高 26 米，长 300 米，岩壁上野生贝藻很多，是贝藻类的天然宝库。

竹　屿

在南麂岛东部，是南麂列岛的第二大岛。春、冬两度渔汛期，这里临时住居有数以千计来自平阳、苍南沿海的渔民，宁静的海岛成为沸腾的闹市区了。海岸线长 4.45 公里，制高点海拔 108 米。岛形像披着袈裟默坐参禅的老僧。岛南山坳里竹林成荫，风景很佳。近海，还有形似鸬鹚的鸬鹚礁，形如巨人的立人礁，在竹屿南面 50 米的海中，系干出礁，一个危险圈里两个礁。1942 年，日寇在竹屿岛上杀害无辜渔民 100 多人。

金门槛

位于竹屿东 260 米，后麂山西 340 米的水道中的暗礁，峥嵘错落如一条长长的门槛，横贯海面，滚滚而来的海潮经过门槛，浪花四溅，在艳阳的照耀下金光闪闪。

稻挑山

位于南麂列岛东部，离后麂山50米，西距竹屿1000米。岛长400米，宽100米，像一条可以挑稻的串担，俗名串担山，又名稻挑山。岛屿上岩石很多，草木极少，光秃秃的，因此又叫无毛山。岛南180米处有无毛南礁，该岛为我国临海线基点之一，平阳县人民政府于1985年10月在此立碑为志。

其他列岛景区

空心屿

位于南麂列岛西部，东距本岛7.85公里。屿呈半月形，海岸线长600米，四周多怪石。岛上有天然溶洞，弯弯曲曲两边通透，空心屿之名由此而来。岛上尚无人居住。

尖屿蛇岛

在南麂列岛南部，长800米，最宽处300米，最狭处100米，最高处63.1米，顶尖，故名。四周有四个礁。鸟瞰岛形，如一只下钻水底的鹫。这个岛屿有各种各样的蛇，可称蛇岛。

柴　屿

在南麂列岛南部，西北有门屿，西南有平屿，周围有四个礁，如一只大墨鱼在海上浮游。柴屿长有松树、枫树等乔木和许多灌木、杂草，所以有柴屿之称。屿上有较多的自然隐蔽岩洞，其中有个岩洞，生长着大量的药用石斛。

海鸥栖息地

南麂列岛中有鹭鹰屿、下马鞍、上马鞍、破屿、小柴屿、小檑山等等尚未开发的岛屿，都有可取的景观。今尚无居民，成群结队的海鸥爱在这里栖息、下蛋，繁育后代。

羊岛(后麂岛)

南麂烈岛东部,有个岛屿像一只大水牛横卧在海面上,这就是后麂岛。岛上杂木野草丛生,一些山洞,过去有人在这里养过羊,办过羊场。停办以后,剩下少数的羊变成野羊。

开发与管理

南麂主岛地形像一只头朝西北、尾朝东南的野麂，在海面上时隐时现，故名。

南麂开发始于何时，尚无可靠记载。据民国《平阳县志》载："昔时南麂及竹屿诸岛并编户入二十四都。""明万历十年(1582)设有南麂副总兵，清顺治十八年(1661)迁界，其地始墟。"

明末清初，民族英雄郑成功起兵海上，曾以南麂岛为据点，多方经营，谋复明室。故其地在清代260多年中，清政府始终未加管辖。光绪年间，瓯海关曾派员至其地勘察，建立航行灯塔，岛人见其人皆穿西服，遂纷传外国人欲图占领，时温处巡道兼海关监督传檄各县探报实情，始引起人们注意。后北麂归属瑞安，南麂归属平阳。分疆确定后，王理孚即申报垦殖。民国元年(1912)，他以"南麂渔佃公司"的名义，集资2万元，置船护航，招募渔民垦殖。起初，岛上仅数十人，米盐零什，均由鳌江运往，王理孚在此筑苍浪草堂，亲自主持垦殖。后来岛上住民增多。民国30年(1941)九月前，称南麂乡，隶小南区，后小南区易名鳌江区，改隶鳌江区。民国31年和民国34年，日军曾两次占领南麂岛，1942年曾在竹屿杀害无辜渔民100多人。其间海盗"鸟军"和大刀会先后轮番盘踞过南麂岛，欺压百姓。1955年2月26日南麂列岛解放。新中国成立前夕，国民党军队将岛上数以千计的居民裹挟到台湾，全岛被洗劫一空。后平阳及瑞安、文成等县移民岛上垦种、捕鱼，并成立南麂乡人民政府，隶洞头县，1957年划归平阳县。1988年，岛上有常住人口631户，2379人，临时迁居户967户，4376人，主要在南麂岛、竹屿、大檑三个岛上。岛上交通、通讯，商业、文教、卫生等已逐步发展。

国姓澳码头兴建于1987年，1988年7月竣工。码头平台中心线长50.4米，宽8米，行桥长42.2米，宽6～14米，可停泊300吨级客货轮。此外，南麂列岛设有码道9座：大沙澳5座，后隆2座，火熄澳1座，门屿尾1座，均可停靠30～50吨级船舶。

其主要航道有国姓澳航道与大沙澳航道。国姓澳航道位于本岛北部，最宽处8000米，最狭处1800米，水深处7米，平均水深2.87米。水流为东南一西北流向，属规则半日潮，1月及11月为东北偏东风为主，7月及8月以南风为主，其余月份以东风为主。大沙澳航道系南麂列岛的海湾，位于南麂本岛南部，介于门屿尾与其东 2.2 公里的山嘴之间。最宽处 2.2 公里，最狭处 600 米，平均水深 8.5 米。疵道为西北一东南走向，属规则半日潮。风向与国姓澳航道同。南麂港的这两处为避风良港，可避 6～7 级西北风和东北风。

中华人民共和国成立前，对南麂岛的丰富资源缺乏全面了解，唯有贝类专家秉志在 1932 年《中国沿海腹足类之初步调查》一文中，提到南麂列岛的"蝾螺"。1959 年开始至 1991 年，全国各地的科技工作者在列岛海域进行科学考察的有 40 余批近 700 人次，其中规模较大的组团考察活动 8 次。参加考察活动的单位有中国科学院海洋研究所、中国科学院植物研究所、国家海洋局第二研究所、青岛海洋大学、杭州大学、浙江送科大学、上海自然博物馆、大连自然博物馆、厦门水产学院、浙江水产学院、浙江医学科学院、辽宁师范大学、福建师范大学、福建海洋研究所、浙江海水养殖研究所、浙江省水产局、温州市水产局、国家环保局、浙江省环保局、浙江省十一地质大队、浙江省科委海洋办、台州地区海洋药物研究所、温州市环保局、温州市环境监测站、温州市农业中心等。1990 年 9 月 30 日，国务院国函(1990)83 号文件批复同意建立"南麂列岛国家级海洋自然保护区"，为全国五处国家级海洋自然保护区之一。

嗣后，省海洋管理局、国家海洋局第二海洋研究所和杭州大学地理系共同撰写了《南麂列岛国家级海洋自然保护区主导功能区划和规划综合报告》，征求各界意见并付诸实施。

1991 年 6 月，成立平阳县南麂海洋自然保护区管理筹建小组，副县长李海涛任组长。1992 年 4 月 5 日成立南麂列岛国家海洋自然保护区管理局。

南麂岛诗词选

何白，字无咎，明代乐清人，在南北雁荡写了许多诗词。

南麂四首

青天寒写万峰高，挂席来观碧海涛。
便欲因之龙伯国，看予一钓掣神鳌。
雾气苍凉日一丸，恍疑神鼎浴金丹。
试招夸父吞精魄，先借长风吹羽翰。
素车如拥海神来，贝阙银城次第开。
为遣白龙翼舟楫，更教玄蜃涌楼台。
金膏水碧剩为粮，亦有鼋鼍架作梁。
倘挟飞仙问蓬阆，便遗玉舄白云乡。

王理孚，鳌江人，曾主持开垦南麂本岛。诗中附文是原有的。

南麂八咏

登高远望两峰巅，仿佛齐州九点烟；
南北戈船兹一系，兵家形胜自天然。

南麂山在平阳县东南海中，南北两峰高可日縈远，四近有竹屿、大檑、小檑、后麂、长腰、大乌狼、小乌狼、马鞍、平屿九岛，星罗棋布，形势天然。汽艇未通时，南北戈船均于此寄碇。故明代倭事起，其地即为兵家所必争。

海上兵戈几废兴，乡评庙算太兴腾；
德清来暮长洲死，古戍荒凉感不胜。

南麂为平阳二十四都地，明嘉靖间因避倭迁居民于内地。正德间长洲朱纨讨温盘膏鹿诸贼，连战三月大破之。寻为闽浙势家构陷仰药死。万历中，德清许孚远抚闽，奏设南麂副总兵。时倭寇已平，不久即罢。遗迹犹有存者。

古庙宗臣祀郑森，浩然正气溢江心。
当年片土难存赵，国姓绵延直到今。

明延平王郑成功起兵海上，谋复明室，曾驻营南麂，清亦迁界以避之。成功初名森，后赐朱姓。土人名南麂匮澳为国姓澳，延平之庙在焉。

关员觅地安灯塔，飞檄同官刺探忙；
市虎成讹堪一笑，累予廿载事开荒。

清季瓯海关委员至南麂相地，立标志，以备建筑灯塔。岛民不识文字，不通语言，见委员皆西装，遂纷传外人图占。时温处巡道兼海关监督，乃闻报传檄各县探报实情。予承王大令蓝荪照请查报，始知其误。余垦草之议，即决于此时。

军政分疆错犬牙，邻人争垦怪纷拿；
瑞开北麂平南麂，一语司农奠众哗。

清制，瑞平分疆，海上以南麂北麂为界，而南麂各岛又为瑞安协水师汛地。平阳协陆师讯地则直达飞云江南岸，与县官行政区域不同。民国初年，瑞安垦牧公司影射营制，收南麂各岛报为瑞有。余图志及营县档案，呈部力争，奉令平垦南麂，瑞垦北麂，其事遂定。

海山海水两苍浪，风雨无端仆草堂；
门户台澎依旧在，不堪晓日见扶桑。

南麂去台湾，风顺时一日程耳。余于垦草之明年，筑苍浪草堂于其上，旋为暴风所仆，与台湾之覆于暴日，有同慨焉。

乘桴浮海意堪伤，错被人呼作大王；
虚牝黄金庸计左，千家渔稻已成乡。

南麂初垦时，渔佃寥寥数十人耳。盐米零杂，均由鳌江运往。怨家乃加以“漏海大王”之名号，呈诉京省，卒以无据寝议。至今二十年挥金以万计，见者皆目笑之。而岛上居民已增至万余，且依地方制度，成立为南麂乡矣。

何诗以后又刘图，题咏如穿一一珠；
毕竟仙山人未到，帆回风引境模糊。

南麂之见于吟咏，前有何白六绝句，后有鲍台、谢青扬、陈乙、黄云霄诸家题刘大令《乘风破浪图》诸作，然皆未至其地，语多影响，飘飘乎有海上三仙山之概！

文　献

中华人民共和国国务院

国函[1990]83 号

关于建立国家级海洋类型

自然保护区的批复

国家海洋局：

你局一九八九年六月二十四日《关于审定国家级海洋类型自然保护区的请示》(国海管字[1989]564 号)收悉。现批复如下：

一、同意建立以下五处国家级海洋类型自然保护区：

昌黎黄金海岸自然保护区(河北省昌黎县)

山口红树林生态自然保护区(广西壮族自治区合浦县)

大洲岛海洋生态自然保护区(海南省万宁县)

三亚珊瑚礁自然保护区(海南省三亚市)

南麂列岛海洋自然保护区(浙江省平阳县)

二、上述海洋类型自然保护区由国家海洋局负责建立并进行管理，各有关部门和地方人民政府应积极支持配合。

中华人民共和国国务院(印)

一九九〇年九月三十日

后　记

为了让海内外人士较系统、全面地了解南雁荡山、南麂列岛从历史到现实的状况，特编撰了这本书。

本书游记与诗词由陈镇波从大量志书文献中选摘，加标点并校正一些误植之处。张声和经几次实地考察，撰写了西湾景区已发现各主要景点。其他篇章，均为郑立于编撰，并对全文统稿。县志顾问池欣昌反复审阅了书稿，作了若干补充、订正。

南雁荡山风景名胜区按旧志包括盖竹、钱仓等景区，现在补充了新发现的西湾景区。

书中所选的游记和诗词，其中唐代河南节度判官吴畦的游记，据考证，其人其文皆有疑点，但在明代中叶已见陈耽《南雁山记》；李皋、路应等诸家诗作同样有不同看法，但旧志予以收录。为了反映景观旧貌并为进一步考证提供方便，所以选上了。诗词分景区选录，为减少篇幅未加注释。

本书编撰过程中，参阅了历代多种《平阳县志》、地方文献、《重修浙江通志稿》《南雁荡山志》以及平阳县人民政府办公室、县科委、县文化局、县城乡建设环境保护局、县水产局、县南雁荡山风景区管理局、县南麂列岛国家海洋自然保护区管理局等单位的有关资料。叶德喜、郑志兴为新编《平阳县志》稿有关南麂章节收集、整理了一些素材。漓江出版社聂震宁、金德宣两位负责同志对书稿作了认真处理。金氏平阳鳌江人，对本书的出版倾注了爱乡热忱。书稿付梓前，华东师范大学苏渊雷教授很快接受我们的敦请，寄来了封面题签。在此，一并深表谢意。

本书结构还不很完善，有关“两南”景点还有遗漏，文中会有一些差错，敬请读者指出，待有机会再版时予以订正。

编撰者　1993 年 1 月

附：本书封面题签系苏渊雷，游记古诗词由陈热波选摘并加标点校正，池欣昌反复审阅作了若个补充订正。以上三位先生已作古，将此书编入文集，也可作录恒的纪念郑立于2015年5月15日参与本书撰写而集景互与南雁荡汨古民居之旅声航君，为会已是深市声主编，复返无量也。